Debout les morts

Fred Vargas

Debout les morts

À mon frère

1

— Pierre, il y a quelque chose qui déraille dans le jardin, dit Sophia.

Elle ouvrit la fenêtre et examina ce bout de terrain qu'elle connaissait herbe par herbe. Ce qu'elle y voyait lui faisait froid dans le dos.

Pierre lisait le journal au petit déjeuner. C'était peut-être pour ça que Sophia regardait si souvent par la fenêtre. Voir le temps qu'il faisait. C'est quelque chose qu'on fait assez souvent quand on se lève. Et chaque fois qu'il faisait moche, elle pensait à la Grèce, bien entendu. Ces contemplations immobiles s'emplissaient à la longue de nostalgies qui se dilataient certains matins jusqu'au ressentiment. Ensuite, ça passait. Mais ce matin, le jardin déraillait.

— Pierre, il y a un arbre dans le jardin.

Elle s'assit à côté de lui.

— Pierre, regarde-moi.

Pierre leva un visage lassé vers sa femme. Sophia ajusta son foulard autour de son cou, une discipline conservée du temps où elle était cantatrice. Garder la voix au chaud. Vingt ans plus tôt, sur un gradin de pierre du théâtre d'Orange, Pierre avait édifié une montagne compacte de serments d'amour et de certitudes. Juste avant une représentation.

Sophia retint dans une main ce morne visage de lecteur de journal.

— Qu'est-ce qui te prend, Sophia ?

— J'ai dit quelque chose.

— Oui ?

— J'ai dit : « Il y a un arbre le jardin. »

— J'ai entendu. Ça paraît normal, non ?

— Il y a un arbre dans le jardin, mais il n'y était pas hier.

— Et après ? Qu'est-ce que tu veux que ça me fasse ?

Sophia n'était pas calme. Elle ne savait pas si c'était le coup du journal, ou le coup du regard lassé, ou le coup de l'arbre, mais il était clair que quelque chose n'allait pas.

— Pierre, explique-moi comment fait un arbre pour arriver tout seul dans un jardin.

Pierre haussa les épaules. Ça lui était complètement égal.

— Quelle importance ? Les arbres se reproduisent. Une graine, une pousse, un surgeon, et l'affaire est faite. Ensuite, ça fait des grosses forêts, sous nos climats. Je suppose que tu es au courant.

— Ce n'est pas une pousse. C'est un arbre ! Un arbre jeune, bien droit, avec les branches et tout le nécessaire, planté tout seul à un mètre du mur du fond. Alors ?

— Alors c'est le jardinier qui l'a planté.

— Le jardinier est en congé pour dix jours et je ne lui avais rien demandé. Ce n'est pas le jardinier.

— Ça m'est égal. N'espère pas que je vais m'énerver pour un petit arbre bien droit le long du mur du fond.

— Tu ne veux pas au moins te lever et le regarder ? Au moins cela ?

Pierre se leva lourdement. La lecture était gâchée.

— Tu le vois ?

— Bien sûr, je le vois. C'est un arbre.

— Il n'y était pas hier.

— Possible.

— Certain. Qu'est-ce qu'on fait ? Tu as une idée ?

— Pour quoi faire une idée ?

— Cet arbre me fait peur.

Pierre rit. Il eut même un geste affectueux. Mais fugace.

— C'est la vérité, Pierre. Il me fait peur.

— Pas à moi, dit-il en se rasseyant. La visite de cet arbre m'est plutôt sympathique. On lui fout la paix et voilà tout. Et toi, tu me fous la paix avec lui. Si quelqu'un s'est trompé de jardin, tant pis pour lui.

— Mais il a été planté pendant la nuit, Pierre !

— Raison de plus pour se tromper de jardin. Ou bien alors, c'est un cadeau. Y as-tu pensé ? Un admirateur aura voulu honorer discrètement ton cinquantième anniversaire. Les admirateurs sont capables de ces sortes d'inventions saugrenues, surtout les admirateurs-souris, anonymes et opiniâtres. Va voir, il y a peut-être un petit mot.

Sophia resta pensive. L'idée n'était pas tout à fait idiote. Pierre avait séparé les admirateurs en deux vastes catégories. Il y avait les admirateurs-souris, craintifs, fébriles, muets et indélogeables. Pierre avait connu une souris qui avait transporté en un hiver un sac entier de riz dans une botte en caoutchouc. Grain par grain. Les admirateurs-souris font ainsi. Il y avait les admirateurs-rhinocéros, également redoutables en leur genre, bruyants, beuglant, certains d'exister. Dans ces deux catégories, Pierre avait élaboré des tas de sous-catégories. Sophia ne se souvenait plus bien. Pierre méprisait les admirateurs qui l'avaient devancé et ceux qui lui avaient succédé, c'est-à-dire tous. Mais pour l'arbre, il pouvait avoir raison. Peut-être, mais pas sûr. Elle entendit Pierre qui disait « au revoir-à ce soir-ne-t'en-fais-plus », et elle resta seule.

Avec l'arbre.

Elle alla le voir. Avec circonspection, comme s'il allait exploser.

Évidemment, il n'y avait aucun mot. Au pied du jeune arbre, un cercle de terre fraîchement labourée. Espèce de l'arbre ? Sophia en fit plusieurs fois le tour, boudeuse, hostile. Elle penchait pour un hêtre. Elle penchait aussi pour le déterrer sauvagement, mais, un peu superstitieuse, elle n'osait pas attenter à la vie, même végétale. En réalité, peu de gens aiment arracher un arbre qui ne leur a rien fait.

Elle mit longtemps à trouver un bouquin sur la question. À part l'opéra, la vie des ânes et les mythes, Sophia n'avait pas eu le temps d'approfondir grand-chose. Un hêtre ? Difficile de se prononcer sans les feuilles. Elle balaya l'index du bouquin, voir si un arbre pouvait s'appeler *Sophia quelque chose*. Comme un hommage dissimulé, bien dans la ligne torturée d'un admirateur-souris. Ça serait rassurant. Non, il n'y avait rien sur Sophia. Et pourquoi pas une espèce *Stelyos quelque chose* ? Et ça, ce ne serait pas très agréable. Stelyos n'avait rien d'une souris, ni d'un rhinocéros. Et il vénérait les arbres. Après la montagne de serments de Pierre sur les gradins d'Orange, Sophia s'était demandé comment abandonner Stelyos et elle avait moins bien chanté que d'habitude. Et sans attendre, ce fou de Grec n'avait rien trouvé de plus malin que d'aller se noyer. On l'avait repêché haletant, flottant dans la Méditerranée comme un imbécile. Adolescents, Sophia et Stelyos adoraient sortir de Delphes pour aller dans les sentiers avec les ânes, les chèvres et tout le truc. Ils appelaient ça « faire les vieux Grecs ». Et cet idiot avait voulu se noyer. Heureusement, la montagne de sentiments de Pierre était là. Aujourd'hui, il arrivait à Sophia d'en chercher machinalement quelques cassons épars. Stelyos ? Une menace ? Stelyos ferait ça ? Oui, il en était capable. Une fois sorti de la Méditerranée, ça lui avait donné un coup de fouet, et il avait gueulé comme un fou. Le cœur battant trop vite, Sophia fit un effort pour se lever, boire un verre d'eau, jeter un coup d'œil par la fenêtre.

Cette vue la calma aussitôt. Qu'est-ce qui lui était passé par la tête ? Elle aspira un bon coup. Cette façon qu'elle avait parfois de bâtir un monde de terreurs logiques à partir de rien était exténuante. C'était, à coup presque sûr, un hêtre, un jeune hêtre sans aucune signification. Et par où le planteur était-il passé cette nuit avec ce foutu hêtre ? Sophia s'habilla en vitesse, sortit, examina la serrure de la grille. Rien de remarquable. Mais c'était une serrure si simple qu'on pouvait certainement l'ouvrir en une seconde au tournevis sans laisser de trace.

Début de printemps. Il faisait humide et elle prenait froid à rester là, à défier le hêtre. Un hêtre. Un être ? Sophia bloqua ses pensées. Elle détestait quand son âme grecque s'emballait, surtout deux fois de suite en une matinée. Dire que Pierre ne s'intéresserait jamais à cet arbre. Et pourquoi d'ailleurs ? Était-ce normal qu'il soit à ce point indifférent ?

Sophia n'eut pas envie de rester seule toute la journée avec l'arbre. Elle prit son sac et sortit. Dans la petite rue, un jeune type, dans les trente ou plus, regardait à travers la grille de la maison voisine. Maison était un grand mot. Pierre disait toujours « la baraque pourrie ». Il trouvait que, dans cette rue privilégiée aux demeures entretenues, cette vaste baraque laissée à l'abandon depuis des années faisait sale effet. Jusqu'ici, Sophia n'avait pas encore envisagé que Pierre devenait peut-être crétin avec l'âge. L'idée s'infiltra. Premier effet néfaste de l'arbre, pensa-t-elle avec mauvaise foi. Pierre avait même fait surélever le mur mitoyen pour se préserver mieux de la baraque pourrie. On ne pouvait la voir qu'à partir des fenêtres du deuxième étage. Le jeune type, lui, avait l'air au contraire admiratif devant cette façade aux fenêtres crevées. Il était mince, noir de cheveux et d'habits, une main couverte de grosses bagues en argent, le visage anguleux, le front coincé entre deux barreaux de la grille rouillée.

Exactement le genre de type que Pierre n'aurait pas aimé. Pierre était un défenseur de la mesure et de la sobriété. Et le jeune type était élégant, un peu austère, un peu clinquant. Belles mains accrochées aux barreaux. En l'examinant, Sophia y trouva un certain réconfort. C'est pourquoi sans doute elle lui demanda quel pouvait être, à son avis, le nom de l'arbre qui était là. Le jeune type décolla son front de la grille, qui laissa un peu de rouille dans ses cheveux noirs et raides. Ça devait faire un moment qu'il était appuyé. Sans s'étonner, sans poser de question, il suivit Sophia qui lui montra le jeune arbre, qu'on pouvait assez bien détailler de la rue.

— C'est un hêtre, madame, dit le jeune type.

— Vous en êtes certain ? Pardonnez-moi, mais c'est assez important.

Le jeune type renouvela son examen. Avec ses yeux sombres, pas encore mornes.

— Il n'y a aucun doute, madame.

— Je vous remercie, monsieur. Vous êtes très aimable.

Elle lui sourit et s'en alla. Le jeune type, du coup,

s'en alla de son côté, en poussant un petit caillou du bout du pied.

Elle avait donc raison. C'était un hêtre. Juste un hêtre.

Saleté.

2

Et voilà.

C'était exactement ce qui s'appelle être dans la merde. Et depuis combien de temps ? Disons deux ans.

Et au bout de deux ans, le coup du tunnel. Marc tapa du bout du pied dans un caillou et le fit progresser de six mètres. Il n'est pas facile à Paris de trouver sur les trottoirs un caillou dans lequel taper. À la campagne, oui. Mais à la campagne, on s'en fout. Tandis qu'à Paris, il est parfois nécessaire de trouver un bon caillou dans lequel taper. C'est ainsi. Et, brève étincelle dans la merde, Marc avait eu la chance il y a une heure de trouver un caillou tout à fait correct. Donc, il tapait dedans et le suivait.

Cela l'avait mené jusqu'à la rue Saint-Jacques, non sans quelques ennuis. Interdit de toucher le caillou avec la main, le pied seul a le droit d'intervenir. Donc, disons deux ans. Pas de poste, pas de fric, plus de femme. Aucune remontée en vue. Sauf la baraque, peut-être. Il l'avait vue hier matin. Quatre étages en comptant les combles, un petit jardin, dans une rue oubliée et dans un état calamiteux. Des trous partout, pas de chauffage et les toilettes dans le jardin, avec un loquet en bois. En clignant les yeux, une merveille. En les ouvrant normalement, un désastre. En revanche son propriétaire en proposait un loyer de misère sous

14

condition d'améliorer l'endroit. Avec cette baraque, il pourrait se démerder. Il pourrait loger le parrain aussi. Près de la baraque, une femme lui avait posé une drôle de question. Sur quoi au fait ? Ah oui. Le nom d'un arbre. C'est drôle comme les gens ne connaissent rien aux arbres alors qu'ils ne peuvent pas s'en passer. Ils ont peut-être raison, au fond. Lui, il savait nommer les arbres et ça l'avait avancé à quoi, au juste ?

Le caillou dérailla dans la rue Saint-Jacques. Les cailloux n'aiment pas les rues qui montent. Il s'était fourré dans un caniveau, juste derrière la Sorbonne en plus. Adieu le Moyen Âge, salut. Salut les clercs, les seigneurs et les paysans. Salut. Marc serra les poings dans ses poches. Plus de poste, plus de fric, plus de femme et plus de Moyen Âge. Quelle vacherie. Marc guida avec habileté le caillou du caniveau sur le trottoir. Il y a un truc pour faire monter un trottoir à un caillou. Et Marc connaissait bien ce coup, autant qu'il connaissait le Moyen Âge, lui semblait-il. Ne plus penser au Moyen Âge, surtout. À la campagne, on n'est jamais confronté à ce défi que représente l'escalade d'un trottoir pour un caillou. C'est la raison pour laquelle on se fout de pousser des cailloux à la campagne alors qu'il en existe par tonnes. Le caillou de Marc traversa en beauté la rue Soufflot et aborda sans trop de problèmes la partie étroite de la rue Saint-Jacques.

Disons deux ans. Et au bout de deux ans, le seul réflexe d'un homme dans la merde est de chercher un autre homme qui soit dans la merde.

Car fréquenter ceux qui ont réussi là où vous avez tout raté à trente-cinq ans aigrit le caractère. Au début bien entendu ça distrait, ça fait rêver, ça encourage. Ensuite, ça énerve et puis ça aigrit. C'est assez connu. Et Marc ne voulait surtout pas devenir aigri. C'est moche, c'est risqué, surtout pour un médiéviste. Le caillou, sous une forte impulsion, atteignit le Val-de-Grâce.

Il y en avait bien un dont il avait entendu dire qu'il était dans la merde. Et, d'après les nouvelles récentes, Mathias Delamarre semblait être authentiquement dans la merde depuis un bon bout de temps. Marc l'aimait bien, beaucoup même. Mais il ne l'avait pas revu depuis ces deux ans. Mathias pourrait peut-être marcher avec lui pour louer la baraque. Car, ce loyer de misère, Marc ne pouvait pour l'instant qu'en fournir le tiers. Et la réponse à donner était urgente.

Soupirant, Marc poussa le caillou jusqu'à la porte d'une cabine téléphonique. Si Mathias marchait, il pouvait peut-être enlever l'affaire. Seulement, il y avait un gros ennui, avec Mathias. C'était un préhistorien. Et pour Marc, quand on avait dit ça, on avait tout dit. Mais était-ce le moment d'être sectaire ? Malgré ce fossé terrible qui les séparait, ils s'aimaient bien. C'était bizarre. Et c'est à cette chose bizarre qu'il fallait penser et non pas à ce choix aberrant qu'avait fait Mathias, cette consternante époque des chasseurs-cueilleurs à silex. Marc se souvenait de son numéro de téléphone. On lui répondit que Mathias n'habitait plus là, et on lui donna un nouveau numéro. Résolu, il recommença. Mathias était chez lui. En entendant sa voix, Marc respira. Qu'un type de trente-cinq ans soit chez lui un mercredi à quinze heures vingt est la preuve tangible qu'il est dans une merde de première qualité. C'était déjà une bonne nouvelle. Et quand ce type accepte, sans autre explication, de vous retrouver dans une demi-heure dans un café sans gloire de la rue du Faubourg-Saint-Jacques, c'est qu'il est mûr pour accepter n'importe quoi.

Encore que.

3

Encore que. On ne faisait pas ce qu'on voulait de ce type. Mathias était buté et orgueilleux. Aussi orgueilleux que lui ? Peut-être bien pire. En tous les cas, le prototype du chasseur-cueilleur qui poursuit son aurochs jusqu'à épuisement et qui fuit sa tribu plutôt que de rentrer bredouille. Non. Ça, c'était le portrait d'un con et Mathias était fin. Mais il pouvait rester muet pendant deux jours si l'une de ses idées se voyait contrariée par la vie. Idées trop denses, probablement, ou bien désirs inadaptables. Marc, qui poussait le bavardage jusqu'à l'art de la dentellière, fatiguant souvent son public, avait dû plus d'une fois la boucler devant ce vaste type aux cheveux blonds qu'on croisait dans les couloirs de la faculté, silencieux sur un banc, pressant lentement ses deux grandes mains l'une contre l'autre, comme pour réduire en bouillie les sorts contraires, grand chasseur-cueilleur aux yeux bleus perdu dans sa course à l'aurochs. Normand peut-être ? Marc s'aperçut qu'en quatre années passées côte à côte, il ne lui avait jamais demandé d'où il venait. Qu'est-ce que ça peut foutre ? Ça attendrait encore.

Il n'y avait rien à faire dans ce café, et Marc attendait. Du doigt, il dessinait des motifs sculpturaux sur la petite table. Ses mains étaient maigres et longues. Il aimait bien leur charpente précise et les veines dessus. Pour le reste, il avait des doutes sérieux. Pourquoi penser à ça ? Parce qu'il allait revoir le grand chasseur blond ? Et alors ? Bien sûr, lui, Marc, de taille moyenne, mince à l'excès, anguleux de corps et de visage, n'aurait pas été le gars idéal pour la chasse à l'aurochs. On l'aurait plutôt envoyé grimper aux arbres pour faire tomber les fruits. Cueilleur, quoi. Tout en délicatesse nerveuse. Et puis après ? Il en faut de la délicatesse. Plus de fric. Il lui restait ses bagues, quatre grandes bagues en argent, dont deux traversées de quelques fils d'or, voyantes et compliquées, mi-africaines, mi-carolingiennes, qui lui couvraient les premières phalanges des doigts de la main gauche. Certes, sa femme l'avait quitté pour un type plus large d'épaules, c'était certain. Plus crétin aussi, c'était sûr. Elle s'en rendrait compte un jour, Marc comptait là-dessus. Mais ça serait trop tard.

Marc effaça d'un coup rapide tout son dessin. Il avait raté sa statue. Un coup d'énervement. Sans arrêt ces coups d'énervement, d'impuissance rageuse. C'était facile de caricaturer Mathias. Mais lui ? Qu'est-ce qu'il était d'autre qu'un de ces médiévistes décadents, de ces petits bruns élégants, graciles et résistants, prototype du chercheur de l'inutile, produit de luxe aux espoirs défaits, accrochant ses rêves ratés à quelques bagues en argent, à des visions de l'an mille, à des paysans poussant la charrue, morts depuis des siècles, à une langue romane oubliée dont personne n'avait rien à foutre, à une femme qui l'avait laissé ? Marc leva la tête. De l'autre côté de la rue, un immense garage. Marc n'aimait pas les garages. Ça le rendait triste. Passant devant ce long garage, progressant à pas grands et tranquilles, arrivait le chasseur-cueilleur. Marc sourit. Toujours blond, les cheveux trop épais pour être correctement coiffés, portant ces éternelles sandales en cuir que Marc détestait, Mathias venait au rendez-vous. Toujours nu sous ses habits. On ne sait pas comment Mathias réussissait à donner cette impression d'être nu sous ses habits. Pull à même la peau, pantalon à même les cuisses, sandales à même les pieds.

De toute façon, qu'on fût rustique ou raffiné, qu'on fût large ou mince, on se retrouvait attablé dans un café sordide. Comme quoi ça n'a rien à voir.

— Tu as rasé ta barbe ? demanda Marc. Tu ne fais plus de préhistoire ?

— Si, dit Mathias.

— Où ça ?

— Dans mon front.

Marc hocha la tête. On ne lui avait pas menti, Mathias était dans la merde.

— Qu'est-ce que tu as fait à tes mains ?

Mathias regarda ses ongles noirs.

— J'ai fait de la mécanique. On m'a viré. Ils ont dit que je n'avais pas le sens des moteurs. J'en ai foutu trois en l'air en une seule semaine. C'est compliqué, les moteurs. Surtout quand ça se fout en panne.

— Et maintenant ?

— Je vends des conneries, des affiches, à la station Châtelet.

— Ça rapporte ?

— Non. À toi de dire.

— Rien. J'ai fait nègre dans une maison d'édition.

— Moyen Âge ?

— Romans d'amour en quatre-vingts pages. L'homme est félin mais compétent, la femme radieuse mais innocente. À la fin ils s'aiment comme des dingues et on s'emmerde franchement. L'histoire ne dit pas quand ils se séparent.

— Évidemment... dit Mathias. Tu es parti ?

— Congédié. Je changeais des phrases sur les dernières épreuves. Par aigreur et par énervement. Ils s'en sont aperçus... Tu es marié ? Tu es accompagné ? Tu as des enfants ?

— Rien, dit Mathias.

Les deux hommes firent une pose et se regardèrent.

— Ça nous fait quel âge ? demanda Mathias.

— Dans les trente-cinq. À cet âge normalement, on est un homme.

— Oui, c'est ce qu'on raconte. Tu en pinces toujours pour ce foutu Moyen Âge ?

Marc fit oui.

— C'est emmerdant tout de même, dit Mathias. Tu n'as jamais été raisonnable avec ça.

— N'en parle pas, Mathias, ce n'est plus le moment. Où habites-tu ?

— Dans une chambre que je quitte dans dix jours. Les affiches ne me permettent plus mes vingt mètres carrés. Je dégringole, disons.

Mathias écrasa ses deux mains l'une contre l'autre.

— Je vais te montrer une baraque, dit Marc. Si tu marches avec moi, on franchira peut-être ensemble les trente mille ans qui nous séparent.

— Et la merde avec ?

— Je n'en sais rien. Tu m'accompagnes ?

Mathias, bien qu'indifférent et plutôt hostile à l'égard de tout ce qui avait pu se passer après 10 000 ans avant J.-C., avait toujours fait une incompréhensible exception pour ce mince médiéviste toujours habillé de noir et d'une ceinture en argent. À dire vrai, il considérait cette faiblesse amicale comme une faute de goût. Mais son affection pour Marc, son estime pour l'esprit souple et incisif de ce type l'avaient obligé à fermer les yeux sur le choix révoltant qu'avait fait son ami pour cette période dégénérée de l'histoire des hommes. En dépit de ce défaut choquant chez Marc, il avait tendance à lui faire confiance, et il s'était même souvent laissé aller à le suivre dans ses fantaisies ineptes de seigneur fauché. Même aujourd'hui, alors qu'il était clair que ce seigneur fauché avait carrément vidé les étriers, qu'il se trouvait réduit au bâton de pèlerin, en bref qu'il était dans une merde égale à la sienne, ce qui d'ailleurs lui faisait plaisir, même ainsi, Marc n'avait pas laissé en route sa petite majesté gracieuse et convaincante. Un peu d'aigreur sans doute au coin des yeux, du chagrin empilé aussi, des chocs et des fracas dont il aurait sûrement préféré se passer, oui, tout ça. Mais son charme, ses traces de rêves, que lui, Mathias, avait paumés dans les rames de la station Châtelet.

Certes, Marc n'avait pas l'air d'avoir lâché le Moyen Âge. Mais Mathias l'accompagnerait malgré tout jusqu'à cette baraque dont il était en train de lui parler en marchant. Sa main couverte de bagues tournait dans l'air gris au fil de ses explications. Donc, une baraque en lambeaux de quatre étages en comptant les combles avec un jardin. Ça ne faisait pas peur à Mathias. Essayer de réunir le montant du loyer. Faire du feu dans la cheminée. Loger le vieux parrain de Marc avec. Qu'est-ce que c'était que ce vieux parrain ? Impossible de l'abandonner, c'était ça ou la maison de retraite. Ah, bon. Aucune importance. Mathias s'en foutait. Il voyait s'estomper la station Châtelet. Il suivait Marc à travers les rues, satisfait que Marc soit dans la merde, satisfait de son inutilité désolante de médiéviste au chômage, satisfait de l'affectation vestimentaire clinquante de son ami, satisfait de cette baraque où ils allaient sûrement se geler car on n'était qu'en mars. Si bien que parvenu devant la grille en loques à travers laquelle on apercevait la baraque, au-delà d'herbes hautes, dans une de ces rues introuvables de Paris, il ne fut pas capable de considérer objectivement le délabrement de cette parcelle. Il trouva le tout parfait. Il se tourna vers Marc et lui serra la main. Accord conclu. Mais avec son seul gain de vendeur de trucs, ça n'allait pas suffire. Marc, appuyé à la grille, en convint. Ils redevinrent graves tous les deux. Un long silence passa. Ils cherchaient. Un autre fou dans la merde. Alors, Mathias suggéra un nom. Lucien Devernois. Marc cria.

— Tu ne parles pas sérieusement, Mathias ? Devernois ? Est-ce que tu te souviens bien de ce que fait ce type ? De ce qu'il est ?

— Oui, soupira Mathias. Historien de la Grande Guerre. 14-18.

— Alors quoi ! Tu vois bien que tu dérailles... On n'a plus grand-chose et ce n'est plus l'heure de détailler, je le sais. Mais tout de même, il reste un peu de passé pour rêvasser encore sur l'avenir. Et toi, qu'est-ce que tu proposes ? La Grande Guerre ? Un contemporanéiste ? Et puis quoi encore ? Est-ce que tu te rends bien compte de ce que tu dis ?

— Oui, dit Mathias, mais le gars est loin d'être un con.

— Il paraît. Mais quand même. On ne peut pas y songer. Il y a des limites à tout, Mathias.

— Ça me fait mal autant qu'à toi. Encore que pour moi, Moyen Âge ou Contemporain, c'est un peu du pareil au même.

— Fais tout de même attention à ce que tu dis.

— Oui. Mais j'ai cru comprendre que Devernois, tout en percevant un petit salaire, est dans la merde.

Marc plissa les yeux.

— Dans la merde ? demanda-t-il.

— Précisément. Quitté l'enseignement secondaire public du Nord-Pas-de-Calais. Poste piteux à mi-temps dans le privé chrétien parisien. Ennui, désillusion, écriture et solitude.

— Mais alors il est dans la merde... Tu ne pouvais pas le dire tout de suite ?

Marc s'immobilisa quelques secondes. Il réfléchissait vite.

— Ça change tout, ça ! reprit-il. Grouille-toi, Mathias. Grande Guerre ou pas Grande Guerre, fermons les yeux, courage et fermeté et débrouille-toi pour le dégotter et pour le convaincre. Je vous retrouve ici tous les deux à sept heures avec le propriétaire. Faut que ça soit signé ce soir. Grouille, démerde-toi et sois persuasif. À trois dans la merde, il n'y a pas de raison de ne pas réussir un complet désastre.

Ils se firent un signe et se séparèrent, Marc en courant, Mathias en marchant.

4

Ce fut leur première soirée dans la baraque de la rue Chasle. L'historien de la Grande Guerre était apparu, avait serré les mains à toute vitesse, virevolté dans les quatre étages et puis il avait disparu.

Les premiers instants de soulagement passés, à présent que le bail était signé, Marc sentait revenir en lui les pires craintes. Ce contemporanéiste agité qui avait surgi les joues blêmes, la mèche de cheveux bruns retombant sans cesse sur les yeux, la cravate serrée, la veste grise, les chaussures de cuir éculées mais anglaises lui inspirait de sourdes appréhensions. Ce type, sans même parler de la catastrophe que constituait son option pour la Grande Guerre, était insaisissable, entre raideur et laxisme, entre tapage et gravité, entre ironie joviale et cynisme appuyé, et semblait se propulser d'un extrême à l'autre avec rage et bonne humeur brèves et alternées. Alarmant. Impossible de savoir comment ça pouvait tourner. Vivre avec un contemporanéiste en cravate était un cas nouveau. Marc regarda Mathias qui tournait dans une pièce vide, la mine préoccupée.

— Tu l'as décidé facilement ?

— En trois mots. Il s'est mis debout, il a resserré sa cravate, il m'a posé la main sur l'épaule et il a dit : « Fraternité des tranchées, ça ne se discute pas. Je suis ton homme. » Un peu théâtral. En chemin, il m'a demandé qu'est-ce qu'on était, qu'est-ce qu'on foutait. J'ai un peu parlé, de préhistoire, d'affiches, de Moyen Âge, de romans d'amour et de moteurs. Il a fait la moue, peut-être à cause du Moyen Âge. Mais il s'est repris, il a marmonné quelque chose sur le brassage social des tranchées ou quelque chose de ce genre, et voilà tout.

— Et maintenant, il a disparu.

— Il a laissé son sac. Ce n'est pas mauvais signe.

Puis le type de la Grande Guerre avait réapparu, portant sur l'épaule une caisse de bois à brûler. Marc ne l'aurait pas cru aussi costaud. Ça pourrait rendre service, au moins.

C'est pourquoi après un dîner sommaire pris sur leurs genoux, les trois chercheurs dans la merde se retrouvèrent tassés autour d'un grand feu. La cheminée était couverte de crasse et imposante. « Le feu, annonça en souriant Lucien Devernois, est un point de départ commun. Modeste, mais commun. Ou un point de chute, comme on voudra. À part la merde, c'est à ce jour notre seul point d'alliance connu. Ne jamais négliger les alliances. »

Lucien eut un geste emphatique. Marc et Mathias le regardèrent sans chercher à comprendre, les mains tendues vers les flammes.

— Simple, continua Lucien en haussant le ton. Pour le robuste préhistorien de la maison, Mathias Delamarre, le feu s'impose... Petites troupes d'hommes chevelus rassemblées frileusement aux abords de la grotte autour de la flamme salutaire éloignant les bêtes sauvages, bref, la Guerre du feu.

— *La Guerre du feu*, coupa Mathias, est un tissu de...

— Peu importe ! reprit Lucien. Laisse tomber ton érudition dont je me fous complètement en ce qui concerne les cavernes et laisse sa place d'honneur au feu préhistorique. Avançons. Je passe à Marc Vandoosler qui se fatigue à compter la population médiévale en « feux »... Ils sont bien emmerdés les médiévistes avec ça. On s'empêtre... Passons. Grimpant l'échelle du temps, on en arrive enfin à moi, à moi et au feu de la Grande Guerre. « Guerre du Feu » et « Feu de la Guerre ». Touchant, non ?

Lucien rit, renifla un bon coup et rechargea le foyer en poussant une grande bûche avec le pied. Marc et Mathias avaient un vague sourire. Il allait falloir s'accommoder de ce type impossible et indispensable pour apporter la troisième part au loyer.

— Donc, conclut Marc en faisant tourner ses bagues, lorsque nos dissensions seront trop pénibles et les écarts chronologiques inconciliables, il n'y aura qu'à faire un feu. C'est bien ça ?

— Ça peut aider, admit Lucien.

— Sage programme, ajouta Mathias.

Et ils ne parlèrent plus du Temps et ils se chauffèrent. À dire vrai, c'était le temps qu'il faisait dehors qui était le plus préoccupant pour ce soir et ceux à venir. Le vent s'était levé et une lourde pluie s'infiltrait dans la maison. Les trois hommes évaluaient peu à peu du regard l'ampleur des réparations à mettre en œuvre et des efforts à fournir. Pour l'instant, les pièces étaient vides et des caisses avaient servi de chaises. Demain, chacun apporterait son bagage. Il allait falloir plâtrer, électrifier, tuyauter, boiser. Et Marc apporterait son vieux parrain. Il leur expliquerait l'affaire plus tard. C'était quoi ce type ? Eh bien c'était son vieux parrain, c'est tout. Son oncle aussi, en même temps. Ce que faisait son vieil oncle-parrain ?

Plus rien, à la retraite. À la retraite de quoi ? Eh bien à la retraite d'un boulot, voilà. Quel boulot ? Lucien était assommant avec ses questions. Un boulot de fonctionnaire, voilà. Il leur expliquerait l'affaire plus tard.

5

L'arbre avait un peu poussé.

Depuis plus d'un mois, Sophia se postait chaque jour à la fenêtre du deuxième étage pour observer les nouveaux voisins. Ça l'intéressait. Quoi de mal ? Trois types assez jeunes, pas de femmes, pas d'enfants. Juste trois types. Elle avait tout de suite reconnu celui qui se rouillait le front contre la grille et qui lui avait dit que l'arbre était un hêtre. Ça lui avait fait plaisir de le retrouver là. Il avait amené deux autres types avec lui très différents. Un grand blond en sandales et un agité en costume gris. Elle commençait à pas mal les connaître. Sophia se demandait si les épier ainsi était convenable. Convenable ou non, ça la distrayait, ça la rassurait et ça lui faisait penser à un truc. Donc, elle continuait. Ils avaient constamment gesticulé pendant tout ce mois d'avril. Transporté des planches, des seaux, des sacs de trucs sur des brouettes et des caisses sur des machins. Comment appelle-t-on ces machins en fer avec les roues en dessous ? Ça a un nom pourtant. Oui, des diables. Des caisses qu'ils apportaient sur des diables. Bien. Des travaux, donc. Ils avaient beaucoup traversé le jardin en tous sens et c'est ainsi que Sophia avait pu apprendre leurs prénoms en laissant la fenêtre entrouverte. Le mince en noir, Marc. Le blond lent, Mathias. Et la cravate, Lucien. Même pour percer des trous dans les murs, il gardait sa cravate. Sophia porta sa main à son foulard. Après tout, chacun son truc.

Par la fenêtre latérale d'un placard du deuxième étage, Sophia pouvait également voir ce qui se passait à l'intérieur de la baraque. Les fenêtres réparées n'avaient pas de rideaux, et elle pensait qu'elles n'en auraient jamais. Chacun semblait s'être attribué un étage. Ce qui posait problème, c'était que le blond travaillait à son étage à moitié nu, ou presque nu, ou alors tout à fait nu, c'était selon. Avec, pour ce qu'elle pouvait en deviner, une parfaite aisance. Ennuyeux. Le blond était beau à regarder, là n'était pas la question. Mais de ce fait, Sophia ne se sentait pas vraiment autorisée à se camper dans le petit placard. À part ces travaux dont ils semblaient parfois avoir par-dessus la tête mais qu'ils menaient avec obstination, ça lisait et écrivait beaucoup là-dedans. Des étagères s'étaient remplies de bouquins. Sophia, née dans les cailloux de Delphes et portée vers le monde par sa seule voix, admirait toute personne occupée à lire à une table sous une petite lumière.

Et puis, la semaine dernière, quelqu'un d'autre était arrivé. Encore un homme, mais beaucoup plus vieux. Sophia avait pensé à une visite. Mais non, l'homme plus vieux s'était installé. Pour longtemps ? En tous les cas, il était là, dans les combles. C'était drôle, quand même. Il avait, lui semblait-il, une gueule qui valait le coup. C'était de loin le plus beau des quatre. Mais le plus vieux. Soixante, soixante-dix. On pouvait croire qu'il sortirait de cette gueule une voix de stentor, mais il avait au contraire un timbre si doux et bas que Sophia n'avait pas encore pu saisir un seul mot de ce qu'il disait. Droit, haut, très capitaine déchu, il ne prêtait pas la main aux travaux. Il surveillait, bavardait. Impossible de savoir le nom de celui-là. Sophia, en attendant, l'appelait Alexandre le Grand ou bien le vieil emmerdeur, ça dépendait de son humeur.

Celui qu'on entendait le plus, c'était le type à la cravate, Lucien. Ses éclats de voix portaient loin, et il semblait s'amuser à se commenter à voix forte et à donner toutes sortes de consignes peu suivies par les deux autres. Elle avait essayé d'en parler à Pierre, mais il ne s'était pas plus intéressé aux voisins qu'à l'arbre. Tant que les voisins ne faisaient pas de bruit dans la baraque pourrie, c'était tout ce qu'il avait à en dire. D'accord, Pierre était pris par ses affaires sociales. D'accord, il voyait passer tous les jours des piles de dossiers terribles sur des filles mères sous les ponts, des foutus dehors, des douze ans sans famille, des vieux haletant dans des mansardes, et il compilait tout ça pour le secrétaire d'État. Et Pierre était vraiment le type à faire consciencieusement son boulot. Même si Sophia détestait la façon dont il parlait parfois de « ses » déshérités, qu'il avait rangés par types et sous-types comme il avait rangé les admirateurs. Où Pierre l'aurait-il rangée, elle, quand à douze ans elle proposait des mouchoirs brodés aux touristes de Delphes ? Déshéritée quoi ? Enfin, d'accord. On pouvait comprendre qu'avec tout ça sur les bras, il se foute d'un arbre ou de quatre nouveaux voisins. Mais tout de même. Pourquoi ne jamais en parler ? Juste une minute ?

6

Marc ne leva même pas la tête en entendant la voix de Lucien qui, de son promontoire du troisième étage, lançait un ordre d'alerte générale ou quelque chose du même genre. Tout compte fait, Marc s'accommodait plus ou moins de l'historien de la Grande Guerre qui, d'une part, avait abattu une masse considérable de travail dans la baraque, et d'autre part était capable de périodes de silence studieux extrêmement longues. Profondes même. Il n'entendait plus rien quand il se démenait dans la béance de la Grande Guerre. On lui devait toute la remise à flot de l'électricité et de la plomberie, et Marc qui n'y connaissait rien lui en était reconnaissant à vie. On lui devait d'avoir transformé les combles en une vaste double pièce ni froide ni sinistre où le parrain était heureux. On lui devait le tiers du loyer et une générosité fluviale qui apportait chaque semaine un raffinement supplémentaire à la baraque. Mais générosité des mots aussi et des éclats verbaux. Tirades militaires ironistes, excès en tous genres, jugements à l'emporte-pièce. Il était capable de gueuler pendant une heure entière pour un détail infime. Marc apprenait à laisser les tirades de Lucien entrer et sortir de sa vie comme des ogres inoffensifs. Lucien n'était même pas militariste. Il courait avec rigueur et résolution après le cœur de la Grande Guerre sans pouvoir l'attraper. Peut-être est-ce pour cela qu'il criait. Non, sûrement pour autre chose. En tout cas ce soir-là, vers six heures, ça le reprenait. Cette fois, Lucien descendit aussi l'escalier et entra chez Marc sans frapper.

— Alerte générale ! cria-t-il. Aux abris ! La voisine arrive par ici.

— Quelle voisine ?

— La voisine du front Ouest. La voisine de droite, si tu aimes mieux. La femme riche au foulard. Plus un mot. Quand elle sonnera, que personne ne bouge. Consigne de la maison vide. Je passe le mot à Mathias.

Avant que Marc ait pu donner son avis, Lucien descendait déjà au premier étage.

— Mathias, cria Lucien en ouvrant sa porte. Alerte ! Consigne de la...

Marc entendit Lucien s'interrompre. Il sourit et descendit derrière lui.

— Merde, disait Lucien. Tu n'as pas besoin d'être tout nu pour installer une bibliothèque ! Ça t'avance à quoi, merde ? Mais bon sang, tu n'as donc jamais froid ?

— Je ne suis pas tout nu, j'ai mes sandales, répondit Mathias posément.

— Les sandales, tu sais parfaitement que ça n'y change rien. Et si ça te distrait de jouer à l'homme des temps obscurs, tu ferais mieux de te mettre dans le crâne que l'homme préhistorique, quoi que j'en pense, n'était sûrement pas assez crétin ni assez primaire pour vivre à poil.

Mathias haussa les épaules.

— Je le sais mieux que toi, dit-il. Ça n'a rien à voir avec l'homme préhistorique.

— Avec quoi alors ?

— Avec moi. Les vêtements me serrent. Je suis bien comme ça. Qu'est-ce que tu veux que je te dise de plus ? Je ne vois pas en quoi ça te dérange quand je suis à mon étage. Tu n'as qu'à frapper avant d'entrer. Que se passe-t-il ? Une urgence ?

Le concept d'urgence n'était pas dans les cordes de Mathias. Marc entra en souriant.

— « Le serpent, dit-il, lorsqu'il voit un homme nu, a peur de lui et s'enfuit aussi vite qu'il le peut ; et quand il voit l'homme vêtu, il va l'attaquer sans la moindre crainte. » XIIIe siècle.

— On est bien avancés, dit Lucien.

— Que se passe-t-il ? répéta Mathias.

— Rien. Lucien a vu la voisine du front Ouest se diriger par ici. Lucien a décidé de ne pas répondre au coup de sonnette.

— La sonnette n'est pas réparée, dit Mathias.

— Dommage que ce ne soit pas la voisine du front Est, dit Lucien. Elle est jolie, la voisine de l'Est. Je sens qu'on pourrait pactiser avec le front Est.

— Qu'est-ce que tu en sais ?

— J'ai mené quelques opérations de reconnaissance tactique. L'Est est plus intéressant et plus abordable.

— Eh bien c'est celle de l'Ouest, dit Marc avec fermeté. Et je ne vois pas pourquoi on n'ouvrirait pas. Moi je l'aime bien, on a échangé trois mots un matin. De toute façon, il est dans notre intérêt d'être appréciés de l'entourage. Simple question de stratégie.

— Évidemment, dit Lucien, si tu vois ça sous l'angle diplomatique.

— Convivial, disons. Humain, si tu préfères.

— Elle frappe à la porte, dit Mathias. Je descends ouvrir.

— Mathias ! dit Marc en le retenant par le bras.

— Quoi ? Tu viens de dire que tu étais d'accord.

Marc le regarda, avec un petit geste de la main.

— Ah oui, merde, dit Mathias. Des habits, il faut des habits.

— C'est cela, Mathias. Il faut des habits.

33

Il attrapa un pull et un pantalon pendant que Marc et Lucien descendaient.

— Je lui ai pourtant expliqué que les sandales étaient insuffisantes, commenta Lucien.

— Toi, dit Marc à Lucien, tu la boucles.

— Tu sais pourtant que ce n'est pas facile, de la boucler.

— C'est vrai, admit Marc. Mais laisse-moi faire. C'est moi qui connais la voisine, c'est moi qui ouvre.

— D'où la connais-tu ?

— Je l'ai dit, on a parlé. D'un truc. D'un arbre.

— Quel arbre ?

— Un jeune hêtre.

7

Embarrassée, Sophia se tenait droite sur la chaise qu'on lui avait présentée. Grèce mise à part, la vie depuis l'avait habituée à recevoir, ou bien à refuser l'entrée à des journalistes ou à des admirateurs, mais pas à aller sonner chez les autres. Cela devait bien faire vingt ans qu'elle n'était pas allée frapper chez quelqu'un, comme ça, sans prévenir. Maintenant qu'elle était assise dans cette pièce avec les trois types autour d'elle, elle se demanda ce qu'ils pouvaient bien penser de cette démarche assommante de la voisine qui vient dire bonjour. Ça ne se fait plus ces trucs-là. Aussi eut-elle envie de s'expliquer tout de suite. Pouvait-on s'expliquer avec eux, comme elle l'avait cru depuis sa fenêtre du deuxième étage ? Ça peut être différent, quand on voit les gens de près. Marc, assis-debout sur la grande table en bois, croisant ses jambes minces, jolie pose, assez joli visage qui la regardait sans impatience. Assis devant elle, Mathias, beaux traits aussi, un peu lourds vers le bas, mais le bleu des yeux net, mer plate, sans dérobade. Lucien, qui s'occupait à sortir des verres et des bouteilles, rejetant par saccades ses cheveux en arrière, visage d'enfant, cravate d'homme. Elle se sentit rassurée. Car finalement, pourquoi était-elle venue, sinon parce qu'elle avait la trouille ?

— Voilà, dit-elle, en acceptant le verre que lui tendait Lucien en souriant, je suis désolée de déranger mais j'aurais besoin qu'on me rende service.

Deux visages attendaient. Il fallait s'expliquer à présent. Mais comment parler d'une chose aussi ridicule ? Lucien, lui, n'écoutait pas. Il allait et venait et semblait surveiller la cuisson d'un plat exigeant, monopolisant toute son énergie.

— Il s'agit d'une histoire ridicule. Mais j'aurais besoin qu'on me rende service, répéta Sophia.

— Quel genre de service ? demanda Marc avec douceur, pour aider.

— C'est difficile à dire et je sais que vous avez déjà beaucoup travaillé ce mois-ci. Il s'agirait de creuser un trou dans mon jardin.

— Intervention brutale sur le front Ouest, murmura Lucien.

— Bien sûr, continua Sophia, je vous rétribuerais si nous tombions d'accord. Disons... trente mille francs pour vous trois.

— Trente mille francs ? murmura Marc. Pour un trou ?

— Tentative de corruption par l'ennemi, marmonna Lucien de manière inaudible.

Sophia était mal à l'aise. Pourtant, elle pensait qu'elle était tombée dans la bonne maison. Qu'il fallait continuer.

— Oui. Trente mille francs pour un trou, et pour votre silence.

— Mais, commença Marc, madame...

— Relivaux, Sophia Relivaux. Je suis votre voisine de droite.

— Non, dit doucement Mathias, non.

— Si, dit Sophia, je suis votre voisine de droite.

— C'est vrai, continua Mathias à voix basse, mais vous n'êtes pas Sophia Relivaux. Vous êtes la femme de M. Relivaux. Mais, vous, vous êtes Sophia Siméonidis.

Marc et Lucien regardaient Mathias, surpris. Sophia sourit.

— Soprano lyrique, continua Mathias. *Manon Lescaut*, *Madame Butterfly*, *Aïda*, Desdémone, *La Bohème*, *Elektra*... Et voilà six ans que vous ne chantez plus. Permettez-moi de me dire honoré de vous avoir pour voisine.

Mathias fit un petit signe de tête, comme un salut. Sophia le regarda et pensa que c'était en effet une bonne maison. Elle eut un soupir satisfait, ses yeux firent le tour de la grande pièce, carrelée, plâtrée, encore sonore car les meubles étaient peu nombreux. Les trois fenêtres hautes qui donnaient sur le jardin étaient en plein cintre. Ça ressemblait un peu à un réfectoire de monastère. Par une porte basse également voûtée, Lucien apparaissait et disparaissait avec une cuillère en bois. Dans un monastère, on peut tout dire, surtout au réfectoire, à voix basse.

— Puisqu'il a tout dit, cela me dispense de me présenter, dit Sophia.

— Mais pas nous, dit Marc, qui était un peu impressionné. Lui, c'est Mathias Delamarre...

— Ce n'est pas utile, coupa Sophia. Je suis confuse de déjà vous connaître mais on entend beaucoup de choses sans le vouloir d'un jardin à un autre.

— Sans le vouloir ? demanda Lucien.

— En le voulant un peu, c'est exact. J'ai regardé et écouté, et même attentivement. Je le reconnais.

Sophia marqua une pause. Elle se demanda si Mathias comprendrait qu'elle l'avait vu depuis la petite fenêtre.

— Je ne vous ai pas espionnés. Vous m'intéressiez. Je pensais avoir besoin de vous. Que diriez-vous si, un matin, un arbre était planté dans votre jardin sans que vous y soyez pour quoi que ce soit ?

— Franchement, dit Lucien, vu l'état du jardin, je ne sais pas si on s'en rendrait compte.

— Ce n'est pas la question, dit Marc. Vous parlez sans doute de ce petit hêtre ?

— C'est cela, dit Sophia. Il est arrivé un matin. Sans un mot. Je ne sais pas qui l'a planté. Ce n'est pas un cadeau. Ce n'est pas le jardinier.

— Qu'en pense votre mari ? demanda Marc.

— Ça l'indiffère. C'est un homme occupé.

— Vous voulez dire qu'il s'en fout complètement ? dit Lucien.

— Pire que ça. Il ne veut même plus que je lui en parle. Ça l'agace.

— Curieux, dit Marc.

Lucien et Mathias hochèrent la tête.

— Vous trouvez ça curieux ? Vraiment ? demanda Sophia.

— Vraiment, dit Marc.

— Moi aussi, murmura Sophia.

— Pardonnez-moi mon ignorance, dit Marc, étiez-vous une cantatrice très renommée ?

— Non, dit Sophia. Pas une très grande. J'ai eu mes succès. Mais on ne m'a jamais appelée « la » Siméoni-dis. Non. Si vous pensez à un fervent hommage, comme l'a suggéré mon mari, c'est une fausse route. J'ai eu mes admirateurs mais je n'ai pas provoqué de ferveurs. Demandez donc à votre ami Mathias, puisqu'il s'y connaît.

Mathias se contenta d'un geste vague.

— Un peu mieux que ça tout de même, murmura-t-il.

Il se fit un silence. Mondain, Lucien remplit à nouveau les verres.

— En fait, dit Lucien en agitant sa cuillère en bois,

vous avez peur. Vous n'accusez pas votre mari, vous n'accusez personne, vous ne voulez surtout penser à rien, mais vous avez peur.

— Je ne suis pas tranquille, dit Sophia à voix basse.

— Parce qu'un arbre planté, continua Lucien, ça veut dire terre. De la terre en dessous. De la terre qu'on n'ira pas remuer parce qu'il y a un arbre par-dessus. De la terre scellée. Autant le dire, une tombe. Le problème ne manque pas d'intérêt.

Lucien était brutal et ne prenait pas quatre chemins pour dire son avis. En l'occurrence, il avait raison.

— Sans aller si loin, dit Sophia, toujours dans un murmure, disons que j'aimerais en avoir le cœur net. Savoir s'il y a quelque chose dessous.

— Ou quelqu'un, dit Lucien. Avez-vous une raison de penser à quelqu'un ? Votre mari ? Affaires obscures ? Maîtresses encombrantes ?

— Ça suffit, Lucien, dit Marc. Personne ne te demande de donner la charge. Mme Siméonidis est venue ici pour une histoire de trou à creuser et pas pour autre chose. Restons-en là, si tu le veux bien. C'est inutile de faire des dégâts pour rien. Pour l'instant, il s'agit juste de creuser, c'est bien cela ?

— Oui, dit Sophia. Trente mille francs.

— Pourquoi tant d'argent ? C'est séduisant, bien sûr. Nous sommes sans un rond.

— Je m'en suis rendu compte, dit Sophia.

— Mais ce n'est pas une raison pour vous extorquer une somme pareille pour creuser un trou.

— C'est qu'on ne sait jamais, dit Sophia. Après le trou... s'il y a suites, il est possible que je préfère le silence. Et cela, ça se paie.

— Compris, dit Mathias. Mais tout le monde ici est-il d'accord pour creuser, suites ou pas suites ?

Il y eut un nouveau silence. Le problème n'était pas facile. L'argent, bien sûr, dans leur situation, c'était tentant. D'un autre côté, se rendre complice, pour du fric. Et complice de quoi au juste ?

— Il faut le faire, bien entendu, dit une voix douce.

Tout le monde se retourna. Le vieux parrain entrait dans la salle, se servait un verre, comme si de rien n'était, saluait Mme Siméonidis. Sophia l'examina. De près, ce n'était pas Alexandre le Grand. Parce qu'il était très droit et maigre, il faisait haut, mais pas tant que ça. Mais il y avait le visage. Une beauté dégradée qui faisait encore de l'effet. Pas de dureté mais des lignes franches, le nez busqué, les lèvres irrégulières, l'œil triangulaire et le regard plein, tout était fait pour séduire et séduire vite. Sophia apprécia, rendit mentalement justice à ce visage. Intelligence, brillance, douceur, duplicité peut-être. Le vieux passa la main dans ses cheveux, non pas gris mais moitié noirs, moitié blancs, un peu longs en boucles sur la nuque, et s'assit. Il avait dit. Faire le trou. Personne ne songeait à contredire.

— J'ai écouté aux portes, dit-il. Madame a bien écouté aux fenêtres. Chez moi, ça relève du tic, d'une vieille habitude. Ça ne me gêne pas du tout.

— C'est gai, dit Lucien.

— Madame a raison en tout point, continua le vieux. Il faut creuser.

Gêné, Marc se leva.

— C'est mon oncle, dit-il, comme si cela pouvait atténuer son indiscrétion. Mon parrain, Armand Vandoosler. Il habite ici.

— Il aime à donner son avis sur tout, marmonna Lucien.

— Ça va, Lucien, dit Marc. Tu la boucles, c'était dans le contrat.

Vandoosler balaya l'air de la main avec un sourire.

— Ne t'énerve pas, dit-il, Lucien n'a pas tort. J'aime

donner mon avis sur tout. Surtout quand j'ai raison. Lui aussi aime ça d'ailleurs. Même quand il se trompe.

Marc, toujours debout, signalait du regard à son oncle qu'il valait mieux qu'il s'en aille et qu'il n'avait rien à foutre dans cette conversation.

— Non, dit Vandoosler en regardant Marc. J'ai mes raisons pour rester là.

Son regard s'arrêta sur Lucien, sur Mathias, sur Sophia Siméonidis, et revint à Marc.

— Mieux vaut leur dire les choses comme elles sont, Marc, dit-il en souriant.

— Ce n'est pas le moment. Tu m'emmerdes, dit Marc à voix basse.

— Avec toi, ce ne sera jamais le moment, dit Vandoosler.

— Parle toi-même puisque tu y tiens. C'est ta merde, ce n'est pas la mienne.

— La barbe ! dit Lucien en agitant sa cuillère en bois. L'oncle de Marc est un vieux flic et puis c'est tout ! On ne va pas y passer la nuit, si ?

— Et comment sais-tu ça, toi ? demanda Marc qui s'était retourné d'un bloc vers Lucien.

— Oh... quelques menues observations pendant que je refaisais les combles.

— Décidément, tout le monde fouine ici, dit Vandoosler.

— On n'est pas historien si on ne sait pas fouiner, dit Lucien en haussant les épaules.

Marc était exaspéré. Encore un foutu coup d'énervement. Sophia était attentive et calme, comme Mathias. Ils attendaient.

— Elle est belle, l'histoire contemporaine, dit Marc en hachant ses mots. Et qu'est-ce que tu as trouvé d'autre ?

— Des bricoles. Que ton parrain avait fait les stups, la brigade des jeux...

— ... et dix-sept ans commissaire à la Criminelle, enchaîna Vandoosler d'une voix tranquille. Qu'on m'avait viré, cassé. Cassé sans médaille après vingt-huit ans de service. Bref, blâme, honte, et réprobation publique.

Lucien hocha la tête.

— C'est une bonne synthèse, dit-il.

— Formidable, dit Marc les dents serrées, le regard fixé sur Lucien. Et pourquoi n'en as-tu pas parlé ?

— Parce que je m'en fous, dit Lucien.

— Très bien, dit Marc. Toi, mon oncle, personne ne te demandait rien, ni de descendre, ni d'écouter, et toi, Lucien, personne ne te demandait de fouiner ni de te répandre. Ça pouvait attendre, non ?

— Justement non, dit Vandoosler. Mme Siméonidis a besoin de vous pour une affaire délicate, mieux vaut qu'elle sache qu'un vieux flic est dans le grenier. Elle peut ainsi retirer son offre ou poursuivre. C'est plus loyal.

Marc défia les visages de Mathias et de Lucien.

— Très bien, répéta-t-il en haussant encore le ton. Armand Vandoosler est un vieil ex-flic pourri. Mais toujours flic et toujours pourri, soyez-en certains, et qui prend ses aises avec la justice et avec l'existence. Des aises qui peuvent ou non lui retomber sur la gueule.

— Généralement, ça retombe, précisa Vandoosler.

— Et je ne dis pas tout, continua Marc. À présent, faites-en ce que vous voudrez. Mais je vous préviens, c'est mon parrain et c'est mon oncle. Le frère de ma mère, alors de toute façon, il n'y a rien à discuter. C'est comme ça. Si vous ne voulez plus de la baraque...

— De la baraque pourrie, dit Sophia Siméonidis. C'est comme ça qu'on l'appelle dans le quartier.

— Entendu... de la baraque pourrie, sous prétexte que le parrain était flic à sa manière toute personnelle, vous n'avez qu'à vous tirer. Le vieux et moi, on se démerdera.

— Pourquoi s'énerve-t-il ? demanda Mathias, les yeux toujours bleu calme.

— Je ne sais pas, dit Lucien en haussant les épaules. C'est un nerveux, un imaginatif. Ils sont comme ça dans le Moyen Âge, tu sais. Ma grand-tante bossait aux abattoirs de Montereau et je n'en fais pas un tapage.

Marc baissa la tête, croisa les bras, brusquement calmé. Il jeta un rapide regard vers la cantatrice du front Ouest. Qu'est-ce qu'elle allait décider maintenant qu'un vieux flic cassé était dans la maison, c'est-à-dire, dans la baraque pourrie ?

Sophia suivit le cours de ses pensées.

— Ça ne me gêne pas qu'il soit là, dit-elle.

— Rien de plus fiable qu'un flic pourri, dit Vandoosler le Vieux. Ça a l'avantage d'écouter, de chercher à savoir et d'être obligé de la boucler. La perfection, en quelque sorte.

— Même douteux, ajouta Marc à voix un peu basse, le parrain était un grand flic. Ça peut servir.

— Ne t'en fais pas, lui dit Vandoosler en tournant son regard vers Sophia. Mme Siméonidis jugera. S'il survient un problème, bien sûr. Quant à eux trois, dit-il en désignant les jeunes gens, ce ne sont pas des imbéciles. Ils peuvent servir aussi.

— Je n'ai pas dit qu'ils étaient imbéciles, dit Sophia.

— Il n'est pas inutile de préciser les choses, répondit Vandoosler. Mon neveu Marc, j'en sais quelque chose. Je l'ai hébergé à Paris quand il avait douze ans... autant dire qu'il était déjà presque terminé. Déjà fumeux, obstiné, exalté, décontenancé, mais déjà trop malin pour être paisible. Je n'ai pas pu faire grand-chose, sauf lui inculquer quelques sains principes sur les indispensables désordres à pratiquer sans relâche. Il savait faire. Les deux autres, je ne les découvre que depuis une semaine, et ça ne va pas trop mal pour le moment. Curieuse combinaison et chacun sur son grand œuvre. C'est amusant. Quoi qu'il en soit, c'est la première fois que j'entends parler d'un cas comme le vôtre. Vous avez déjà attendu trop longtemps pour vous occuper de cet arbre.

— Que pouvais-je faire ? dit Sophia. La police m'aurait ri au nez.

— Ça ne fait pas de doute, dit Vandoosler.

— Et je ne voudrais pas alerter mon mari.

— La sagesse même.

— Alors, j'attendais... de mieux les connaître. Eux.

— Comment procéder ? demanda Marc. Sans inquiéter votre mari ?

— J'ai pensé, dit Sophia, que vous pourriez vous présenter comme ouvriers de la ville. Vérification de vieilles lignes électriques ou quelque chose comme ça. Enfin n'importe quoi qui nécessite une petite tranchée. Une tranchée qui, bien sûr, passera sous l'arbre. Je vous fournirai l'argent supplémentaire pour les tenues de travail, pour louer une camionnette, pour les outils.

— Bien, dit Marc.

— Jouable, dit Mathias.

— Dès l'instant qu'il s'agit de tranchée, ajouta Lucien, je marche. Je me ferai porter malade au collège. Il faudra bien compter deux jours pour ce boulot.

— Aurez-vous le cran de surveiller la réaction de votre mari quand ils se présenteront avec le plan de la tranchée ? demanda Vandoosler.

— J'essaierai, dit Sophia.

— Connaît-il leurs visages ?

— Je suis certaine que non. Ils ne l'intéressent pas le moins du monde.

— Parfait, dit Marc. Nous sommes jeudi. Le temps de mettre au point les détails... Lundi matin, nous sonnerons chez vous.

— Merci, dit Sophia. C'est drôle, à présent, je suis certaine qu'il n'y a rien sous l'arbre.

Elle ouvrit son sac.

— Voici l'argent, dit-elle. La somme est complète.

— Déjà ? dit Marc.

Vandoosler le Vieux sourit. Sophia Siméonidis était une femme singulière. Intimidée, d'allure hésitante, mais l'argent était déjà prêt. Était-elle si sûre de convaincre ? Il trouvait cela intéressant.

8

Après le départ de Sophia Siméonidis, chacun tourna un peu n'importe comment dans la grande salle. Vandoosler le Vieux préféra dîner dans ses appartements, sous le ciel. Avant de quitter la pièce, il les regarda. Chacun des trois hommes s'était curieusement collé devant une des grandes fenêtres et fixait le jardin dans la nuit. Sous leurs voûtes en plein cintre, on aurait dit trois statues retournées. La statue de Lucien à gauche, celle de Marc au centre, celle de Mathias à droite. Saint Luc, saint Marc et saint Matthieu, chacun pétrifié dans une alcôve. Drôles de types et drôles de saints. Marc avait croisé ses mains dans son dos et se tenait raide, les jambes légèrement écartées. Vandoosler avait fait beaucoup de conneries dans sa vie, Vandoosler aimait beaucoup son filleul. Ils n'étaient jamais passés sur les fonts baptismaux.

— Dînons, dit Lucien. J'ai fait un pâté.

— À quoi, le pâté ? demanda Mathias.

Les trois hommes n'avaient pas bougé et se parlaient d'une fenêtre à une autre en regardant le jardin.

— Au lièvre. Un pâté bien sec. Je crois que ce sera bon.

— C'est cher, le lièvre, dit Mathias.

— Marc a piqué le lièvre ce matin et me l'a offert, dit Lucien.

— C'est gai, dit Mathias. Il tient de son oncle. Pourquoi t'as piqué le lièvre, Marc ?

— Parce que Lucien en désirait un et que c'était trop cher.

— Évidemment, dit Mathias. Vu comme ça. Dis-moi, comment se fait-il que tu t'appelles Vandoosler comme ton oncle maternel ?

— Parce que ma mère était seule, crétin.

— Dînons, dit Lucien. Pourquoi tu l'emmerdes ?

— Je ne l'emmerde pas. Je lui demande. Et Vandoosler, qu'est-ce qu'il a fait pour être cassé ?

— Il a aidé un assassin à prendre le large.

— Évidemment... répéta Mathias. Vandoosler, c'est quoi comme nom ?

— Belge. Au départ, ça s'écrivait Van Dooslaere. Impraticable. Mon grand-père s'est installé en France en 1915.

— Ah, dit Lucien. Il a fait le front ? Il a laissé des notes, des lettres ?

— Je n'en sais rien, dit Marc.

— Faudrait creuser la question, dit-il sans bouger de sa fenêtre.

— En attendant, dit Marc, c'est un trou qu'on va creuser. Je ne sais pas dans quoi on a foutu les pieds.

— Dans la merde, dit Mathias. Question d'habitude.

— Dînons, dit Lucien. Feignons d'en être sortis.

9

Vandoosler revenait du marché. Faire les courses entrait peu à peu dans ses attributions. Ça ne le gênait pas, bien au contraire. Il aimait traîner dans les rues, regarder les autres, surprendre des bouts de conversation, s'y immiscer, s'asseoir sur les bancs, discuter le prix du poisson. Habitudes de flic, réflexes de séducteur, errements de vie. Il sourit. Ce nouveau quartier lui plaisait. La nouvelle baraque aussi. Il avait quitté son ancien logement sans se retourner, satisfait de pouvoir commencer autre chose. L'idée de commencer l'avait toujours beaucoup plus séduit que celle de continuer.

Vandoosler s'arrêta en vue de la rue Chasle et détailla avec plaisir ce nouveau secteur d'existence. Comment était-il arrivé ici ? Une succession de hasards. Quand il y pensait, sa vie lui donnait l'impression d'un tissu cohérent, et pourtant fait d'inspirations inorganisées, sensibles au moment qui passe et volatiles dans le long terme. Des grandes idées, des projets de fond, ça oui, il en avait eu. Pas un seul qu'il ait mené à terme. Pas un. Il avait toujours vu ses résolutions les plus fermes fondre à la première des sollicitations, ses engagements les plus sincères s'étioler à la moindre des occasions, ses mots les plus vibrants se dissoudre dans la réalité. C'était comme ça. Il s'y était habitué et il n'y trouvait pas grand-chose à redire. Il suffit d'être au courant. Efficace et souvent glorieux dans l'instant, il se savait anéanti dans la moyenne durée. Cette rue Chasle, curieusement provinciale, était parfaite. Encore un nouveau lieu. Pour combien de temps ? Un homme le croisa et lui jeta un coup d'œil. Il devait se demander ce qu'il faisait en arrêt sur le trottoir avec son panier à provisions. Vandoosler estima que ce type aurait su expliquer pourquoi il vivait par ici et même brosser un tableau de son avenir. Alors que lui aurait déjà eu bien du mal à résumer sa vie passée. Il la ressentait comme un magnifique réseau d'incidences, de coups par coups, d'enquêtes ratées ou réussies, d'occasions saisies, de femmes séduites, excellents événements dont aucun n'avait traîné en longueur et pistes bien trop nombreuses pour se prêter à une synthèse, heureusement. Évidemment, ça avait fait de la casse aussi. C'est inévitable. Faut enlever du vieux pour connaître du neuf.

Avant de rentrer à la baraque, l'ex-commissaire s'assit sur le petit muret qui lui faisait face. Un rayon de soleil d'avril, toujours bon à prendre. Il évita de regarder du côté de chez Sophia Siméonidis où trois ouvriers de la ville s'acharnaient depuis hier à creuser une tranchée. Il regarda du côté de chez l'autre voisine. Comment disait Saint Luc ? Le front Est. Un maniaque, ce type. Qu'est-ce que ça pouvait bien lui faire, la Grande Guerre ? Enfin, à chacun sa merde. Vandoosler avait progressé sur le front Est. Il avait pris des petits renseignements de-ci, de-là. Système de flic. La voisine s'appelait Juliette Gosselin, elle vivait avec son frère Georges, un gros taciturne. À voir. Tout était bon à voir pour Armand Vandoosler. Hier, la voisine de l'Est avait jardiné. Accueil du printemps. Il lui avait dit trois mots, histoire de. Vandoosler sourit. Il avait soixante-huit ans et des certitudes à relativiser.

Il n'aurait pas aimé essuyer un refus. Donc, prudence et pondération. Mais ça ne coûtait rien d'imaginer. Il avait bien observé cette Juliette qui lui avait semblé jolie et énergique, dans la quarantaine, et il avait estimé qu'elle n'avait rien à faire avec un vieux flic. Même encore beau, à ce qu'on disait. Lui, il n'avait jamais vu ce que les autres trouvaient de bien à son visage. Trop maigre, trop tordu, pas assez pur à son goût. En aucune façon il ne serait tombé amoureux d'un type dans son genre. Mais les autres, oui, souvent. Ça lui avait rendu de gros services comme flic, sans parler du reste. Ça avait fait de la casse aussi. Armand Vandoosler n'aimait pas quand ses pensées en arrivaient là, à la casse. Ça faisait déjà deux fois en un quart d'heure. Sans doute parce qu'il changeait une fois encore de vie, de lieu, d'entourage. Ou peut-être parce qu'il avait croisé des jumeaux à la poissonnerie.

Il se déplaça pour mettre son panier à l'ombre, ce qui le rapprocha en même temps du front Est. Pourquoi bon sang fallait-il encore que ses pensées en arrivent là ? Il n'y avait qu'à simplement guetter l'apparition de la voisine de gauche et s'occuper du poisson pour les trois ouvriers de la tranchée. De la casse ? Oui et alors ? Il n'était pas le seul, bordel, merde. C'est entendu, il y avait souvent été fort. Surtout pour elle et ses deux jumeaux qu'il avait quittés un jour en deux temps, trois mouvements. Les jumeaux avaient trois ans. Pourtant il y tenait à Lucie. Il avait même dit qu'il la garderait toujours. Et tout compte fait, non. Il les avait regardés s'éloigner sur un quai de gare. Vandoosler soupira. Il redressa lentement la tête, repoussa ses cheveux en arrière. Ça leur faisait vingt-quatre ans maintenant aux petits. Où étaient-ils ? Quelle merde. Quelle connerie. Loin, près ? Et elle ? Inutile d'y penser. Pas grave. Aucune importance. L'amour, il en pousse comme on veut, ils se valent

50

tous, il n'y a qu'à se baisser pour les ramasser. Voilà. Pas grave. Faux qu'il y en a de mieux que d'autres, faux. Vandoosler se leva, prit son panier et s'approcha du jardin de la voisine de l'Est, Juliette. Toujours personne. Et s'il allait voir plus loin ? S'il avait été bien renseigné, elle tenait le petit restaurant *Le Tonneau*, deux rues plus bas. Vandoosler savait parfaitement cuisiner le poisson mais ça ne coûte rien de demander une recette. Qu'est-ce qu'on risque ?

10

Les trois piocheurs de tranchée étaient éreintés au point qu'ils mangeaient leur poisson sans même remarquer que c'était du bar.

— Rien ! dit Marc en se servant à boire. Rien de rien ! Incroyable. On est en train de reboucher. Ça sera fini ce soir.

— Qu'est-ce que tu attendais ? dit Mathias. Un cadavre ? Tu l'attendais vraiment ?

— C'est-à-dire qu'à force d'y penser...

— Eh bien, ne te force pas à penser. On pense déjà assez sans le vouloir. Il n'y a rien sous l'arbre et c'est tout.

— C'est certain ? demanda Vandoosler d'une voix sourde.

Marc leva la tête. La voix sourde, il la connaissait. Quand le parrain était dans le cirage, c'était qu'il y avait encore pensé.

— Certain, répondit Mathias. Sous l'arbre, le planteur n'avait pas creusé très profond. Les niveaux étaient intacts à soixante-dix centimètres sous la surface. Une espèce de remblai de la fin du XVIIIᵉ siècle, l'âge de la maison.

Mathias sortit de sa poche le fragment d'une pipe en terre blanche au fourneau empli de terre et le posa sur la table. Fin XVIIIᵉ.

— Voilà, dit-il, pour les amateurs. Sophia Siméoni-dis va pouvoir dormir tranquille. Et son mari n'a même pas réagi quand on a parlé de creuser chez lui. Homme tranquille.

— Peut-être, dit Vandoosler. Mais au bout du compte, ça n'explique pas l'arbre.

— Parfaitement, dit Marc. Ça n'explique pas.

— On se fout de l'arbre, dit Lucien. Ça devait être un pari, ou je ne sais quoi du même ordre. On a trente mille francs et tout le monde est content. On rebouche et ce soir, à neuf heures, on se couche. Repli vers l'arrière. Je suis crevé.

— Non, dit Vandoosler. Ce soir, on sort.

— Commissaire, dit Mathias, Lucien a raison, on est rompus. Sortez si vous voulez, mais nous, on dort.

— Il faudra faire un effort, Saint Matthieu.

— Je ne m'appelle pas Saint Matthieu, bon sang !

— Bien sûr, dit Vandoosler en haussant les épaules, mais qu'est-ce que ça peut faire ? Matthieu, Mathias... Lucien, Luc... c'est du pareil au même. Et moi, ça m'amuse. Cerné dans mon vieil âge par des évangélistes. Et où est le quatrième, hein ? Nulle part. Voilà ce que c'est... Une voiture à trois roues, un char à trois chevaux. Vraiment marrant.

— Marrant ? Parce que ça verse dans le fossé ? demanda Marc, énervé.

— Non, dit Vandoosler. Parce que ça ne veut jamais aller là où on voudrait, là où ça devrait. Imprévisible, donc. Ça, c'est marrant. N'est-ce pas, Saint Matthieu ?

— Comme vous voudrez, soupira Mathias, qui écrasait ses mains l'une contre l'autre. Ce n'est pas ça qui fera de moi un ange, de toute façon.

— Pardon, dit Vandoosler, aucun rapport entre un évangéliste et un ange. Mais passons. Ce soir, il y a réception conviviale chez la voisine. De l'Est. Il paraît que ça lui prend souvent. C'est une festive. J'ai accepté, j'ai dit qu'on viendrait tous les quatre.

— Une réception conviviale ? dit Lucien. Pas question. Les gobelets en papier, le vin blanc âcre, les assiettes en carton pleines de saletés salées. Pas question. Même dans la merde, vous m'entendez, commissaire, et surtout dans la merde, pas question. Même sur votre char boiteux tiré par trois chevaux, pas question. Grande réception fastueuse ou rien du tout. Merde ou grandeur, mais pas de compromis, pas d'intermédiaire. Pas de juste milieu. Dans le juste milieu, je perds tous mes moyens et je me consterne moi-même.

— Ça ne se passe pas chez elle, dit Vandoosler. Elle tient le restaurant un peu plus bas, *Le Tonneau*. Elle aimerait vous offrir un verre. Quoi de mal ? Cette Juliette de l'Est vaut un coup d'œil et le frère est dans l'édition. Ça peut servir. Surtout, il y aura Sophia Siméonidis et son mari. Ils viennent toujours. Et ça m'intéresse de voir ça.

— Sophia et la voisine sont amies ?

— Très.

— Collusion entre le front Ouest et le front Est, dit Lucien. On risque d'être pris en tenaille, il faut faire une percée. Tant pis pour les gobelets.

— On avisera ce soir, dit Marc, que les désirs changeants et impérieux de son parrain fatiguaient. Qu'est-ce qu'il cherchait, Vandoosler le Vieux ? Une diversion à ses pensées ? Une enquête ? Elle était finie, l'enquête, avant d'avoir commencé.

— On t'a dit qu'il n'y avait rien sous l'arbre, reprit Marc. Laisse tomber cette soirée.

— Je ne vois pas le rapport, dit Vandoosler.

— Pardon, tu le vois très bien. Tu veux chercher.

N'importe quoi et n'importe où pourvu que tu cherches.

— Et alors ?

— Et alors n'invente pas ce qui n'existe pas sous prétexte que tu as paumé ce qui existe. Nous, on va reboucher.

11

Finalement, Vandoosler avait vu arriver les évangélistes au *Tonneau* à neuf heures du soir. Tranchée
rebouchée, habits changés, ils s'étaient présentés sou-
riants et coiffés. « Portés volontaires », avait murmuré
Lucien à l'oreille du commissaire. Juliette avait pré-
paré à dîner pour vingt-cinq personnes et fermé le restaurant au public. En réalité, ça avait été une bonne
soirée parce que, allant d'une table à une autre, Juliette
avait dit à Vandoosler que ses trois neveux étaient
assez séduisants et celui-ci avait transmis le message
en l'améliorant. Ce qui avait aussitôt fait changer
Lucien d'avis sur tout ce qui l'entourait. Marc avait été
sensible au compliment et Mathias devait probablement l'apprécier en silence.

Vandoosler avait expliqué à Juliette qu'il n'y en avait
qu'un seul à lui parmi les trois, celui qui était en noir,
doré et argent, mais Juliette ne se passionnait pas pour
les précisions techniques et familiales. C'était le genre
de femme à rire avant de connaître la fin d'une bonne
histoire. Elle riait donc souvent et cela plaisait à
Mathias. Très joli rire. Elle lui rappelait sa sœur aînée.
Elle aidait le serveur à passer les plats et restait rarement assise, par goût plus que par nécessité. En
contraste, Sophia Siméonidis était la pondération
même. De temps à autre elle regardait les trois pio-

cheurs et elle souriait. Son mari était posé à côté d'elle. Le regard de Vandoosler s'attardait sur cet homme, et Marc se demandait ce qu'il pouvait bien espérer y trouver. Souvent, Vandoosler faisait semblant. Semblant de trouver. Système de flic.

Mathias, lui, observait Juliette. Elle échangeait des bouts d'histoires à voix basse avec Sophia, à intervalles répétés. Elles avaient l'air de bien s'amuser. Sans but précis, Lucien voulut savoir si Juliette Gosselin avait un ami, un compagnon ou toute formule de ce genre. Comme il buvait beaucoup d'un vin qui trouvait grâce à ses yeux, il jugea aussi simple de poser la question de manière directe. Ce qu'il fit. Ça fit rire Juliette qui dit qu'elle était passée à côté sans avoir encore compris comment. Elle était toute seule dans la vie, quoi. Et ça la faisait rigoler. Bon tempérament, se dit Marc, et il envia. Il aurait aimé connaître le truc. À défaut, il avait compris que le restaurant tirait son nom de la forme de la porte de la cave, dont les montants en pierre étaient évidés pour permettre le passage de très grands tonneaux. Belles pièces. De 1732, d'après la date gravée sur le linteau. La cave elle-même devait être intéressante à regarder. Si l'avance sur le front Est progressait, il irait jeter un œil.

L'avance progressa. On ne sait comment, le sommeil gagnant les plus méritants, il ne resta plus à trois heures du matin, accoudés à une même table couverte de verres et de cendriers, que Juliette, Sophia et ceux de la baraque pourrie. Mathias se retrouvait assis à côté de Juliette et Marc pensa qu'il l'avait fait avec discrétion mais exprès. Quel crétin. Il était certain que Juliette troublait, même avec ses cinq ans de plus qu'eux – Vandoosler s'était renseigné sur son âge et avait fait passer l'information. Peau blanche, bras pleins, robe assez serrée, visage rond, cheveux longs et clairs, et son rire surtout. Mais elle n'essayait de séduire personne, autant le dire tout de suite. Elle paraissait tout à fait accommodée de sa solitude bistrotière, ainsi qu'elle avait dit tout à l'heure. Mais c'était Mathias qui déraillait. Pas beaucoup, mais un petit peu tout de même. Quand on est dans la merde, ce n'est pas très malin de désirer la première voisine venue, aussi agréable soit-elle. C'était un truc à se compliquer la vie alors que ce n'est pas le moment. Et puis ça tire à conséquence, Marc en savait quelque chose. Enfin, peut-être se trompait-il. Mathias avait le droit d'être troublé sans que ça tire à conséquence.

Juliette, qui ne remarquait pas l'immobilité attentive de Mathias, racontait des histoires, celle du client qui mangeait ses chips à la fourchette, ou du type du mardi qui se regardait dans un miroir de poche pendant tout le déjeuner, par exemple. À trois heures du matin, on est indulgent pour les histoires, pour celles qu'on entend comme pour celles qu'on raconte. On laissa donc Vandoosler le Vieux détailler quelques épisodes criminels. Il racontait à voix lente et persuasive. Ça berçait bien. Lucien perdait ses doutes sur les offensives à contrer en provenance des fronts Ouest et Est. Mathias alla chercher de l'eau et se rassit n'importe où, pas même dans l'axe de Juliette. Cela surprit Marc qui n'avait pas l'habitude de se tromper sur les troubles, même légers, même passagers. Mathias n'était donc pas lisible comme tout le monde. Peut-être était-il crypté. Juliette dit quelque chose à l'oreille de Sophia. Sophia secoua la tête. Juliette insista. On n'entendait rien, mais Mathias dit :

— Si Sophia Siméonidis ne veut pas chanter, il ne faut pas la forcer.

Juliette fut surprise et, du coup, Sophia changea d'avis. Il se passa donc un moment rare où, devant quatre hommes enfermés dans un tonneau à trois heures du matin, Sophia Siméonidis chanta, en secret, accompagnée au piano par Juliette qui avait un petit talent mais qui s'était surtout, de toute évidence, habituée à jouer pour elle. Sans doute Sophia, certains soirs après la fermeture, donnait-elle ces récitals cachés, loin de la scène, pour elle seule et son amie.

Après un moment rare, on ne sait jamais quoi dire, au juste. La fatigue tombait sur les reins des creuseurs de tranchée. On se leva, on mit les vestes. On ferma le restaurant et tout le monde marcha dans la même direction. Ce n'est qu'une fois devant sa maison que Juliette dit qu'un serveur lui avait fait faux bond l'avant-veille. Il l'avait quittée sans prévenir. Juliette hésitait en poursuivant ses phrases. Elle comptait passer une annonce demain, mais, comme il semblait que, comme elle avait entendu dire que...

— Qu'on était dans la merde, compléta Marc.

— C'est cela, oui, dit Juliette, dont le visage s'anima d'avoir passé la plus grosse difficulté. Alors, ce soir, quand j'étais au piano, j'ai pensé qu'après tout, travail pour travail, la place pourrait intéresser l'un de vous. Quand on a fait des études, une place de serveur n'est peut-être pas le rêve, mais en attendant...

— Comment savez-vous qu'on a fait des études ? demanda Marc.

— C'est très facile à reconnaître quand on n'en a pas fait soi-même, dit Juliette en riant dans la nuit.

Il ne sut pourquoi, Marc se sentit gêné. Pisté, déchiffrable, un peu vexé.

— Mais le piano ? dit-il.

— Le piano, c'est autre chose, dit Juliette. Mon grand-père était fermier et mélomane. Il s'y connaissait à merveille en betteraves, en lin, en blé, en musique, en seigle et en pommes de terre. Il m'a forcée pendant quinze ans à suivre des cours de musique. Une idée fixe chez lui... Quand je suis venue à Paris, j'ai fait des ménages et c'en a été fini du piano. C'est bien plus tard que j'ai pu reprendre, quand, à sa mort, il m'a laissé un gros capital. Grand-père avait beaucoup d'hectares et d'idées fixes. Il avait mis une condition impérative pour que je touche son héritage : il exigeait que je reprenne le piano... Bien sûr, continua Juliette en riant, le notaire m'a dit que la condition n'était pas valable. Mais j'ai voulu respecter l'idée fixe du grand-père. J'ai acheté la maison, le restaurant, et un piano. Et voilà.

— C'est pour ça qu'il y a souvent des betteraves au menu ? demanda Marc en souriant.

— C'est cela, dit Juliette. Des gammes de betteraves.

Cinq minutes après, Mathias était embauché. Il souriait, écrasant ses mains l'une contre l'autre. Plus tard, en montant l'escalier, Mathias demanda à Marc pourquoi il avait menti en disant qu'il ne pouvait pas prendre la place, qu'il avait quelque chose en vue.

— Parce que c'est vrai, dit Marc.

— C'est faux. Tu n'as rien en vue. Pourquoi tu n'as pas pris la place ?

— C'est le premier qui voit qui prend, dit Marc.

— Qui voit quoi ?... Bon Dieu, où est Lucien ? dit-il brusquement.

— Merde, je crois qu'on l'a laissé en bas.

Lucien, qui avait bu l'équivalent de vingt gobelets en carton, n'avait pas pu passer l'étape des premières marches et dormait sur la cinquième. Marc et Mathias l'attrapèrent chacun par un bras.

Vandoosler, en parfaite forme, avait raccompagné Sophia jusqu'à sa porte et entrait.

— Jolie toile, commenta-t-il. Les trois évangélistes agrippés les uns aux autres et abordant l'impossible ascension.

— Bon sang, dit Mathias en soulevant Lucien, pourquoi l'a-t-on installé au troisième étage ?

— On ne pouvait pas deviner qu'il pouvait boire comme un trou, dit Marc. Et souviens-toi qu'il n'y avait pas moyen de faire autrement. L'ordre chronologique d'abord : au rez-de-chaussée, inconnu, mystère originel, merdier général, foutoir en combustion, bref, les pièces communes. Au premier étage, légère émergence du chaos, balbutiements médiocres, l'homme nu se redresse en silence, bref, toi, Mathias. Montant plus avant l'échelle du temps...

— Qu'est-ce qu'il a à brailler comme ça ? demanda Vandoosler le Vieux.

— Il déclame, dit Mathias. C'est tout de même son droit. Il n'y a pas d'heure pour les orateurs.

— Montant plus avant l'échelle du temps, continua Marc, bondissant par-dessus l'Antiquité, abordant de plain-pied le glorieux deuxième millénaire, les contrastes, les audaces et les peines médiévales, bref, moi, au deuxième étage. Ensuite, au-dessus, la dégradation, la décadence, le contemporain. Bref, lui, continua Marc en secouant Lucien par le bras. Lui, au troisième étage, fermant de la honteuse Grande Guerre la stratigraphie de l'Histoire et celle de l'escalier. Plus haut encore, le parrain, qui continue de déglinguer les temps actuels à sa manière bien particulière.

Marc s'arrêta et soupira.

— Tu comprends, Mathias, même si c'est plus pratique de loger ce type au premier, on ne peut quand même pas se permettre de bouleverser la chronologie, de renverser la stratigraphie de l'escalier. L'échelle du temps, Mathias, c'est tout ce qu'il nous reste ! On ne peut pas massacrer cette cage d'escalier qui demeure la seule chose qu'on ait mise dans le bon ordre. La seule, Mathias, mon vieux ! On ne peut pas la saccager.

— Tu as raison, dit gravement Mathias. On ne peut pas. Faut monter la Grande Guerre jusqu'au troisième.

— Si je puis donner mon avis, intervint Vandoosler

à voix douce, vous êtes aussi bourrés l'un que l'autre, et j'aimerais bien que vous hissiez Saint Luc jusqu'à sa couche stratigraphique adéquate pour que je puisse, moi, regagner les déshonorants niveaux des temps actuels où je loge.

Ce fut avec une grande surprise, que, le lendemain à onze heures trente, Lucien vit Mathias se préparer tant bien que mal à partir au travail. Les derniers épisodes de la soirée, en particulier l'engagement de Mathias comme serveur chez Juliette Gosselin, lui étaient tout à fait inconnus.

— Si, dit Mathias, tu as même serré Sophia Siméonidis dans tes bras à deux reprises pour la remercier d'avoir chanté. C'était un peu familier, Lucien.

— Ça ne me rappelle rien du tout, dit Lucien. Ainsi, tu es enrôlé sur le front Est ? Et tu pars content ? La fleur au fusil ? Sais-tu que l'on croit toujours que l'on va triompher de la merde en quinze jours mais qu'en réalité ça s'éternise ?

— Tu avais vraiment bu comme un trou, dit Mathias.

— Comme un trou d'obus, précisa Lucien. Bonne chance, soldat.

12

Mathias s'appliqua sur le front Est. Quand Lucien ne faisait pas cours, il passait la ligne avec Marc et ils allaient déjeuner au *Tonneau* pour l'encourager et parce qu'ils s'y sentaient bien. Le jeudi, Sophia Siméonidis y déjeunait aussi. Tous les jeudis depuis des années.

Mathias servait lentement, tasse par tasse, sans faire d'équilibrisme. Trois jours plus tard, il avait repéré le client qui mangeait ses chips à la fourchette. Sept jours plus tard, Juliette avait pris l'habitude de lui donner le surplus des cuisines, et, dans la baraque pourrie, la composition des dîners s'était donc améliorée. Neuf jours plus tard, Sophia invita Marc et Lucien à partager son déjeuner du jeudi. Le jeudi suivant, seize jours plus tard, Sophia disparut.

Le lendemain, personne ne la vit. Inquiète, Juliette demanda à Saint Matthieu si elle pouvait voir le vieux commissaire après la fermeture. Mathias était très contrarié que Juliette l'appelle Saint Matthieu, mais comme c'était sous ces noms idiots et grandiloquents que Vandoosler le Vieux lui avait parlé la première fois des trois hommes avec qui il vivait, elle ne pouvait plus se les sortir de la tête. Une fois *Le Tonneau* bouclé, Juliette accompagna Mathias jusqu'à la baraque pourrie. Il lui avait exposé le système de gradation chronologique des paliers de l'escalier pour qu'elle ne se choque pas de voir le plus âgé logé au dernier étage.

Essoufflée après l'ascension rapide des quatre étages, Juliette s'assit face à Vandoosler dont le visage devint aussitôt attentif. Juliette semblait apprécier les évangélistes mais préférer l'avis du vieux commissaire. Mathias, appuyé à une poutre, pensa qu'elle préférait en réalité la gueule du vieux commissaire, ce qui l'agaçait un peu. Plus le vieux était attentif, plus il était beau.

Lucien, revenu de Reims où il avait été appelé pour une conférence bien payée sur « L'Enlisement du Front », exigea un résumé des faits. Sophia n'avait pas réapparu. Juliette était allée voir Pierre Relivaux qui avait dit de ne pas s'en faire, qu'elle reviendrait. Il semblait soucieux mais sûr de lui. Ce qui donnait à penser que Sophia s'était justifiée avant de partir. Mais Juliette ne comprenait pas qu'elle n'ait pas été prévenue, elle. Ça la tracassait. Lucien haussa les épaules. Il ne voulait pas blesser Juliette mais rien n'obligeait Sophia à la tenir au courant de tout. Mais Juliette y tenait. Jamais Sophia n'avait raté un jeudi sans l'avertir. On cuisinait spécialement pour elle un émincé de veau aux champignons. Lucien marmonna. Comme si un émincé de veau pouvait compter face à une imprévisible urgence. Mais pour Juliette, bien sûr, émincé de veau d'abord. Pourtant Juliette était intelligente. Mais c'est toujours la même chose : le temps d'arracher sa pensée du quotidien, de soi-même et de l'émincé de veau, et on dit une connerie. Elle espérait que le vieux commissaire pourrait faire parler Pierre Relivaux. Bien qu'elle ait cru comprendre que Vandoosler n'était pas précisément une référence.

— Mais tout de même, dit Juliette, un flic reste un flic.

— Pas forcément, dit Marc. Un flic viré peut devenir un anti-flic, un loup-garou peut-être.

— Elle n'en avait pas marre de cet émincé de veau ? demanda Vandoosler.

— Pas du tout, dit Juliette. Et elle le mange même de façon étonnante. Elle aligne les petits champignons, un peu comme des notes sur une portée, et elle vide son assiette régulièrement, mesure par mesure.

— Une femme organisée, dit Vandoosler. Pas le genre à disparaître sans explication.

— Si son mari ne s'alarme pas, dit Lucien, c'est qu'il a de bonnes raisons et il n'est pas forcé de déballer sa vie privée sous prétexte que sa femme a déserté et qu'elle a raté un émincé. Laissons tomber. Rien n'interdit à une femme de se tirer quelque temps si ça lui chante. Je ne vois pas pourquoi on lui donnerait la chasse.

— Néanmoins, dit Marc, Juliette pense à quelque chose qu'elle ne nous dit pas. Il n'y a pas que l'émincé qui la tracasse, n'est-ce pas, Juliette ?

— C'est vrai, dit Juliette.

Elle était jolie, dans la faible lumière qui éclairait les combles. Tout à son souci, elle ne faisait pas attention à sa tenue. Penchée en avant, les mains croisées, sa robe ne serrait pas son corps et Marc nota que Mathias s'était placé debout face à elle. Encore ce trouble immobile. Il faut admettre qu'il y avait de quoi. Corps blanc, corps plein, nuque ronde, épaules dégagées.

— Mais si Sophia revient demain, continua Juliette, je m'en voudrais d'avoir raconté ses petites histoires à de simples voisins.

— On peut être voisins sans être simples, dit Lucien.

— Et il y a l'arbre, dit doucement Vandoosler. L'arbre oblige à parler.

— L'arbre ? Quel arbre ?

— Plus tard, dit Vandoosler. Racontez ce que vous savez.

Difficile de résister au timbre de la voix du vieux flic. On ne voit pas pourquoi Juliette aurait fait exception.

— Elle était arrivée de Grèce avec un ami, dit Juliette. Il s'appelait Stelyos. D'après elle, un fidèle, un protecteur, mais, si j'ai bien compris, un fanatique, séduisant, ombrageux, qui ne laissait personne s'approcher d'elle. Sophia était portée, couvée, gardée par Stelyos. Jusqu'à ce qu'elle rencontre Pierre et quitte son compagnon de route. Il paraît que cela fit un drame épouvantable et que Stelyos chercha à se foutre en l'air ou quelque chose dans le même genre. Oui, il voulut se noyer, c'est cela, sans y parvenir. Et puis il hurla, gesticula, menaça et finalement, elle n'eut plus jamais de nouvelles. C'est tout. Donc, rien de formidable. Sauf la manière dont Sophia en parle. Jamais tranquille. Elle pense qu'un jour ou un autre, Stelyos reviendra et que ce ne sera marrant pour personne. Elle dit qu'il est « très grec », bourré de vieilles histoires grecques, je crois, et que ça, ça ne disparaît jamais. Les Grecs, c'était quelqu'un, dans le temps. Sophia dit qu'on oublie ça. Et bref, il y a trois mois, non, trois mois et demi, elle m'a montré une carte qu'elle avait reçue de Lyon. Il y avait juste une étoile sur cette carte, pas bien dessinée en plus. Je n'ai pas trouvé ça très intéressant mais ça a bouleversé Sophia. Moi, je pensais que l'étoile pouvait dire neige, ou Noël, mais elle était convaincue que ça voulait dire Stelyos et que ça n'annonçait rien de bon. Il paraît que Stelyos se dessinait toujours des étoiles. Que les Grecs ont inventé l'idée de faire gaffe aux étoiles. Et puis rien ne s'est produit et elle a oublié. C'est tout. Mais maintenant, je me demande. Je me demande si Sophia a reçu une nouvelle carte. Elle avait peut-être de bonnes raisons d'avoir peur. Des trucs qu'on ne peut pas comprendre. Les Grecs, c'était quelque chose.

— De quand date son mariage avec Pierre ? demanda Marc.

— Longtemps... Quinze ans, vingt ans... dit Juliette. Franchement, un type qui voudrait se venger vingt ans plus tard, ça me paraît invraisemblable. On a quand même autre chose à faire dans la vie que de mâchonner ses déceptions. Vous vous rendez compte ? Si tous les largués du monde mâchonnaient leur truc pour se venger, la terre serait un vrai champ de bataille. Un désert... Pas vrai ?

— Il arrive qu'on puisse penser à quelqu'un longtemps après, dit Vandoosler.

— Qu'on tue quelqu'un sur le coup, je suis d'accord, dit Juliette sans entendre, ce sont des trucs qui arrivent. Un coup de sang. Mais s'énerver vingt ans plus tard, là je ne marche pas. Mais Sophia a l'air de croire à ce genre de réaction. Ça doit être grec, je n'en sais rien. Si je le raconte, c'est parce que Sophia y attache de l'importance. J'ai idée qu'elle s'en veut un peu d'avoir abandonné son camarade grec, et comme Pierre l'avait déçue, c'était peut-être sa manière de se souvenir de Stelyos. Elle disait en avoir peur, mais je crois qu'elle aimait bien penser à Stelyos.

— Déçue par Pierre ? demanda Mathias.

— Oui, dit Juliette. Pierre ne fait plus attention à rien, enfin plus à elle. Il lui parle, sans plus. Il converse, comme dit Sophia, et il lit ses journaux pendant des heures sans lever le nez quand elle passe. Il paraît que ça lui prend dès le matin. Je lui ai bien dit que c'était normal, mais elle, elle trouve ça triste.

— Et alors ? dit Lucien. Et alors ? Si elle est partie en promenade avec son copain grec, ça ne nous regarde pas !

— Mais il y a l'émincé aux champignons, reprit

Juliette, butée. Elle m'aurait avertie. De toute façon, j'aimerais mieux savoir. Ça me rassurerait.

— Ce n'est pas tellement l'émincé, dit Marc. C'est l'arbre. Je ne sais pas si on peut rester inactifs devant une femme qui disparaît sans prévenir, un mari indifférent et un arbre dans le jardin. Ça fait beaucoup. Qu'en penses-tu, commissaire ?

Armand Vandoosler leva sa belle gueule. Il avait sa tête de flic. Le regard concentré qui semblait lui rentrer sous les sourcils, le nez qui paraissait plus puissant, offensif. Marc connaissait. Le parrain avait un visage si mobile qu'il pouvait déchiffrer les différents registres de ses pensées. Dans les tons graves, ses jumeaux et la femme envolés on ne sait où, dans les tons moyens, une enquête flicardière, dans les tons aigus, une fille à séduire. Pour simplifier. Parfois tout se mélangeait et ça devenait plus compliqué.

— Je suis inquiet, dit Vandoosler. Mais je ne peux pas faire grand-chose tout seul. Pour ce que j'en ai vu l'autre soir, Pierre Relivaux ne parlera pas devant le premier vieux flic pourri venu. Sûrement pas. C'est un homme à ne plier que devant l'officiel. Pourtant, il faudrait savoir.

— Quoi ? dit Marc.

— Savoir si Sophia a donné un motif à son mari pour son départ, et si oui, lequel, et savoir s'il y a quelque chose sous l'arbre.

— Ça ne va pas recommencer ! cria Lucien. Il n'y a rien sous ce foutu arbre ! Que des pipes en terre du XVIIIᵉ siècle ! Et cassées en plus.

— Il n'y *avait* rien sous l'arbre, précisa Vandoosler. Mais... aujourd'hui ?

Juliette les regardait tour à tour sans comprendre.

— Mais qu'est-ce que c'est que cette histoire d'arbre ? demanda-t-elle.

— Le jeune hêtre, dit Marc avec impatience. Près du mur du fond, dans son jardin. Elle nous avait demandé de creuser dessous.

— Le hêtre ? Le petit nouveau ? dit Juliette. Mais Pierre m'a dit lui-même qu'il l'avait fait planter pour masquer le mur !

— Tiens, dit Vandoosler, ce n'est pas ce qu'il avait dit à Sophia.

— Quel intérêt aurait un type à planter un arbre la nuit sans le dire à sa femme ? À l'affoler pour rien ? C'est de la perversité imbécile, dit Marc.

Vandoosler se retourna vers Juliette.

— Sophia n'a rien dit d'autre ? À propos de Pierre ? Rivale en vue ?

— Elle n'en sait rien, dit Juliette. Pierre s'absente parfois longtemps le samedi ou le dimanche. Pour s'aérer. Les histoires d'aération, personne n'y croit trop. Alors elle se pose la question, comme tout le monde. Moi par exemple, voilà une question qui ne me tracasse pas. Eh bien, mine de rien, c'est un avantage.

Elle rit. Mathias la fixait, toujours immobile.

— Il faut savoir, dit Vandoosler. Je vais tâcher de me débrouiller du mari, d'arranger une entrevue. Toi, Saint Luc, tu fais cours demain ?

— Il s'appelle Lucien, murmura Mathias.

— Demain, c'est samedi, dit Lucien. C'est congé pour les saints, les soldats en permission et une partie du reste du monde.

— Toi et Marc, vous filerez Pierre Relivaux. C'est un homme occupé et prudent. Si maîtresse il y a, il lui aura attribué classiquement la case samedi-dimanche. Vous avez déjà filé quelqu'un ? Vous savez comment faire ? Non, bien sûr. Sortis de vos filatures historiques, vous n'êtes bons à rien. Pourtant, trois chercheurs du Temps, capables de lancer des filets pour remonter un passé insaisissable, devraient être aptes à traquer l'actuel. À moins que ça ne vous dégoûte, l'actuel ?

Lucien fit la moue.

— Et Sophia ? dit Vandoosler. Vous vous en foutez ?

— Évidemment non, dit Marc.

— Bien. Saint Luc et Saint Marc, vous prenez Relivaux en chasse tout le week-end. Sans le lâcher une minute. Saint Matthieu travaille, qu'il reste dans son tonneau avec Juliette. Oreilles ouvertes, on ne sait jamais. Quant à l'arbre...

— Quoi faire ? dit Marc. On ne peut tout de même pas refaire le coup des ouvriers de la ville. Mais tu ne penses pas vraiment que...

— Tout est possible, dit Vandoosler. Pour l'arbre, il va falloir y aller carrément. Leguennec fera l'affaire. C'est un résistant.

— Qui est Leguennec ? demanda Juliette.

— Un type avec qui j'ai fait des parties de cartes formidables, dit Vandoosler. On avait inventé un jeu inouï qui s'appelait « la baleinière ». Formidable. Il en connaissait un rayon sur la mer, il avait été pêcheur dans sa jeunesse. Pêche hauturière, la mer d'Irlande, tout ça. Formidable.

— Et qu'est-ce que tu veux qu'on en fasse de ton joueur de cartes des mers d'Irlande ? dit Marc.

— Ce pêcheur joueur de cartes est devenu flic.

— Dans ton genre ? demanda Marc. Coulant ou liquide ?

— Ni l'un ni l'autre. La preuve, il est toujours flic. Aujourd'hui, il est même inspecteur en chef au commissariat du 13e arrondissement. Il été un des rares à tenter de me défendre quand on m'a cassé. Mais je ne peux pas le prévenir moi-même, ça le mettrait dans une position fâcheuse. Le nom de Vandoosler est resté un peu trop célèbre dans le coin. Saint Matthieu s'en chargera.

— Et sous quel prétexte ? dit Mathias. Qu'est-ce que je vais lui dire à ce Leguennec ? Qu'une dame n'est pas rentrée chez elle et que son mari n'est pas inquiet ? Jusqu'à nouvel ordre, tout adulte est libre d'aller où il veut sans que la police s'en mêle, merde.

— Le prétexte ? Rien de plus simple. Il me semble que, il y a une quinzaine, trois types sont venus creuser dans le jardin de la dame en se faisant passer pour des municipaux. Supercherie. Voilà un excellent prétexte. Tu lui fournis les autres éléments et Leguennec comprendra à demi-mot. Il rappliquera.

— Merci, dit Lucien. Le commissaire nous encourage à aller creuser et puis le commissaire nous met les flics au cul. C'est parfait.

— Réfléchis, Saint Luc. Je vous mets Leguennec au cul, c'est un peu différent. Mathias n'aura pas à dire les noms des piocheurs.

— Il les trouvera, ce Leguennec, s'il est si fort !

— Je n'ai pas dit qu'il était fort, j'ai dit qu'il était résistant. Il trouvera en effet les noms parce que je les lui dirai moi-même, mais plus tard. Si c'est nécessaire. Je te dirai quand intervenir, Saint Matthieu. En attendant, je crois que Juliette est fatiguée.

— C'est vrai, dit-elle en se redressant. Je vais rentrer. Est-ce qu'il faut vraiment mettre la police sur le coup ?

Juliette regarda Vandoosler. Ses paroles semblaient l'avoir sécurisée. Alors elle le regardait, souriante. Marc jeta un coup d'œil à Mathias. La beauté du parrain était vieille, elle avait beaucoup servi, mais elle était encore efficace. Qu'allaient pouvoir faire les traits statiques de Mathias contre une vieille beauté éculée mais opérante ?

— Je crois, dit Vandoosler, qu'il faut surtout aller

dormir. J'irai voir Pierre Relivaux demain matin. Après quoi, Saint Luc et Saint Marc prendront le relais.

— Exécution de la mission, dit Lucien.

Et il sourit.

13

Vandoosler, grimpé sur une chaise, avait passé la tête par un vasistas et surveillait l'éveil de la maison de droite. Le front Ouest, comme disait Lucien. Vraiment un agité ce type. Pourtant, il avait, paraît-il, écrit des bouquins très solides sur des tas d'aspects méconnus de cette affaire de 14-18. Comment pouvait-on se passionner pour ce vieux truc alors que tant de formidables combines pouvaient surgir des coins de tous les jardins ? Après tout, c'était peut-être le même boulot.

Il faudrait peut-être qu'il envisage de ne plus les appeler Saint Truc et Saint Machin. Ça les énervait et c'était bien compréhensible. Ce n'était plus des mômes. Oui mais lui, ça l'amusait. Plus que ça même. Et jusqu'ici, Vandoosler ne s'était jamais vu renoncer à quelque chose qui lui procurait du plaisir. Donc, il verrait ce qu'ils allaient donner sur l'actuel, les trois chercheurs du Temps. Chercher pour chercher, quelle différence entre la vie des chasseurs-cueilleurs, celle des moines cisterciens, celle des troufions, celle de Sophia Siméonidis ? En attendant, surveiller le front Ouest, attendre le réveil de Pierre Relivaux. Ça ne devrait pas tarder. Ce n'était pas le genre de type à traîner au lit. C'était un volontariste appliqué, une espèce un peu emmerdante.

Vers neuf heures trente, Vandoosler estima, aux

divers va-et-vient entrevus, que Pierre Relivaux était prêt. Prêt pour lui, Armand Vandoosler. Il descendit les quatre étages, salua les évangélistes déjà regroupés dans la salle commune. Les évangélistes en train de bouffer au coude à coude. C'était peut-être le contraste entre les mots et les actes qui lui plaisait. Vandoosler fila sonner chez le voisin.

Pierre Relivaux n'apprécia pas l'intrusion. Vandoosler l'avait prévu et avait opté pour une attaque directe : ex-flic, inquiétudes pour sa femme disparue, questions à poser, on serait mieux à l'intérieur. Pierre Relivaux répondit ce que Vandoosler attendait, c'est-à-dire que ça ne regardait que lui.

— C'est très vrai, dit Vandoosler en s'installant dans la cuisine sans y être convié, mais il y a un os. La police peut venir vous faire une petite visite parce qu'elle estimera que ça la regarde. J'ai donc jugé que les conseils préalables d'un vieux flic pourraient vous être utiles.

Comme prévu, Pierre Relivaux fronça les sourcils.

— La police ? Au nom de quoi ? Ma femme a le droit de s'absenter, que je sache ?

— Bien entendu. Mais il s'est produit un fâcheux enchaînement de circonstances. Vous rappelez-vous ces trois ouvriers qui sont venus, il y a plus de quinze jours, creuser une tranchée dans votre jardin ?

— Bien sûr. Sophia m'a dit qu'ils vérifiaient d'anciennes lignes électriques. Je n'y ai pas prêté attention.

— C'est dommage, dit Vandoosler. Car il ne s'agissait pas d'employés municipaux, ni de l'Électricité de France ni de quoi que ce soit de respectable. Il n'y a jamais eu de ligne électrique dans votre jardin. Ces trois types ont menti.

— Ça n'a pas de sens ! cria Relivaux. Qu'est-ce que c'est que cette salade ? Et quel rapport avec la police ou avec Sophia ?

— C'est là que tout s'emmêle, dit Vandoosler en semblant le regretter sincèrement pour Relivaux. Une personne du quartier, un fureteur, en tout cas quelqu'un qui ne vous porte pas dans son cœur, a mis le doigt sur la supercherie. Je suppose qu'il a reconnu un des ouvriers et l'a questionné. Toujours est-il qu'il a prévenu les flics. Je l'ai su, j'ai encore quelques accès discrets là-bas.

Vandoosler mentait avec facilité et plaisir. Ça le mettait tout à fait à l'aise.

— La police a rigolé et a laissé tomber, continua-t-il. Elle a moins rigolé quand le même témoin, vexé, a intensifié son furetage et l'a informée que votre femme avait « disparu sans prévenir », comme on dit déjà dans le quartier. Et d'autre part, que la tranchée illicite avait été demandée par votre propre femme, de sorte qu'elle passe sous le jeune hêtre que vous voyez là-bas.

Vandoosler désigna l'arbre en pointant négligemment son doigt vers la fenêtre.

— Sophia a fait ça ? dit Relivaux.

— Elle a fait ça. Selon ce témoin. Si bien que la police sait que votre femme s'inquiétait qu'un arbre lui fût tombé du ciel. Qu'elle a fait creuser dessous. Que depuis, elle a disparu. Pour la police, c'est trop en quinze jours. Il faut les comprendre. Ils s'inquiètent pour un oui pour un non. Ils vont rappliquer pour vous questionner, ça ne fait pas de doute.

— Ce « témoin », qui est-ce ?

— Anonyme. Les hommes sont lâches.

— Et vous, qu'est-ce que vous venez faire là-dedans ? Si la police vient chez moi, en quoi ça vous concerne ?

Cette question banale, Vandoosler l'avait également prévue. Pierre Relivaux était un homme consciencieux, rétif, sans trace apparente d'originalité. C'est d'ailleurs pourquoi le vieux commissaire misait sur une maîtresse du samedi-dimanche. Vandoosler le regardait. À moitié chauve, à moitié gros, à moitié sympathique, à moitié tout. Pour l'instant, pas trop complexe à manœuvrer.

— Disons que si je pouvais confirmer votre version des faits, ça les apaiserait sûrement. J'ai laissé des souvenirs chez eux.

— Pourquoi me rendriez-vous service ? Que voulez-vous de moi ? Du fric ?

Vandoosler secoua la tête en souriant. Relivaux était aussi à moitié con.

— Pourtant, insista Relivaux, il me semble que dans la baraque que vous habitez, pardonnez-moi si je me trompe, vous m'avez tous l'air d'être dans une drôle de...

— Merde, dit Vandoosler. C'est exact. Je vois que vous êtes mieux informé que vous ne le laissez paraître.

— Les fauchés, c'est mon métier, dit Relivaux. De toute façon, c'est Sophia qui me l'a dit. Alors, ce motif ?

— Les flics m'ont fait des ennuis inutiles, dans le temps. Quand ça les prend, ça peut aller loin, ils ne savent plus s'arrêter. Depuis, j'ai tendance à essayer que ces absurdités soient évitées aux autres. Une petite revanche, si vous voulez. Un dispositif anti-flic. Et puis ça m'occupe. Gratuitement.

Vandoosler laissa Pierre Relivaux réfléchir sur ce motif spécieux et mal argumenté. Il parut l'avaler.

— Qu'est-ce que vous voulez savoir ? demanda Relivaux.

— Ce qu'ils voudront savoir.

— C'est-à-dire ?

— Où est Sophia ?

Pierre Relivaux se leva, écarta les bras et tourna dans la cuisine.

— Elle est partie. Elle va revenir. Pas de quoi fouetter un chat.

— Ils voudront savoir pourquoi vous ne fouettez pas un chat.

— Parce que je n'ai pas de chat. Parce que Sophia m'a dit qu'elle partait. Elle m'a parlé d'un rendez-vous à Lyon. Ce n'est pas le bout du monde !

— Ils ne seront pas forcés de vous croire. Soyez précis, monsieur Relivaux. Il y va de votre tranquillité, qui vous est précieuse, je crois.

— C'est une affaire sans intérêt, dit Relivaux. Mardi, Sophia a reçu une carte postale. Elle me l'a montrée. Dessus, une étoile gribouillée et un rendez-vous à telle heure dans tel hôtel de Lyon. Prendre tel train le lendemain soir. Pas de signature. Au lieu de rester calme, Sophia s'est précipitée. Elle s'était fourré dans le crâne que la carte venait d'un ancien ami à elle, un Grec, Stelyos Koutsoukis. À cause de l'étoile. J'ai eu affaire à ce type plusieurs fois avant mon mariage. Un admirateur-rhinocéros-impulsif.

— Pardon ?

— Non, rien. Un fidèle de Sophia.

— Son ancien amant.

— Bien sûr, dit Pierre Relivaux, j'ai dissuadé Sophia de partir. Si la carte venait d'on ne sait qui, Dieu sait ce qui pouvait l'attendre. Si la carte venait de ce Stelyos, ce n'était pas mieux. Mais rien à faire, elle a pris son sac et elle est partie. J'avoue que je pensais la voir revenir hier. Je ne sais rien d'autre.

— Et l'arbre ? demanda Vandoosler.

— Qu'est-ce que vous voulez que je vous dise sur cet arbre ? Sophia m'en a fait toute une histoire ! Je ne pensais pas qu'elle irait jusqu'à faire creuser dessous. Qu'est-ce qu'elle est encore allée s'imaginer ? Elle est sans cesse en train de se raconter des histoires... Ça doit être un cadeau, c'est tout. Vous savez peut-être que Sophia fut assez connue avant de se retirer de la scène. Elle chantait.

— Je le sais. Mais Juliette Gosselin dit que c'est vous qui avez planté l'arbre.

— Oui, c'est ce que je lui ai raconté. Un matin, à la grille, Juliette m'a demandé ce que c'était que ce nouvel arbre. Vu l'inquiétude de Sophia, je n'ai pas eu envie de lui expliquer qu'on ne savait pas d'où il venait et que ça fasse le tour du quartier. Comme vous l'avez compris, je tiens à ma tranquillité. J'ai fait au plus simple. J'ai dit que j'avais eu envie de planter un hêtre, pour clore le chapitre. C'est ce que j'aurais dû dire à Sophia d'ailleurs. Ça aurait évité bien des ennuis.

— Tout cela est parfait, dit Vandoosler. Mais vous êtes seul à le dire. Ce serait bien que vous puissiez me montrer cette carte postale. Pour qu'on puisse la joindre.

— Navré, dit Relivaux. Sophia l'a emportée puisqu'elle contenait les consignes à suivre. Soyez logique.

— Ah. C'est ennuyeux mais pas très grave. Tout cela tient debout.

— Évidemment ça tient ! Pourquoi me reprocherait-on quelque chose ?

— Vous savez bien ce que pensent les flics du mari quand sa femme disparaît.

— C'est stupide.

— Oui, stupide.

— La police n'ira pas jusque-là, dit Relivaux en plaquant une main raide sur la table. Je ne suis pas n'importe qui.

— Oui, répéta doucement Vandoosler. Comme tout le monde.

Vandoosler se leva lentement.

— Si les flics viennent me voir, j'irai dans votre sens, ajouta-t-il.

— Pas la peine. Sophia va revenir.

— Espérons-le.

— Je ne suis pas inquiet.

— Alors tant mieux. Et merci pour votre franchise.

Vandoosler traversa le jardin pour rentrer chez lui. Pierre Relivaux le regarda s'éloigner et pensa : De quoi se mêle-t-il, cet emmerdeur ?

14

Ce n'est que le dimanche soir que les évangélistes rapportèrent quelque chose d'un peu consistant. Samedi, Pierre Relivaux n'était sorti que pour aller acheter les journaux. Marc avait dit à Lucien que Relivaux disait sûrement « la presse » et non pas « les journaux », et qu'un jour il faudrait vérifier ça rien que pour le plaisir. En tous les cas, il n'avait pas bougé, enfermé chez lui avec sa presse. Peut-être craignait-il la visite des flics. Rien ne s'étant produit, la détermination lui revint. Marc et Lucien se mirent à ses basques quand il sortit vers onze heures du matin. Relivaux les remorqua jusqu'à un petit immeuble du 15ᵉ arrondissement.

— Dans le mille, résuma Marc en rendant compte à Vandoosler. La fille habite au quatrième. Elle est bien gentille, plutôt molle, le style doux, passif, pas regardante.

— Disons le style « plutôt quelqu'un que personne », précisa Lucien. Personnellement très exigeant sur la qualité, je désapprouve cette panique qui vous fait vous rabattre sur n'importe qui.

— Si exigeant, dit Marc, que tu es seul. Constatons-le.

— Parfaitement, dit Lucien. Mais là n'est pas la question du soir. Poursuis ton rapport, soldat.

— C'est tout. La fille est planquée, entretenue. Elle ne travaille pas, on s'est renseignés dans le quartier.

— Donc Relivaux a une maîtresse. Votre intuition était bonne, dit Lucien à Vandoosler.

— Ce n'est pas de l'intuition, dit Marc. Le commissaire a une longue pratique.

Le parrain et le filleul échangèrent un bref regard.

— Mêle-toi de ce qui te regarde, Saint Marc, dit Vandoosler. Êtes-vous certains qu'il s'agit bien d'une maîtresse ? Ça pourrait être une sœur, une cousine.

— On est restés derrière la porte et on a écouté, expliqua Marc. Résultat : ce n'est pas sa sœur. Relivaux l'a quittée vers sept heures. Ce type me fait l'impression d'être un dangereux minable.

— Pas si vite, dit Vandoosler.

— Ne sous-estimons pas l'ennemi, dit Lucien.

— Le chasseur-cueilleur n'est pas revenu ? demanda Marc. Encore dans le tonneau ?

— Oui, dit Vandoosler. Et Sophia n'a pas téléphoné. Si elle voulait tenir son affaire au secret tout en rassurant l'entourage, elle préviendrait Juliette. Mais rien, pas un signe. Ça fait quatre jours. Demain matin, Saint Matthieu appellera Leguennec. Je vais lui faire répéter son texte ce soir. L'arbre, la tranchée, la maîtresse, l'épouse disparue. Leguennec marchera. Il viendra voir.

Mathias téléphona. Il exposa les faits, d'une voix plate.

Leguennec marcha.

L'après-midi même, deux flics s'attaquaient au hêtre sous la direction de Leguennec qui se gardait Pierre Relivaux sous la main. Il ne l'avait pas réellement interrogé car il était aux limites de la légalité et il le savait. Leguennec agissait sous impulsion et entendait vider les lieux au plus vite s'il n'en sortait rien. Les deux flics qui creusaient lui étaient acquis. Ils la fermeraient.

De la fenêtre du deuxième, étage médiéval, Marc, Mathias et Lucien, tassés les uns contre les autres, regardaient.

— Il va en avoir sa claque, le hêtre, dit Lucien.

— Ta gueule, dit Marc. Tu ne comprends donc pas que c'est grave ? Tu ne comprends donc pas que d'un instant à l'autre on peut trouver Sophia là-dessous ? Et toi tu te marres ? Alors que moi, depuis cinq jours, je n'arrive même pas à faire une phrase qui ait un peu de tenue ? Même pas une phrase de plus de sept mots ?

— J'ai remarqué, dit Lucien. Tu es décevant.

— Mais toi, tu pourrais te retenir. Prends exemple sur Mathias. Il est sobre, lui. Il la ferme, lui.

— Chez Mathias, c'est naturel. Ça finira par lui jouer des tours. Tu entends, Mathias ?

— J'entends. Je m'en fous.

— Tu n'écoutes jamais personne. Tu ne fais qu'entendre. Tu as tort.

— Tais-toi, Lucien, cria Marc. Je te dis que c'est grave. Moi, je l'aimais bien, Sophia Siméonidis. Si on la trouve là, je dégueule et je déménage. Silence ! Un des flics regarde quelque chose. Non... Il continue.

— Allons bon, dit Mathias, ton parrain rapplique derrière Leguennec. Qu'est-ce qu'il vient faire ? Il ne pourrait pas se tenir tranquille pour une fois ?

— Impossible, le parrain veut être partout, dit Marc. Exister partout. D'ailleurs, c'est à peu près ce qu'il a fait dans sa vie. Toute place où il n'existe pas lui semble un espace désolé lui tendant les bras. À force de se démultiplier pendant quarante ans, il ne sait plus trop où il se trouve, personne ne sait plus. Le parrain, en fait, c'est un conglomérat de milliers de parrains tassés dans le même type. Il parle normalement, il marche, il fait les courses, mais en réalité, tu mets la main là-dedans, tu ne sais pas ce qui va en sortir. Un ferrailleur, un grand flic, un traître, un camelot, un créateur, un sauveur, un destructeur, un marin, un pionnier, un clochard, un assassin, un protecteur, un flemmard, un prince, un dilettante, un exalté, enfin tout ce que tu veux. C'est très pratique d'une certaine manière. Sauf que ce n'est jamais toi qui choisis. C'est lui.

— Je croyais qu'il fallait la boucler, dit Lucien.

— Je suis nerveux, dit Marc. J'ai le droit de parler. Je suis à mon étage tout de même.

— À propos d'étage, c'est toi qui as torché ces pages que j'ai lues sur ton bureau ? Sur le commerce dans les villages au début du XIe siècle ? Ça vient de toi ces idées-là ? C'est vérifié ?

— Personne ne t'a autorisé à lire. Si ça ne te plaît pas d'émerger de tes tranchées, personne ne te force.

— Si. Ça m'a plu. Mais qu'est-ce que fout ton parrain ?

Vandoosler s'était approché sans bruit des hommes qui creusaient. Il s'était posté derrière Leguennec qu'il dominait d'une tête. Leguennec était un Breton de petite taille, râblé, les cheveux en fer, les mains larges.

— Salut, Leguennec, dit Vandoosler d'une voix douce.

L'inspecteur se retourna d'un bond. Il dévisagea Vandoosler, saisi.

— Et alors ? dit Vandoosler. Tu as oublié ton patron ?

— Vandoosler... dit Leguennec lentement. Alors... c'est toi qui es derrière ce trafic ?

Vandoosler sourit.

— Évidemment, répondit-il. Ça me fait plaisir de te revoir.

— Moi aussi, dit Leguennec, mais...

— Je sais. Je ne me ferai pas reconnaître. Pas tout de suite. Ça ferait mauvais genre. Ne te fais pas de bile, je serai aussi muet que tu as intérêt à l'être si tu ne trouves rien.

— Pourquoi m'avoir appelé, moi ?

— Ça me semblait une bonne affaire pour toi. Et puis c'est ton secteur. Et puis tu étais curieux de nature, dans le temps. Tu aimais pêcher le poisson et même l'araignée de mer.

— Tu penses vraiment que cette femme a été tuée ?

— Je n'en sais rien. Mais je suis certain que quelque chose ne tourne pas rond. Certain, Leguennec.

— Qu'est-ce que tu sais ?

— Rien de plus que ce qui t'a été dit ce matin au téléphone. Un ami à moi. Au fait, ne te fatigue pas à rechercher les types qui ont creusé la première tranchée. Des amis aussi. Ça te gagnera du temps. Pas un mot à Relivaux. Il croit que je cherche à l'aider. Une maîtresse du samedi-dimanche dans le 15ᵉ. Je te passerai l'adresse si ça devient nécessaire. Sinon, aucune raison de l'emmerder, on laisse tomber et on écrase.

— Évidemment, dit Leguennec.

— Je file à présent. C'est plus prudent pour toi. Ne prends pas le risque de me faire prévenir pour ça, dit Vandoosler en désignant le trou sous l'arbre. Je peux voir tout ce qui se passe, j'habite à côté. Sous le ciel.

Vandoosler fit un petit signe vers les nuages et disparut.

— Ils rebouchent ! dit Mathias. Il n'y avait rien.

Marc poussa un soupir de vrai soulagement.

— Rideau, dit Lucien.

Il se frotta les bras et les jambes ankylosés par sa longue surveillance, coincé entre le chasseur-cueilleur et le médiéviste. Marc ferma la fenêtre.

— Je vais le dire à Juliette, dit Mathias.

— Ça ne peut pas attendre ? demanda Marc. Tu y travailles ce soir, de toute façon ?

— Non, c'est lundi. C'est fermé le lundi.

— Ah, oui. Alors fais ce que tu veux.

— C'est qu'il me semble, dit Mathias, que ce serait charitable de la prévenir que sa copine n'est pas sous l'arbre, non ? On s'est fait assez de souci comme ça. C'est plus agréable de la savoir en balade quelque part.

— Oui. Fais ce que tu veux.

Mathias disparut.

— Qu'est-ce que tu en penses ? demanda Marc à Lucien.

— Je pense que Sophia a reçu une carte de ce Ste-lyos, qu'elle a revu le type, et que, désappointée par son mari, s'emmerdant à Paris, regrettant sa terre natale, elle a décidé de filer avec le Grec. Bonne initiative. Je n'aimerais pas coucher avec Relivaux. Elle enverra des nouvelles d'ici deux mois quand les premières émotions se seront tassées. Une petite carte d'Athènes.

— Non, je parle de Mathias. Mathias, Juliette, qu'est-ce que tu en penses ? Tu n'as rien vu ?

— Pas grand-chose.

— Mais des petits trucs ? Tu n'as pas vu des petits trucs ?

— Si, des petits trucs. Il y en a partout des petits trucs, tu sais. Pas de quoi casser trois pattes à un canard. Ça t'embête ? Tu la voulais ?

— Mais non, dit Marc. En fait, je n'en pense rien. Je dis des conneries. Oublie.

Ils entendirent le commissaire monter les escaliers.

Sans s'arrêter, il cria au passage qu'il n'y avait rien à déclarer.

— Arrêt des combats, dit Lucien.

Avant de sortir, il regarda Marc qui restait posté devant la fenêtre. Le jour tombait.

— Tu ferais mieux de te remettre à ton commerce villageois, dit-il. Il n'y a plus rien à voir. Elle est sur une île grecque. Elle joue. Les Grecques sont joueuses.

— D'où tiens-tu cette information ?

— Je viens de l'inventer.

— Tu dois avoir raison. Elle a dû se tirer.

— Tu aimerais coucher avec Relivaux, toi ?

— Pitié, dit Marc.

— Alors, tu vois bien. Elle s'est tirée.

15

Lucien classa l'affaire au purgatoire de son esprit. Tout ce qui passait par son purgatoire finissait après un laps de temps assez bref par tomber dans les tiroirs inaccessibles de sa mémoire. Il rouvrit son chapitre sur la propagande, qui avait souffert des intrusions de ces quinze derniers jours. Marc et Mathias reprirent le fil d'ouvrages qu'aucun éditeur ne leur avait jamais demandés. Ils se voyaient aux heures des repas, et Mathias, qui rentrait à la nuit de son service, allait saluer ses amis avec sobriété et rendait une courte visite au commissaire. Invariablement, Vandoosler lui posait la même question.

— Des nouvelles ?

Et Mathias secouait la tête avant de redescendre à son premier étage.

Vandoosler ne se couchait pas avant le retour de Mathias. Il devait être le seul à rester attentif, avec Juliette, qui, jeudi particulièrement, guetta avec anxiété la porte du restaurant. Mais Sophia n'y revint pas.

Le lendemain, il y eut un satisfaisant soleil de mai. Après toute la flotte qui était tombée depuis un mois, cela agit sur Juliette comme un réactif. À quinze heures, elle ferma le restaurant comme d'habitude, pendant que Mathias retirait sa chemise de serveur et, torse nu derrière une table, cherchait son pull. Juliette n'était pas insensible à ce rite quotidien. Elle n'était pas le genre de femme à s'ennuyer mais depuis que Mathias servait au restaurant, c'était mieux. Elle se trouvait peu de points communs avec son autre serveur et son cuisinier. Avec Mathias, elle ne s'en trouvait aucun. Mais il était facile de parler à Mathias, de tout ce qu'on voulait, et c'était bien agréable.

— Ne reviens pas avant mardi, lui dit Juliette en se décidant brusquement. On ferme pour tout le week-end. Je vais me défiler chez moi, en Normandie. Toutes ces histoires de trous, d'arbres, ça m'a assombrie. Je vais mettre des bottes et marcher dans l'herbe mouillée. J'aime les bottes et la fin du mois de mai.

— C'est une bonne idée, dit Mathias, qui n'imaginait pas du tout Juliette en bottes de caoutchouc.

— Si tu veux, tu peux venir après tout. Je crois qu'il fera beau. Tu dois être le genre d'homme à aimer la campagne.

— C'est vrai, dit Mathias.

— Tu peux prendre avec toi Saint Marc et Saint Luc, et le vieux commissaire flamboyant aussi, si ça vous chante. Je ne tiens pas spécialement à la solitude. La maison est grande, on ne se gênera pas. Enfin, faites comme vous voulez. Vous avez une voiture ?

— On n'a plus de voiture, à cause de la merde. Mais je sais où en emprunter une. J'ai gardé un copain dans un garage. Pourquoi dis-tu « flamboyant » ?

— Comme ça. Il a une belle tête, non ? Avec les rides, il me fait penser à une de ces églises tarabiscotées qui partent dans tous les sens, qui ont l'air de craquer comme du tissu troué et qui restent quand même debout. Il m'épate un peu.

— Parce que tu t'y connais en églises ?

— J'allais à la messe quand j'étais petite, figure-toi. Des fois, mon père nous poussait le dimanche jusqu'à la cathédrale d'Évreux et je lisais la brochure pendant le sermon. Ne cherche pas plus loin, c'est tout ce que je sais des églises qui flamboient. Ça t'embête que je dise que le vieux ressemble à la cathédrale d'Évreux ?

— Mais non, dit Mathias.

— Je connais d'autres trucs qu'Évreux, remarque. La petite église de Caudebeuf, c'est lourd, c'est sobre, ça vient de loin et ça me repose. Et ça s'arrête là pour toutes les églises et pour tout ce que je sais d'elles.

Juliette sourit.

— Avec tout ça, j'ai vraiment envie d'aller marcher. Ou d'aller en vélo.

— Marc a dû vendre son vélo. Tu en as plusieurs là-bas ?

— Deux. Si ça vous tente, la maison est à Verny-sur-Besle, un village pas loin de Bernay, un trou. Quand tu arrives par la nationale, c'est la grande ferme à gauche de l'église. Ça s'appelle « Le Mesnil ». Il y a une petite rivière et des pommiers, uniquement des pommiers. Pas de hêtre. Tu te souviendras ?

— Oui, dit Mathias.

— Je file à présent, dit Juliette en baissant les volets. Pas la peine de me prévenir si vous venez. De toute façon, il n'y a pas le téléphone.

Elle rit, elle embrassa Mathias, sur la joue, et partit en agitant la main. Mathias resta planté sur le trottoir. Les voitures puaient. Il pensa qu'il pourrait prendre un bain dans cette petite rivière si le soleil tenait le coup. Juliette avait la peau douce et c'était agréable de se laisser approcher. Mathias se bougea, marcha très lentement jusqu'à la baraque pourrie. Le soleil chauffait son cou. Il était tenté, c'était clair. Tenté d'aller s'immerger dans ce bled de Verny-sur-Besle et d'aller en vélo jusqu'à Caudebeuf, encore qu'il n'ait pas grand-chose à foutre des petites églises. Mais ça plairait à Marc, en revanche. Car il était hors de question d'y aller seul. Seul avec Juliette, avec son rire, son corps rond, agile, blanc et détendu, l'immersion pourrait tourner à la confusion. Ce risque, Mathias le percevait assez nettement et le craignait, sous un certain angle. Il se sentait si lourd en ce moment. Le plus sage serait d'emmener les deux autres et le commissaire avec. Le commissaire irait voir Évreux, dans toute sa grandeur somptueuse et sa décadence effilochée. Convaincre Vandoosler serait facile. Le vieux aimait bouger, voir. Ensuite, laisser le commissaire faire plier les deux autres. De toute façon, l'idée était bonne. Ça ferait du bien à tout le monde, même si Marc aimait hanter les villes et si Lucien allait hurler contre la rusticité sommaire du projet.

Ils prirent tous la route vers six heures du soir. Lucien, qui avait emporté ses dossiers, râlait à l'arrière de la voiture contre la ruralité primitive de Mathias. Mathias souriait en conduisant. Ils arrivèrent pour dîner.

Le soleil tint bon. Mathias passa beaucoup de temps nu dans la rivière sans que personne ne comprenne comment il ne sentait pas le froid. Il se leva très tôt le samedi, rôda dans le jardin, visita le bûcher, le cellier, le vieux pressoir, et partit visiter Caudebeuf pour voir si l'église lui ressemblait. Lucien passa beaucoup de temps à dormir dans l'herbe sur ses dossiers, Marc passa des heures à vélo. Armand Vandoosler racontait des histoires à Juliette, comme le premier soir au *Tonneau*.

— Ils sont bien, vos évangélistes, dit Juliette.

— À dire vrai, ils ne sont pas à moi, dit Vandoosler. Je fais semblant.

Juliette hocha la tête.

— C'est indispensable de les appeler Saint Truc ? demanda-t-elle.

— Oh non... C'est au contraire une fantaisie vaniteuse et puérile qui m'est venue un soir, en les regardant dans les fenêtres... C'est pour jouer. Je suis un joueur, un menteur aussi, un faussaire. Bref, je joue, je les trafique, et ça donne ça. Ensuite, je m'imagine qu'ils ont chacun une petite parcelle qui brille. Non ? Ça les énerve en tous les cas. Maintenant, j'ai pris le pli.

— Moi aussi, dit Juliette.

16

Lucien ne voulut pas en convenir en rentrant le lundi soir, mais les trois jours avaient été excellents. L'analyse de la propagande destinée à l'arrière n'avait pas progressé, mais la sérénité, oui. Ils dînèrent dans le calme et personne ne haussa le ton, même pas lui. Mathias eut le temps de parler et Marc de construire quelques phrases bien longues au sujet de quelques broutilles. Tous les soirs, c'était Marc qui sortait le sac-poubelle devant la grille. Il le serrait toujours de la main gauche, la main aux bagues. Pour contrer le déchet. Il rentra sans le sac, préoccupé. Il ressortit plusieurs fois pendant les deux heures qui suivirent, allant et venant de la maison à la grille.

— Qu'est-ce que tu as ? finit par demander Lucien. Tu visites ta propriété ?

— Il y a une fille assise sur le petit mur, en face de la maison de Sophia. Elle a un gosse qui dort dans ses bras. Ça fait plus de deux heures qu'elle est là.

— Laisse tomber, dit Lucien. Elle attend sûrement quelqu'un. Ne fais pas comme ton parrain, ne te mêle pas de tout. Pour moi, j'ai eu mon compte.

— C'est le gosse, dit Marc. Je trouve qu'il commence à faire frais.

— Reste tranquille, dit Lucien.

Mais personne ne quitta la grande pièce. Ils se firent un deuxième café. Et une petite pluie se mit à tomber.

— Ça va flotter toute la nuit, dit Mathias. C'est triste, pour un 31 mai.

Marc se mordit les lèvres. Il ressortit.

— Elle est toujours là, dit-il en revenant. Elle a enroulé le gosse dans son blouson.

— Quel genre ? demanda Mathias.

— Je ne l'ai pas dévisagée, dit Marc. Je ne veux pas lui faire peur. Pas en haillons, si c'est ça que tu demandes. Mais haillons ou pas, on ne va pas laisser une fille et son gosse attendre je ne sais quoi toute la nuit sous la flotte ? Si ? Bon alors, Lucien, file-moi ta cravate. Grouille.

— Ma cravate ? Pour quoi faire ? Tu vas l'attraper au lasso ?

— Imbécile, dit Marc. C'est pour ne pas faire peur, c'est tout. La cravate, il arrive que ça rassure un peu. Allez dépêche-toi, dit Marc en agitant la main. Il pleut.

— Pourquoi n'irais-je pas moi-même ? demanda Lucien. Ça m'éviterait de défaire ma cravate. En plus, le motif ne va pas aller du tout sur ta chemise noire.

— Tu n'y vas pas parce que tu n'es pas un type rassurant, voilà tout, dit Marc en nouant la cravate à toute vitesse. Si je la ramène ici, ne la dévisagez pas comme une proie. Soyez naturels.

Marc sortit et Lucien demanda à Mathias comment on faisait pour avoir l'air naturel.

— Faut bouffer, dit Mathias. Personne n'a peur de quelqu'un qui bouffe.

Mathias attrapa la planche à pain et coupa deux grosses tartines. Il en passa une à Lucien.

— Mais je n'ai pas faim, dit Lucien dans une plainte.

— Mange ce pain.

Mathias et Lucien avaient commencé à mâchonner

leur grosse tranche quand Marc rentra, poussant avec douceur devant lui une jeune femme silencieuse, fatiguée, serrant contre elle un enfant assez grand. Marc se demanda fugitivement pourquoi Mathias et Lucien mangeaient du pain.

— Asseyez-vous, je vous en prie, dit-il, un peu cérémonieux pour rassurer.

Il lui prit ses habits mouillés.

Mathias sortit de la pièce sans rien dire et revint avec un duvet et un oreiller recouvert d'une taie propre. D'un geste, il invita la jeune femme à coucher l'enfant sur le petit lit du coin, près de la cheminée. Il posa le duvet sur lui, avec des gestes doux, et prépara une flambée. Très chasseur-cueilleur au grand cœur, pensa Lucien avec une grimace. Mais les gestes silencieux de Mathias l'avaient touché. Il n'y aurait pas pensé lui-même. Lucien avait facilement une boule dans la gorge.

La jeune femme n'avait presque pas peur et beaucoup moins froid. Ça devait être à cause du feu dans la cheminée. Ça fait toujours un bon effet, et sur la peur, et sur le froid, et Mathias avait fait une puissante flambée. Mais après ça, il ne savait pas quoi dire. Il écrasait ses mains l'une contre l'autre comme pour broyer le silence.

— C'est un quoi ? demanda Marc pour être aimable. Je veux dire, l'enfant ?

— C'est un garçon, dit la jeune femme. Il a cinq ans.

Marc et Lucien hochèrent la tête avec gravité.

La jeune femme défit l'écharpe qu'elle avait enroulée autour de sa tête, secoua ses cheveux, posa l'écharpe mouillée sur le dos de sa chaise et leva les yeux pour regarder où elle était tombée. En fait, tout le monde s'étudia. Mais il fallut peu de temps aux trois évangélistes pour comprendre que le visage de leur réfugiée était assez subtil pour damner un saint. Ce n'était pas une beauté qui s'annonce comme telle, d'emblée. Elle devait avoir quelque trente ans. Le visage clair, les lèvres d'enfant, la ligne du maxillaire très dégagée, les cheveux épais, noirs, coupés court sur la nuque, tout cela donnait envie à Marc de prendre ce visage. Marc aimait les corps étirés et presque trop fins. Il ne pouvait pas se rendre compte si le regard défiait, aventureux, rapide, ou bien s'il se cachait, tremblé, ombré, timide.

La fille restait tendue, jetant de fréquents coups d'œil à son garçon endormi. Elle souriait un peu. Elle ne savait pas par où commencer et s'il fallait commencer. Les noms ? Si on commençait par les noms ? Marc présenta tout le monde. Il ajouta que son oncle, ancien policier, dormait au quatrième étage. Ce fut un détail un peu lourd mais utile. La jeune femme parut plus rassurée. Même, elle se leva et se chauffa au feu. Elle portait un pantalon de toile assez serré le long des cuisses et des hanches étroites et une chemise trop vaste. Pas du tout féminine à la manière de Juliette dans ses robes aux épaules dégagées. Mais il y avait ce beau petit visage clair au-dessus de la chemise.

— Ne vous croyez pas obligée de dire votre nom, dit Marc. C'est juste parce qu'il pleuvait. Alors... avec le petit, on a pensé... Enfin... on a pensé.

— Merci, dit la jeune femme. C'est gentil d'avoir pensé, je ne savais plus quoi décider. Mais je peux dire mon nom, Alexandra Haufman.

— Allemande ? demanda brusquement Lucien.

— Moitié, dit-elle, un peu surprise. Mon père est allemand mais ma mère est grecque. On m'appelle Lex, souvent.

Lucien émit un petit bruit satisfait.

— Grecque ? reprit Marc. Votre mère est grecque ?

— Oui, dit Alexandra. Mais... qu'est-ce que ça peut

faire ? C'est si curieux que ça ? Dans la famille, on s'exporte beaucoup. Moi, je suis née en France. On vit à Lyon.

Dans cette baraque, il n'y avait pas d'étage prévu pour l'Antiquité, qu'elle fût grecque ou romaine. Mais forcément, tout le monde repensa à Sophia Siméonidis. Une jeune femme demi-grecque assise pendant des heures devant la maison de Sophia. Aux cheveux très noirs et aux yeux très sombres, comme elle. À la voix harmonieuse et grave, comme elle. Aux poignets fragiles, aux mains longues et légères, comme elle. À ceci près qu'Alexandra avait les ongles courts, presque rongés.

— Vous attendiez Sophia Siméonidis ? demanda Marc.

— Comment le savez-vous ? demanda Alexandra. Vous la connaissez ?

— On est voisins, fit remarquer Mathias.

— C'est vrai, je suis idiote, dit-elle. Mais tante Sophia n'a jamais parlé de vous dans ses lettres à ma mère. Il faut dire qu'elle n'écrit pas très souvent.

— Nous sommes des nouveaux, dit Marc.

La jeune femme eut l'air de comprendre. Elle regarda autour d'elle.

— Alors en fait, c'est vous qui avez pris la maison abandonnée ? La baraque pourrie ?

— Tout juste, dit Marc.

— Ce n'est pas très pourri ici. Un peu dénudé peut-être... monacal presque.

— On y a beaucoup travaillé, dit Marc. Mais ce n'est pas intéressant. Vous êtes vraiment la nièce de Sophia ?

— Vraiment, dit Alexandra. C'est la sœur de ma mère. Ça n'a pas l'air de vous faire plaisir. Vous n'aimez pas tante Sophia ?

— Si, beaucoup même, dit Marc.

— Tant mieux. Je l'ai appelée quand j'ai décidé de venir à Paris et elle a proposé de me prendre chez elle avec le petit jusqu'à ce que je trouve un nouveau travail.

— Vous n'en aviez plus à Lyon ?

— Si, mais je l'avais quitté.

— Ça ne vous plaisait pas ?

— Si, c'était un bon travail.

— Vous n'aimiez pas Lyon ?

— Si.

— Alors, intervint Lucien, pourquoi venir vous installer ici ?

La jeune femme resta un moment silencieuse, serrant ses lèvres, tâchant de comprimer quelque chose. Elle croisa les bras, serrés aussi.

— Je crois que c'était un peu triste, là-bas, dit-elle.

Mathias se mit aussitôt à couper de nouvelles tranches de pain. Finalement, ça se laisse manger. Il en proposa une à Alexandra, avec de la confiture. Elle sourit, accepta et tendit la main. Il lui fallut lever le visage à nouveau. Il y avait des larmes indiscutables dans ses yeux. Elle réussissait, en contractant son visage, à ce que les larmes restent dans les yeux sans filer sur les joues. Mais du coup, ses lèvres tremblaient. C'est l'un, ou c'est l'autre.

— Je ne comprends pas, reprit Alexandra en mangeant sa tartine. Tante Sophia avait tout organisé depuis deux mois. Elle avait inscrit le petit à l'école du quartier. Tout était prêt. Elle m'attendait aujourd'hui et devait venir me chercher à la gare pour m'aider avec le petit et les bagages. Je l'ai attendue longtemps puis j'ai pensé qu'après dix ans, elle ne m'avait peut-être pas reconnue, qu'on s'était ratées sur le quai. Alors je suis venue jusqu'ici. Mais il n'y a personne. Je ne comprends pas. J'ai attendu encore. Ils sont peut-être au cinéma. Mais ça me fait drôle. Sophia ne m'aurait pas oubliée.

Alexandra essuya rapidement ses yeux et regarda Mathias. Mathias prépara une seconde tartine. Elle n'avait pas dîné.

— Où sont vos bagages ? demanda Marc.

— Je les ai laissés près du muret. Mais n'allez pas les chercher ! Je vais prendre un taxi, trouver un hôtel et j'appellerai tante Sophia demain. Il a dû se produire un malentendu.

— Je ne crois pas que ce soit la meilleure solution, dit Marc.

Il regarda les deux autres. Mathias baissait la tête et regardait la planche à pain. Lucien se défilait en tournant dans la pièce.

— Écoutez, dit Marc, Sophia a disparu depuis douze jours. On ne l'a plus vue depuis le jeudi 20 mai.

La jeune femme se raidit sur sa chaise et dévisagea les trois hommes.

— Disparue ? murmura-t-elle. Mais qu'est-ce que c'est que cette histoire ?

Les larmes revinrent dans les yeux un peu tombants, timides et aventureux. Elle avait dit qu'elle était un peu triste. Peut-être. Mais Marc aurait parié pour beaucoup plus que ça. Elle devait compter sur sa tante pour fuir Lyon, fuir le lieu d'un désastre. Il connaissait ce réflexe. Et voilà qu'au bout du voyage, Sophia n'était pas là.

Marc s'assit à côté d'elle. Il cherchait ses mots pour raconter la disparition de Sophia, le rendez-vous étoilé à Lyon, le départ présumé avec Stelyos. Lucien passa derrière lui et, lentement, récupéra sa cravate sans que Marc semble s'en apercevoir. Muette, Alexandra écoutait Marc. Lucien renoua sa cravate et tenta d'atténuer les choses en disant que Pierre Relivaux n'était pas un type formidable. Mathias bougeait son grand corps, remettait du bois dans le feu, traversait la pièce, remontait le duvet sur l'enfant. C'était un bel enfant, aux cheveux bien noirs comme sa mère, sauf qu'ils étaient bouclés. Les cils, pareil. Mais les enfants sont tous jolis quand ils dorment. Il faudrait attendre le matin pour savoir. Si la mère restait, bien sûr.

Alexandra, les lèvres fermées, hostile, secouait la tête.

— Non, dit-elle. Non. Tante Sophia n'aurait pas fait ça. Elle m'aurait prévenue.

Et voilà, pensa Lucien, c'est comme Juliette. Pourquoi les gens sont-ils si certains d'être inoubliables ?

— Il doit y avoir autre chose. Il a dû lui arriver quelque chose, dit Alexandra à voix basse.

— Non, dit Lucien en distribuant des verres. On s'est donné du mal. On a même cherché sous l'arbre.

— Crétin, siffla Marc entre ses dents.

— Sous l'arbre ? dit Alexandra. Cherché sous l'arbre ?

— Ce n'est rien, dit Marc. Il déraille.

— Je ne crois pas qu'il déraille, dit Alexandra. Qu'est-ce que c'est ? C'est ma tante, j'ai besoin de savoir !

À voix hachée, ravalant son exaspération contre Lucien, Marc raconta les épisodes de l'arbre.

— Et vous en avez tous conclu que tante Sophia s'amusait quelque part avec Stelyos ? dit Alexandra.

— Oui. Enfin presque, dit Marc. Je crois que le parrain – c'est mon oncle – n'est pas tout à fait d'accord. Moi, l'arbre me gêne toujours. Mais Sophia doit être partie quelque part. C'est sûr.

— Et moi, dit Alexandra, en frappant sur la table, je vous dis que c'est impossible. Même de Délos, tante Sophia m'aurait appelée pour m'avertir. On pouvait compter sur elle. En plus, elle aimait Pierre. Il lui est arrivé quelque chose ! C'est certain ! Vous ne me croyez pas ? Les flics me croiront, eux ! Il faut que j'aille voir les flics !

— Demain, dit Marc ébranlé. Vandoosler fera venir l'inspecteur Leguennec et vous témoignerez si vous voulez. Il reprendra même l'enquête si le parrain le demande. Je crois que le parrain s'arrange un peu comme il veut avec ce Leguennec. Ce sont de vieux copains de parties de cartes de baleinières en mer d'Irlande. Mais il faut que vous compreniez que Pierre Relivaux n'était pas si marrant que ça avec Sophia. Et il n'a pas fait de déclaration de disparition et il n'entend pas en faire. C'est son droit de laisser sa femme libre de ses mouvements. Les flics ne peuvent pas agir.

— On ne peut pas les appeler maintenant ? Moi, je la déclarerai comme disparue.

— Vous n'êtes pas son mari. Et il est presque deux heures maintenant, dit Marc. Il faut attendre.

Ils entendirent Mathias, qui avait à nouveau disparu, descendre l'escalier à pas lents.

— Excuse-moi, Lucien, dit-il en ouvrant la porte, j'ai emprunté la fenêtre de ton étage. La mienne n'est pas assez haute.

— Quand on choisit des périodes basses, dit Lucien, faut pas se plaindre après de ne rien voir.

— Relivaux est rentré, continua Mathias sans prêter attention à Lucien. Il a allumé, circulé dans sa cuisine et il vient de se coucher.

— J'y vais, dit Alexandra en se levant d'un bond.

Elle souleva avec précaution le petit garçon, cala sa tête sur son épaule, cheveux noirs contre cheveux noirs, attrapa d'une main son écharpe, son blouson.

Mathias lui barra la porte.

— Non, dit-il.

Alexandra n'eut pas vraiment peur. Mais ça y ressemblait. Et elle ne comprenait pas.

— Je vous remercie tous les trois, dit-elle avec fermeté. Vous m'avez rendu un grand service, mais puisqu'il est rentré, je vais aller chez mon oncle à présent.

— Non, répéta Mathias. Je n'essaie pas de vous retenir ici. Si vous préférez dormir ailleurs, je vous accompagne jusqu'à un hôtel. Mais vous n'irez pas chez votre oncle.

Mathias bloquait toute la porte, pesamment. Il jeta un regard à Marc et Lucien par-dessus l'épaule d'Alexandra, plus pour imposer sa volonté que quêter leur approbation.

Butée, Alexandra faisait face à Mathias.

— Je suis navré, dit Mathias. Mais Sophia a disparu. Je ne vous laisserai pas y aller.

— Pourquoi ? dit Alexandra. Qu'est-ce que vous me cachez ? Tante Sophia est là-bas ? Vous ne voulez pas que je la voie ? Vous m'avez menti ?

Mathias secoua la tête.

— Non. C'est la vérité, dit-il lentement. Elle a disparu. On peut penser qu'elle est avec ce Stelyos. On peut penser comme vous qu'il lui est arrivé quelque chose. Moi, je pense qu'on a assassiné Sophia. Et jusqu'à ce qu'on sache qui, je ne vous laisserai pas aller chez lui. Ni vous, ni le petit.

Mathias restait planté devant la porte. Son regard ne lâchait pas la jeune femme.

— Il sera mieux ici qu'à l'hôtel, je crois, dit Mathias. Donnez-le-moi.

Mathias tendit ses deux grands bras et, sans un mot, Alexandra posa sur eux le petit garçon. Marc et Lucien restaient silencieux, digérant le tranquille coup d'État de Mathias. Mathias libéra la porte, reposa l'enfant sur le lit et replaça sur lui le duvet.

— Il a bon sommeil, dit Mathias en souriant. Comment s'appelle-t-il ?

— Cyrille, dit Alexandra.

Sa voix était défaite. Sophia, assassinée. Mais

qu'est-ce qu'il en savait, ce grand type ? Et pourquoi le laissait-elle faire ?

— Vous êtes sûr de ce que vous dites ? Pour tante Sophia ?

— Non, dit Mathias. Mais je préfère être prudent.

Lucien poussa soudainement un gros soupir.

— Je crois qu'il vaut mieux s'en remettre à la sagesse millénaire de Mathias, dit-il. Sa vivacité animale remonte aux dernières glaciations. Il s'y connaît en dangers de la steppe et en bêtes sauvages de tous ordres. Oui, je crois qu'il vaut mieux vous confier à la protection de ce blond primitif à l'instinct sommaire mais somme toute utile.

— Vrai, dit Marc, encore saisi par le choc que lui avaient donné les soupçons de Mathias. Voulez-vous habiter ici jusqu'à ce que les choses s'éclaircissent ? Au rez-de-chaussée, il y a une pièce attenante où on peut vous installer une chambre. Elle ne sera pas très chaude ; un peu... monacale, comme vous dites. C'est drôle, votre tante Sophia appelle cette grande pièce le « réfectoire des moines ». On ne vous dérangera pas, nous avons chacun notre étage. Nous ne nous retrouvons en bas que pour parler, crier, manger, ou faire du feu pour éloigner les bêtes sauvages. Vous pourriez dire à votre oncle que, vu les circonstances, vous ne voulez pas le déranger. Ici, quoi qu'il se passe, il y a toujours quelqu'un. Que décidez-vous ?

Alexandra en avait appris assez en une soirée pour se sentir épuisée. Elle considéra à nouveau les visages de ces trois hommes, réfléchit un temps, regarda Cyrille endormi et eut un frisson.

— D'accord, dit-elle. Je vous remercie.

— Lucien, va chercher les bagages qui sont restés dehors, dit Marc, et toi, Mathias, aide-moi à passer le lit du petit dans l'autre pièce.

Ils déménagèrent le divan et montèrent au deuxième

chercher un lit supplémentaire que Marc gardait d'un passé meilleur, une lampe et un tapis que Lucien consentit à prêter.

— C'est bien parce qu'elle est triste, dit Lucien en roulant son tapis.

Une fois la chambre à peu près installée, Marc changea la clef de côté sur la porte, pour que Alexandra Haufman puisse s'enfermer si elle le souhaitait. Il le fit habilement, sans commentaire. Toujours l'élégance discrète du seigneur fauché, pensa Lucien. Il faudra songer à lui acheter une bague avec un sceau, pour qu'il puisse fermer ses courriers à la cire rouge. Ça lui plaira sûrement beaucoup.

17

L'inspecteur Leguennec arriva quinze minutes après l'appel matinal de Vandoosler. Il eut un court conciliabule avec son ancien patron avant de demander un entretien avec la jeune femme. Marc sortit de la grande pièce et en retira son parrain de force, afin de laisser Alexandra tranquille avec le petit inspecteur.

Vandoosler déambula dans le jardin avec son filleul.

— Sans son arrivée, je crois que j'aurais laissé tomber. Que penses-tu de cette fille ? demanda Vandoosler.

— Parle plus bas, dit Marc. Le petit Cyrille joue dans le jardin. Elle n'est pas conne et jolie comme un rêve. Tu t'en es rendu compte, je suppose.

— Bien entendu, dit Vandoosler agacé. Ça crève les yeux. Mais ensuite ?

— C'est difficile de juger du reste en si peu de temps, dit Marc.

— Tu disais toujours que cinq minutes te suffisaient pour voir.

— Eh bien, c'est un peu faux. Quand les gens s'appuient une histoire triste, ça empêche de bien voir. Et en ce qui la concerne, si tu veux mon avis, ça a dû claquer fort. Alors ça brouille la vue, comme dans une chute d'eau, une cascade de flotte et de désillusions. Je connais le coup de la cascade.

— Tu as posé des questions là-dessus ?

— Je t'ai demandé de parler tout bas, bon Dieu. Non, je n'ai rien demandé. Ça ne se fait pas, figure-toi. Je devine, je suppute, je compare. Ce n'est pas trop sorcier.

— Tu crois qu'elle s'est fait jeter ?

— Tu ferais mieux de la boucler là-dessus, dit Marc.

Le parrain serra les lèvres et tapa dans un caillou.

— C'était mon caillou, dit Marc sèchement. Je l'avais posé là jeudi dernier. Tu pourrais demander avant de prendre.

Vandoosler tapa dans le caillou pendant quelques minutes. Puis la pierre se perdit dans l'herbe haute.

— C'est malin, dit Marc. Tu crois que ça se trouve sous le pas d'un cheval ?

— Continue, dit Vandoosler.

— Donc la cascade. Ajoute à ça la disparition de sa tante. Ça fait beaucoup. J'ai l'impression que la fille est loyale. Douce, vraie, fragile, beaucoup de trucs délicats à ne pas casser, comme sa nuque. Et pourtant emportée et susceptible. Pour un oui pour un non, elle tend le maxillaire en avant. Non, ce n'est pas vraiment ça. Alors disons des pensées nuancées dans un tempérament entier. Ou le contraire, des pensées entières dans un tempérament nuancé. Merde, je n'en sais rien, on s'en fout. Mais dans l'affaire de sa tante, elle ira jusqu'au bout, tu peux en être certain. Ceci dit, raconte-t-elle toute la vérité ? Je n'en sais rien non plus. Que va faire Leguennec ? Je veux dire, qu'est-ce que vous allez faire tous les deux ?

— En finir avec la discrétion. De toute façon, comme tu le dis, cette fille va remuer ciel et terre. Alors, autant y aller. Ouvrir l'enquête sous n'importe quel prétexte. Tout cela est trop larvé, ça va nous échapper. Il faut tirer les premiers, je pense. Mais impossible de vérifier l'histoire du rendez-vous de l'étoile à Lyon, le mari ne se souvient pas du nom de l'hôtel indiqué sur la carte. Ni même d'où la carte a été postée. Une passoire, ce type. Ou bien il le fait exprès et la carte n'a jamais existé. Leguennec a fait appeler les hôtels de Lyon. Ils n'ont eu personne sous ce nom-là.

— Est-ce que tu penses comme Mathias ? Que Sophia a été tuée ?

— Doucement, mon garçon. Saint Matthieu s'avance un peu vite.

— Mathias peut être rapide quand c'est nécessaire. Les chasseurs-cueilleurs sont comme ça, parfois. Et pourquoi un assassinat ? Pourquoi pas un accident ?

— Accident ? Non. On aurait retrouvé le corps depuis longtemps.

— Alors, c'est possible ? Meurtre ?

— C'est ce que pense Leguennec. Sophia Siméonidis est réellement très riche. Son mari en revanche est à la merci d'une fluctuation politique et d'un retour à un poste subalterne. Mais il n'y a pas de cadavre, Marc. Pas de cadavre, pas de meurtre.

Quand Leguennec sortit, il eut un nouveau conciliabule avec Vandoosler. Il hocha la tête et s'en alla, tout petit et très résolu.

— Qu'est-ce qu'il va faire ? demanda Marc.

— Ouvrir l'enquête. Jouer aux cartes avec moi. Travailler Pierre Relivaux. Et ce n'est pas marrant d'être travaillé par Leguennec, crois-moi. Sa patience est infatigable. J'ai été sur un chalutier avec lui, je sais de quoi je parle.

La nouvelle tomba le surlendemain en un coup brutal. Leguennec l'annonça dans la soirée d'une voix pourtant mesurée. Les pompiers avaient été appelés pendant la nuit pour maîtriser un violent incendie dans une ruelle à l'abandon de Maisons-Alfort. Le feu se propageait déjà aux maisons riveraines, des taudis désertés, quand les pompiers étaient intervenus. L'incendie ne fut éteint qu'à trois heures du matin. Au milieu des décombres, trois voitures en cendres, et dans l'une d'elles, un corps carbonisé. Leguennec apprit l'accident à sept heures, en se rasant. Il vint trouver Pierre Relivaux à son bureau à quinze heures. Relivaux reconnut avec certitude une petite pierre de basalte que lui montra Leguennec. Un fétiche volcanique dont Sophia Siméonidis ne se séparait jamais et qui s'usait dans son sac ou dans sa poche depuis vingt-huit ans.

18

Alexandra, incrédule, assise en tailleur sur son lit, longues jambes croisées, la tête dans les mains, exigeait des détails, des certitudes. Il était sept heures du soir. Leguennec avait autorisé Vandoosler et les autres à rester dans la chambre. Tout serait dans les journaux du lendemain. Lucien regardait si le petit n'avait pas taché son tapis avec ses crayons-feutres. Ça le souciait.

— Pourquoi vous êtes-vous déplacé jusqu'à Maisons-Alfort ? demandait Alexandra. Que saviez-vous ?

— Rien, assura Leguennec. J'ai quatre personnes disparues dans mon secteur. Pierre Relivaux n'avait pas souhaité déclarer sa femme comme disparue. Il était certain qu'elle reviendrait. Mais, en raison de votre arrivée, je l'avais, disons... convaincu de faire cette déclaration. Sophia Siméonidis était sur ma liste et dans ma tête. Je suis allé à Maisons-Alfort parce que c'est mon métier. Je n'étais pas seul, autant vous le dire. D'autres inspecteurs étaient là, à la recherche d'adolescents et d'époux volatilisés. Mais j'étais le seul à rechercher une femme. Les femmes disparaissent beaucoup moins que les hommes, le savez-vous ? Quand un homme marié ou un adolescent disparaît, on ne s'en fait pas trop. Mais quand c'est une femme, il y a lieu de craindre le pire. Vous comprenez ? Mais le corps, pardonnez-moi, était inidentifiable, pas même par les dents, éclatées ou réduites en poussière.

— Leguennec, coupa Vandoosler, tu peux passer sur les détails.

Leguennec secoua sa petite tête aux mâchoires massives.

— J'essaie, Vandoosler, mais Mlle Haufman veut des certitudes.

— Continuez, inspecteur, dit Alexandra à voix basse. Je dois savoir.

La jeune femme avait le visage abîmé d'avoir pleuré, les cheveux noirs hérissés, raidis par le passage répété de ses mains mouillées. Marc aurait voulu tout sécher, tout recoiffer. En fait, il ne pouvait rien faire.

— Le labo travaille dessus et il faudra plusieurs jours pour avoir éventuellement de nouveaux résultats. Mais le corps brûlé était de petite taille, suggérant une femme. La carcasse du véhicule a été passée au crible mais il ne restait rien, pas un lambeau d'habit, pas un accessoire, rien. L'incendie a été allumé avec des litres d'essence, répandus non seulement sur le corps et la voiture à profusion, mais aussi sur le sol alentour et la façade de la maison riveraine, heureusement vide. Plus personne n'habite cette ruelle. Elle est destinée à être rasée et quelques carcasses de voitures y achèvent de pourrir, abritant parfois des clochards pour la nuit.

— L'endroit avait donc été bien choisi, c'est ça ?

— Oui. Car le temps que l'alarme soit donnée, le feu avait déjà fait son boulot.

L'inspecteur Leguennec balançait au bout de ses doigts le sachet contenant la pierre noire, et Alexandra suivait des yeux ce petit mouvement exaspérant.

— Et ensuite ? demanda-t-elle.

— À l'emplacement des pieds, on a trouvé deux

concrétions d'or fondu, laissant penser à des anneaux, ou à une chaîne. Donc, quelqu'un d'assez aisé pour pouvoir au moins posséder quelques bijoux en or. Enfin, sur ce qui reste du siège avant droit, une petite pierre noire qui avait résisté au feu, un petit galet de basalte, seul vestige sans doute du contenu d'un sac à main posé sur le siège à droite de la conductrice. Rien d'autre. Les clefs auraient dû résister aussi. Mais, curieusement, pas trace de clefs. J'ai placé tous mes espoirs sur cette pierre. Vous me comprenez ? Mes trois autres personnes disparues étaient des hommes de grande taille. Ma première visite a donc été pour Pierre Relivaux. Je lui ai demandé si sa femme emportait ses clefs quand elle partait, comme tout le monde. Eh bien non. Sophia cachait ses clefs dans le jardin, comme une gamine, a dit Relivaux.

— Bien sûr, dit Alexandra avec un sourire vague. Ma grand-mère redoutait comme la foudre de perdre ses clefs. Elle nous a tous appris à cacher nos clefs comme des écureuils. On ne les a jamais sur nous.

— Ah, dit Leguennec, je comprends mieux. J'ai montré à Relivaux cette pierre de basalte sans lui parler de la découverte de Maisons-Alfort. Il l'a reconnue sans une hésitation.

Alexandra tendit la main vers le sachet.

— Tante Sophia l'avait ramassée sur une plage de Grèce, le lendemain de son premier succès sur scène, murmura-t-elle. Elle ne sortait jamais sans, ce qui d'ailleurs agaçait beaucoup Pierre. Et nous, ça nous amusait beaucoup, et c'est finalement ce petit caillou... Un jour, ils étaient partis pour la Dordogne et ils ont dû faire demi-tour à plus de cent kilomètres de Paris parce que Sophia avait oublié son caillou. C'est vrai, elle le mettait dans son sac à main ou dans la poche de son manteau. Sur scène, quel que soit le costume, elle exigeait que lui soit cousue une petite poche intérieure pour le porter. Jamais elle n'aurait chanté sans.

Vandoosler soupira. Ce que les Grecs peuvent être emmerdants, des fois.

— Quand votre enquête sera finie, continua Alexandra à voix basse, enfin... si vous n'êtes pas obligés de le conserver, j'aimerais l'avoir. À moins que mon oncle Pierre, bien sûr...

Alexandra rendit le sachet à l'inspecteur Leguennec qui hocha la tête.

— Pour le moment, nous le gardons, bien entendu. Mais Pierre Relivaux ne m'a fait aucune demande dans ce sens.

— Quelles sont les conclusions de la police? demanda Vandoosler.

Alexandra aimait bien quand ce vieux flic parlait, l'oncle ou le parrain du type en noir avec les bagues, si elle avait bien compris. Elle se méfiait un peu de cet ancien commissaire mais sa voix était apaisante et encourageante. Même quand il ne disait rien de spécial.

— Si on passait dans la pièce à côté? demanda Marc. On pourrait boire un truc.

Chacun se déplaça en silence et Mathias enfila sa veste. C'était l'heure pour lui d'aller servir au *Tonneau.*

— Juliette ne ferme pas? demanda Marc.

— Non, dit Mathias. Mais je vais devoir servir pour deux. Elle ne tient pas sur ses jambes. Quand Leguennec lui a fait identifier la pierre tout à l'heure, elle a demandé des explications.

Leguennec écarta ses bras courts d'un air navré.

— Les gens veulent des explications, dit-il, et c'est normal, et puis après ils tournent de l'œil, et c'est normal aussi.

— À ce soir, Saint Matthieu, dit Vandoosler, prenez soin de Juliette. Alors, Leguennec, ces premières conclusions ?

— Mme Siméonidis a été retrouvée quatorze jours après sa disparition. Ce n'est pas moi qui vais t'apprendre que dans l'état où était le corps, en charbon, en cendres, il est impossible de dire à quand remonte sa mort : elle a pu être tuée il y a quatorze jours puis fourrée dans cette voiture à l'abandon ou bien assassinée la nuit dernière. Et en ce cas, qu'aurait-elle fait entre-temps et pourquoi ? Elle a pu aussi se rendre elle-même dans cette ruelle, attendre quelqu'un et se faire piéger. Dans l'état où est la ruelle, impossible d'observer quoi que ce soit. De la suie et des gravats partout. Franchement, l'enquête s'annonce on ne peut plus mal. Les angles d'attaque sont faibles. L'angle du « comment » est bouché. L'angle des alibis, étendu sur quatorze jours, est ingérable. L'angle des indices matériels est nul. Reste l'angle du « pourquoi ? » et tout ce qui s'ensuit. Héritiers, ennemis, amants, maîtres chanteurs, et toutes ces routines supposées.

Alexandra repoussa sa tasse vide et sortit du « réfectoire ». Son fils dessinait à l'étage, installé chez Mathias à un petit bureau. Elle redescendit avec lui et prit une veste dans sa chambre.

— Je sors, dit-elle aux quatre hommes attablés. Je ne sais pas quand je rentrerai. Ne m'attendez surtout pas.

— Avec le petit ? dit Marc.

— Oui. Si je rentre tard, Cyrille s'endormira à l'arrière de la voiture. Ne vous en faites pas, j'ai besoin de bouger.

— La voiture ? Quelle voiture ? dit Marc.

— Celle de tante Sophia. La rouge. Pierre m'a donné les clefs et m'a dit que je pouvais la prendre quand je voulais. Il a la sienne.

— Vous avez été voir Relivaux ? dit Marc. Toute seule ?

— Vous ne pensez pas que mon oncle aurait été surpris que je ne lui rende même pas une visite en deux jours ? Mathias peut dire ce qu'il voudra, mais Pierre a été adorable. Et je n'aimerais pas que la police l'emmerde. Il va avoir assez de peine comme ça.

Alexandra était à cran, c'était net. Marc se demanda s'il n'avait pas agi un peu à la hâte en l'hébergeant. Pourquoi ne pas la renvoyer chez Relivaux ? Non, ce n'était pas du tout le moment. Et Mathias se mettrait à nouveau en travers de la porte, comme un rocher. Il regarda la jeune femme qui tenait fermement son petit par la main, le regard parti on ne sait où. La cascade de désillusions, il allait oublier la cascade. Où allait-elle avec la voiture ? Elle avait dit qu'elle ne connaissait personne à Paris. Marc frotta les cheveux bouclés de Cyrille. Ce môme avait des cheveux irrésistibles à caresser. N'empêche que sa mère, aussi délicate et jolie soit-elle, pouvait être très chiante quand elle était à cran.

— Je veux dîner avec Saint Marc, dit Cyrille. Et avec Saint Luc. J'en ai assez de la voiture.

Marc regarda Alexandra et lui fit comprendre que ça ne le dérangeait pas, qu'il ne sortait pas ce soir, qu'il garderait le petit.

— Entendu, dit Alexandra.

Elle embrassa son fils, lui dit qu'en réalité ils s'appelaient Marc et Lucien, et, les bras serrés contre elle, elle sortit après un signe de tête à l'inspecteur Leguennec. Marc recommanda à Cyrille d'aller finir ses dessins avant le dîner.

— Si elle va à Maisons-Alfort, dit Leguennec, elle en sera pour ses frais. La ruelle est barrée.

— Pourquoi irait-elle là-bas ? demanda Marc, brusquement énervé, oubliant que quelques minutes plus tôt, il avait souhaité qu'Alexandra s'en aille vivre ailleurs. Elle va aller à droite, à gauche, et puis c'est tout !

Leguennec écarta ses larges mains sans répondre.

— Vous allez la faire filer ? demanda Vandoosler.

— Non, pas ce soir. Elle ne fera rien d'important ce soir.

Marc se leva, son regard rapide allant de Leguennec à Vandoosler.

— La filer ? Qu'est-ce que c'est que cette blague ?

— Sa mère va hériter et Alexandra en profitera, dit Leguennec.

— Et alors ? cria Marc. Elle n'est pas la seule, je suppose ! Bon Dieu, mais regardez-vous ! Pas un cillement, pas un tremblement ! De la fermeté et des soupçons d'abord ! Cette fille part la gueule à l'envers, à droite, à gauche, en rond, en zigzag, et vous, vous enclenchez la surveillance ! Des hommes de caractère, des hommes à qui on ne la fait pas, des hommes qui ne sont pas nés de la dernière pluie ! Foutaises ! Tout le monde peut le faire ! Et vous savez ce que j'en pense, moi, des hommes qui restent maîtres de la situation ?

— On sait, dit Vandoosler. Tu les emmerdes.

— Parfaitement, je les emmerde ! Il n'y a pas pires crétins que les hommes qui ne sont même pas capables, de temps à autre, de naître de la dernière pluie ! De l'averse, du crachin, des déluges, et je me demande si tu n'es pas le plus durci de tous ces flics revenus de toutes les pluies !

— Je te présente Saint Marc, mon neveu, dit Vandoosler à Leguennec en souriant. À partir de rien, il réécrit l'Évangile.

Marc haussa les épaules, finit son verre d'un trait et le reposa avec bruit sur la table.

— Je te laisse le dernier mot, mon oncle, parce que de toute façon, tu voudras l'avoir.

Marc quitta la pièce et grimpa l'escalier. Lucien le suivit sans bruit et l'attrapa par l'épaule, sur le palier du premier. Fait rare, Lucien parla à voix normale.

— Du calme, soldat, dit-il. La victoire sera pour nous.

19

Marc regarda sa montre quand Leguennec quitta les combles de Vandoosler. Il était minuit dix. Ils avaient joué aux cartes. Incapable de dormir, il entendit Alexandra rentrer vers trois heures du matin. Il avait laissé toutes les portes ouvertes pour pouvoir guetter Cyrille s'il se réveillait. Marc se dit qu'il serait incorrect de descendre pour écouter. Il descendit néanmoins et prêta l'oreille depuis la septième marche de l'escalier. La jeune femme se déplaçait sans bruit pour ne réveiller personne. Marc l'entendit boire un verre d'eau. C'était bien ce qu'il pensait. On file droit devant soi, on s'égare avec fermeté dans l'inconnu, on prend quelques solides résolutions contradictoires, mais en fait on méandre et puis on revient.

Marc s'assit sur cette septième marche. Ses pensées se cognaient, s'entassaient ou bien s'écartaient les unes des autres. Comme les plaques de l'écorce terrestre qui s'ingénient à déraper sur le machin glissant et chaud qu'il y a en dessous. Sur le manteau en fusion. C'est terrible cette histoire de plaques qui déconnent dans tous les sens à la surface de la Terre. Impossible de tenir en place. La tectonique des plaques, voilà comment ça s'appelle. Eh bien lui, c'était la tectonique des pensées. Les glissades perpétuelles et parfois, inévitablement, la bousculade. Avec les emmerdements qu'on sait. Quand les plaques s'écartent, éruption volcanique. Quand les plaques se heurtent, éruption volcanique aussi. Qu'est-ce qu'avait Alexandra Haufman ? Comment allaient se dérouler les interrogatoires de Leguennec, pourquoi Sophia avait-elle brûlé à Maisons-Alfort, est-ce qu'Alexandra avait aimé ce type, le père de Cyrille ? Est-ce qu'il devrait aussi mettre des bagues sur sa main droite, à quoi ça sert d'avoir un caillou de basalte pour chanter ? Ah, le basalte. Quand les plaques s'écartent, c'est du basalte qui sort, et quand les plaques se chevauchent, c'est encore autre chose. Du ?... De ?... De l'andésite. Exactement, de l'andésite. Et pourquoi cette différence ? Mystère, il ne s'en souvenait plus. Il entendit Alexandra qui se préparait à se coucher. Et lui, assis à plus de trois heures du matin sur une marche en bois, il attendait que la tectonique se tasse. Pourquoi avait-il engueulé le parrain comme ça ? Est-ce que Juliette leur ferait une île flottante demain comme souvent le vendredi, est-ce que Relivaux allait cracher le morceau à propos de sa maîtresse ? Qui héritait de Sophia, est-ce que sa conclusion sur le commerce villageois n'était pas trop audacieuse, pourquoi Mathias ne voulait-il jamais s'habiller ?

Marc passa ses mains sur ses yeux. Il arrivait au moment où le réseau des pensées devient un foutoir si intense qu'on ne peut plus y passer une seule aiguille. Il n'y a plus qu'à tout laisser tomber et tenter de s'endormir. Repli vers l'arrière, aurait dit Lucien, loin des zones de feu. Et Lucien, il éruptionnait, lui ? Ça n'existe pas, éruptionner. Érupter ? Non plus. Lucien était plutôt à ranger dans l'activité sismique fumante chronique. Et Mathias ? Pas du tout tectonique, Mathias. Mathias, c'était l'eau, la flotte. Mais la vaste flotte, l'océan. L'océan qui refroidit les laves. N'empêche qu'au fond de l'océan, ce n'est pas si calme qu'on croit. Il y en a des merdes aussi là-dedans, il n'y a pas de raison. Des fosses, des fractures... Et peut-être même, tout au fond, de dégueulasses espèces animales inconnues. Alexandra s'était couchée. Il n'y avait plus de bruit en bas, tout était noir. Marc s'engourdissait mais il n'avait pas froid. La lumière revint dans l'escalier et il entendit le parrain descendre doucement les marches et s'arrêter à sa hauteur.

— Tu devrais aller dormir, Marc, vraiment, chuchota Vandoosler.

Et le vieux s'éloigna avec sa lampe de poche. Pisser dehors, sûrement. Action nette, simple et salutaire. Vandoosler le Vieux ne s'était jamais intéressé à la tectonique des plaques et pourtant Marc lui en avait souvent parlé. Marc n'eut pas envie d'être sur sa marche à son retour. Il monta rapidement, ouvrit sa fenêtre pour se faire du frais et se coucha. Pourquoi le parrain emportait-il un sac en plastique pour aller pisser dehors ?

20

Le lendemain, Marc et Lucien emmenèrent Alexandra dîner chez Juliette. Les interrogatoires avaient commencé, et s'annonçaient lents, longs, impuissants.

Pierre Relivaux y était passé ce matin, pour la deuxième fois. Vandoosler répercutait toutes les informations que lui fournissait l'inspecteur Leguennec. Oui, il avait cette maîtresse à Paris mais il ne voyait pas ce que ça pouvait leur faire et comment ils le savaient déjà. Non, Sophia ne l'avait jamais appris. Oui, il héritait d'un tiers de ses biens. Oui, c'était une énorme somme mais il aurait préféré que Sophia restât vivante. Si on ne le croyait pas, qu'ils aillent se faire foutre. Non, Sophia n'avait pas d'ennemis personnels. Un amant ? Ça l'étonnerait.

Ensuite, Alexandra Haufman y était passée. Tout redire quatre fois de suite. Sa mère héritait d'un tiers des biens de Sophia. Mais sa mère ne savait rien lui refuser, n'est-ce pas ? Elle bénéficiait donc directement de l'afflux d'argent sur la famille. Oui, sûrement, et alors ? Pourquoi était-elle venue à Paris ? Qui pouvait confirmer l'invitation de Sophia ? Où avait-elle été cette nuit ? Nulle part ? Difficile à croire.

Ça dura trois heures avec Alexandra.

En fin d'après-midi, Juliette y était passée à son tour.

— Elle n'a pas l'air de bonne humeur, Juliette, dit Marc à Mathias entre deux plats.

— Leguennec l'a vexée, dit Mathias. Il ne croyait pas qu'une cantatrice pût être l'amie d'une patronne de bistrot.

— Tu penses que Leguennec fait ça exprès pour énerver ?

— Peut-être. En tout cas, s'il veut blesser, c'est fait.

Marc regardait Juliette qui rangeait des verres en silence.

— Je vais aller lui dire un mot, dit Marc.

— Inutile, dit Mathias, j'ai déjà parlé.

— On n'a peut-être pas les mêmes mots ? dit Marc en croisant le regard de Mathias un bref instant.

Il se leva et passa entre les tables jusqu'au comptoir.

— Ne t'en fais pas, murmura-t-il à Mathias au passage, je n'ai rien d'intelligent à lui dire. J'ai simplement un gros service à lui demander.

— Fais comme tu veux, dit Mathias.

Marc s'accouda au comptoir et fit signe à Juliette de le rejoindre.

— Leguennec t'a fait mal ? demanda-t-il.

— Ce n'est pas bien grave, j'ai une certaine pratique. Mathias t'a raconté ?

— Trois mots. Avec Mathias, c'est déjà beaucoup. Qu'est-ce que Leguennec voulait savoir ?

— Cherche, ce n'est pas compliqué. Comment une cantatrice peut-elle adresser la parole à une fille d'épiciers de province ? Et alors ? Les grands-parents de Sophia, ils poussaient des chèvres, comme tout le monde.

Juliette arrêta son va-et-vient derrière le comptoir.

— En réalité, dit-elle en souriant, c'est ma faute. Devant sa moue de flic sceptique, j'ai commencé à me justifier comme une enfant. À dire que Sophia avait des amies dans des strates sociales où je n'avais pas accès, à dire que ce n'était pas forcément à ces femmes qu'elle pouvait parler tranquillement. Mais il gardait sa moue sceptique.

— C'est un truc, dit Marc.

— Peut-être, mais ça marche bien. Parce que moi, au lieu de réfléchir, j'ai versé dans le ridicule : je lui ai montré ma bibliothèque pour lui prouver que je savais lire. Pour lui montrer que pendant toutes ces années et avec toute cette solitude, j'ai lu et lu, des milliers de pages. Alors il a parcouru les rayonnages et il a commencé à accepter l'idée que j'avais pu être amie avec Sophia. Quel con !

— Sophia disait qu'elle ne lisait presque rien, dit Marc.

— Justement. Moi je n'y connaissais rien en opéra. Alors on échangeait, on discutait, dans la bibliothèque. Sophia regrettait d'avoir « raté » la route de la lecture. Moi, je lui disais que, des fois, on lit parce qu'on a raté d'autres machins. Ça paraît idiot, mais, certains soirs, Sophia chantait pendant que je pianotais, et d'autres soirs, je lisais pendant qu'elle fumait.

Juliette soupira.

— Le pire, c'est que Leguennec a été questionner mon frère pour savoir si, à tout hasard, les livres n'étaient pas à lui. Cette blague ! Georges n'aime que les mots croisés. Il est dans l'édition mais il ne lit pas une ligne, il s'occupe de la diffusion. Remarque qu'en mots croisés, il est force 7. Enfin, voilà comment, quand on est bistrotière, on n'a pas le droit d'être l'amie de Sophia Siméonidis à moins de fournir la preuve qu'on a su s'arracher aux pâturages normands. Il y a de la boue dans les pâturages.

— Ne t'énerve pas, dit Marc. Leguennec a emmerdé tout le monde. Tu peux me servir un verre ?

— Je te l'apporte à table.

— Non, au comptoir, s'il te plaît.

— Qu'est-ce que tu as, Marc ? Tu es vexé toi aussi ?

— Pas exactement. J'ai un service à te demander. Dans ton jardin, il y a bien un petit pavillon ? Indépendant ?

— Oui, tu l'as vu. Il date du siècle dernier, construit pour les domestiques de la maison, je suppose.

— C'est comment ? En bon état ? On peut y vivre ?

— Tu veux quitter les autres ?

— Dis-moi, Juliette, on peut y vivre ?

— Oui, c'est entretenu. Il y a tout ce qu'il faut.

— Pourquoi as-tu installé ce pavillon ?

Juliette se mordilla les lèvres.

— Au cas où, Marc, au cas où. Je ne suis peut-être pas vouée à la solitude pour toujours... On ne sait jamais. Et comme mon frère vit avec moi, un petit pavillon pour l'indépendance, au cas où... Ça te paraît ridicule ? Ça te fait rire ?

— Pas du tout, dit Marc. Tu as quelqu'un à mettre dedans en ce moment ?

— Tu sais bien que non, dit Juliette en haussant les épaules. Alors, qu'est-ce que tu veux ?

— Je voudrais que tu le proposes délicatement à quelqu'un. Si ça ne t'embête pas. Contre un petit loyer.

— Pour toi ? Pour Mathias ? Lucien ? Le commissaire ? Vous ne vous supportez plus ?

— Si. Ça va à peu près bien. C'est Alexandra. Elle dit qu'elle ne peut pas rester chez nous. Elle dit qu'elle nous gêne avec son fils, qu'elle ne peut pas s'incruster là, mais je crois surtout qu'elle veut être un peu tranquille. En tous les cas, elle fait les annonces, elle cherche quelque chose. Alors, j'ai pensé...

— Tu ne veux pas qu'elle s'éloigne, c'est ça ?

Marc fit tourner son verre.

— Mathias dit qu'il faut veiller sur elle. Tant que l'affaire n'est pas terminée. Dans ton pavillon, elle serait tranquille avec son fils, et en même temps, elle serait tout près.

— C'est ça. Tout près de toi.

— Tu te trompes, Juliette. Mathias pense vraiment qu'il vaut mieux qu'elle ne soit pas isolée.

— Ça m'est égal, coupa Juliette. Ça ne m'ennuie pas qu'elle vienne avec son fils. Si je peux te rendre service, c'est d'accord. En plus, c'est la nièce de Sophia. C'est le moins que je puisse faire.

— Tu es gentille.

Marc l'embrassa sur le front.

— Mais, dit Juliette, elle n'est pas au courant ?

— Évidemment non.

— Et qu'est-ce qui te fait croire qu'elle a envie de rester près de vous, elle ? Tu y as pensé à ça ? Comment vas-tu faire pour qu'elle accepte ?

Marc s'assombrit.

— Je te laisse faire. Ne dis pas que l'idée vient de moi. Trouve de bons arguments.

— Tu me laisses faire tout ton boulot en quelque sorte ?

— Je compte sur toi. Ne la laisse pas partir.

Marc revint à la table où Lucien et Alexandra tournaient leurs cafés.

— Il a voulu absolument savoir où j'avais roulé cette nuit, disait Alexandra. À quoi bon lui expliquer que je n'ai même pas regardé les noms des villages ? Il ne m'a pas crue et je m'en fous.

— Le père de votre père, il était allemand aussi ? interrompit Lucien.

— Oui, mais quel rapport ? dit Alexandra.

— Il a fait la guerre ? La Première ? Il n'a pas laissé des lettres, des petites notes ?

— Lucien, tu ne pourrais pas te retenir ? demanda Marc. Si tu veux absolument parler, tu ne peux pas trouver d'autres idées ? En te creusant bien la tête, tu verras qu'on peut parler d'autre chose.

— Bon, dit Lucien. Vous allez encore rouler ce soir ? demanda-t-il après un silence.

— Non, dit Alexandra en souriant. Leguennec m'a piqué ma voiture ce matin. Pourtant, le vent se lève et j'aime le vent. Ça aurait été une bonne nuit pour rouler.

— Ça me dépasse, dit Lucien. Rouler pour rien et vers nulle part. Franchement, je ne vois pas le profit. Vous pouvez rouler toute une nuit comme ça ?

— Toute une nuit, je ne sais pas... Ça ne fait que onze mois que je fais ça, de temps en temps. Jusqu'ici, j'ai toujours calé vers trois heures du matin.

— Calé ?

— Calé. Alors je reviens. Une semaine après, ça recommence, je crois que ça va marcher. Et ça rate.

Alexandra haussa les épaules, replaça ses cheveux courts derrière les oreilles. Marc aurait bien voulu le faire lui-même.

21

On ne sait pas comment Juliette s'y prit. En tout cas, Alexandra emménagea le lendemain dans le petit pavillon. Marc et Mathias l'aidèrent à transporter ses affaires. Portée par cette diversion, Alexandra se détendait. Marc, qui observait les remous des histoires tristes qui venaient affleurer sur ce visage, bien repérables à l'œil du connaisseur, était satisfait de les voir refluer, même s'il savait que ce genre de pause pouvait n'être que provisoire. Pause qui fit dire à Alexandra qu'on pouvait l'appeler Lex et la tutoyer.

Lucien, tout en roulant son tapis pour le récupérer, marmonna que l'évolution des forces en présence sur le terrain se faisait de plus en plus complexe, le front Ouest s'étant tragiquement vidé d'une de ses occupantes majeures, ne laissant sur place qu'un mari douteux, tandis que le front Est, déjà alourdi par le passage de Mathias dans le tonneau, se renforçait d'une nouvelle alliée nantie d'un enfant. Nouvelle alliée originellement prévue pour occuper le front Ouest, momentanément retenue en zone neutre et qui désertait à présent pour la tranchée Est.

— Est-ce que ta foutue Grande Guerre t'a rendu cinglé, lui demanda Marc, ou est-ce que tu jargonnes parce que tu regrettes le départ d'Alexandra ?

— Je ne jargonne pas, dit Lucien, je plie mon tapis

et je commente l'événement. Lex – elle a dit de l'appeler Lex – voulait partir d'ici et elle se retrouve en fait à deux pas. À deux pas de son oncle Pierre, à deux pas de l'épicentre du drame. Qu'est-ce qu'elle cherche ? À moins, bien sûr, dit-il en se redressant, son tapis sous le bras, que ce ne soit toi qui aies fomenté l'opération Pavillon Est.

— Et pourquoi l'aurais-je fait ? demanda Marc, sur la défensive.

— Pour la tenir à l'œil ou bien la tenir à portée de main, au choix. Je penche pour la seconde option. En tous les cas, félicitations. Le coup a très bien réussi.

— Lucien, tu m'énerves.

— Pourquoi ? Tu la veux et ça se voit, figure-toi. Prends garde, tu vas encore te casser la gueule. Tu es en train d'oublier qu'on est dans la merde. Tous dans la merde. Et quand on est dans la merde, on est porté à glisser, à déraper. Il faut marcher pas à pas, avec précaution, presque à quatre pattes. Et surtout ne pas courir comme un dingue. Ce n'est pas que je croie que les distractions ne soient pas nécessaires au pauvre type engoncé dans sa tranchée boueuse. Au contraire. Mais Lex est trop jolie, trop émouvante et trop intelligente pour qu'on puisse espérer s'en tenir à la simple distraction. Tu ne vas pas te distraire, tu risques d'aimer. Catastrophe, Marc, catastrophe.

— Et pourquoi catastrophe, crétin de soldat ?

— Parce que, crétin bourré d'amour courtois, tu suspectes aussi bien que moi que Lex s'est fait larguer avec son môme. Ou quelque chose comme ça. Alors comme un crétin de seigneur sur son destrier, tu te racontes que son cœur est vide et qu'on peut occuper les lieux. Grossière erreur d'appréciation, laisse-moi te le dire.

— Écoute-moi bien, crétin des tranchées. J'en sais

plus long que toi sur le vide. Et le vide prend plus d'espace que n'importe quel plein.

— Étrange lucidité de la part d'un type de l'arrière, dit Lucien. Tu n'es pas un imbécile, Marc.

— Ça te surprend, peut-être ?

— Du tout. J'avais pris mes renseignements.

— Bref, dit Marc, je n'installe pas Alexandra dans le pavillon pour pouvoir me jeter sur elle. Même si elle me trouble. Et qui ne serait pas troublé ?

— Mathias, dit Lucien en levant le doigt. Mathias est troublé par la belle et courageuse Juliette.

— Et toi ?

— Moi, je te l'ai dit, je marche lentement et je commente. C'est tout. Pour le moment.

— Tu mens.

— Peut-être. Il est vrai que je ne suis pas tout à fait dénué de sentiments et d'attentions. Par exemple, j'ai proposé à Alexandra de garder mon tapis quelque temps dans son pavillon si elle y tenait. Réponse : elle s'en fout.

— Forcément. Elle a autre chose à penser qu'à ton tapis, vide mis à part. Et si tu veux savoir pourquoi je tiens à ce qu'elle soit près d'ici, c'est parce que je n'aime pas le tour des pensées de l'inspecteur Leguennec. Ni de celles de mon parrain. Ils pêchent ensemble ces deux-là. Lex est convoquée après-demain pour un nouvel interrogatoire. Alors il vaut mieux qu'on soit dans les parages, si besoin est.

— Noble chevalier, n'est-ce pas, Marc ? Même sans cheval ? Et si Leguennec n'avait pas tout à fait tort ? Y as-tu songé ?

— Évidemment.

— Et alors ?

— Alors ça me tracasse. Il y a quelques trucs que j'aimerais tout de même bien comprendre.

— Et tu comptes y arriver ?

Marc haussa les épaules.

— Pourquoi pas ? Je lui ai demandé de passer ici dès qu'elle aura fini de s'installer. Avec l'arrière-pensée déloyale de lui poser quelques questions sur ces trucs fracassants. Qu'en penses-tu ?

— Audacieux et désagréable, mais l'offensive peut être intéressante. Puis-je en être ?

— Une condition : une fleur à ton fusil et silence.

— Si ça te rassure, dit Lucien.

22

Alexandra demanda trois sucres pour son bol de thé. Mathias, Lucien et Marc l'écoutaient parler, raconter par quel hasard Juliette lui avait dit qu'elle cherchait un locataire pour son petit pavillon, dire que la chambre de Cyrille était jolie, que tout était beau et clair dans cette maison, qu'elle y respirait bien, qu'il y avait des livres pour les insomnies de tous ordres, que des fenêtres, elle verrait pousser les fleurs et que Cyrille aimait les fleurs. Juliette avait emmené Cyrille au *Tonneau* pour faire de la pâtisserie. Après-demain, lundi, il irait à sa nouvelle école. Et elle, au commissariat. Alexandra fronça les sourcils. Qu'est-ce que Leguennec lui voulait ? Elle avait tout dit pourtant.

Marc pensa que c'était l'occasion adéquate pour amorcer l'offensive audacieuse et désagréable, mais l'idée ne lui semblait plus si bonne. Il se leva et s'assit sur la table pour s'affermir. Il n'avait jamais été bon en restant assis normalement sur une chaise.

— Je crois savoir ce qu'il te veut, dit-il mollement. Je peux te poser ses questions avant lui, ça t'habituera.

Alexandra releva vivement la tête.

— Que tu me questionnes ? Alors toi aussi, vous aussi, vous n'avez que ça en tête ? Des doutes ? Des pensées troubles ? L'héritage ?

Alexandra s'était levée. Marc attrapa sa main pour

la retenir. Ce contact lui donna un léger sursaut dans le ventre. Bon. Il avait sûrement menti à Lucien en disant qu'il ne voulait pas se jeter sur elle.

— Il ne s'agit pas de ça, dit-il. Pourquoi ne pas te rasseoir, et pourquoi ne pas boire ce thé ? Je peux te demander doucement des choses que Leguennec t'extorquera durement. Pourquoi pas ?

— Tu mens, dit Alexandra. Mais je m'en fous, figure-toi. Pose tes questions, si ça peut te rassurer. Je ne crains rien de toi, rien de vous, rien de Leguennec, rien de personne sinon de moi. Vas-y, Marc. Envoie tes pensées troubles.

— Je vais couper de grosses tranches de pain, dit Mathias.

Le visage contracté, Alexandra s'appuya sur le dossier de sa chaise et se balança.

— Tant pis, dit Marc. J'abandonne.

— Valeureux combattant, murmura Lucien.

— Non, dit Alexandra. J'attends tes questions.

— Du cran, soldat, dit Lucien à voix basse en passant derrière Marc.

— Bon, dit Marc d'une voix sourde. Bon. Leguennec te demandera certainement pourquoi tu es arrivée comme à point nommé, précipitant la reprise de l'enquête aboutissant deux jours plus tard à la découverte du corps de ta tante. Sans ton arrivée, l'affaire restait dans les limbes et la tante Sophia envolée dans une île grecque. Et pas de corps, pas de mort, et pas de mort, pas d'héritage.

— Et alors ? Je l'ai dit. Je suis venue parce que tante Sophia me l'a proposé. J'avais besoin de partir. Ce n'est un secret pour personne.

— Sauf pour votre mère.

Les trois hommes tournèrent ensemble la tête vers la porte, où, une fois de plus, venait de se poster Vandoosler sans qu'on l'ait entendu descendre.

– On ne t'a pas sonné, dit Marc.

— Non, dit Vandoosler. On ne me sonne plus telle-ment à présent. Ça ne m'empêche pas de m'imposer, note-le bien.

— Tire-toi, dit Marc. Ce que je fais est déjà assez difficile.

— Parce que tu le fais comme un pied. Tu veux précéder Leguennec ? Dénouer des cordes avant lui, libérer la petite ? Alors au moins, fais ça bien, je t'en prie. Vous permettez ? demanda-t-il à Alexandra en s'asseyant près d'elle.

— Je ne crois pas que j'ai le choix, dit Alexandra. À tout prendre, je préfère répondre à un vrai flic, pourri à ce qu'on m'a dit, qu'à trois faux flics empêtrés dans leurs intentions douteuses. Sauf l'intention de Mathias de couper du pain, qui est bonne. Je vous écoute.

— Leguennec a appelé votre mère. Elle savait que vous alliez vous installer à Paris. Elle en connaissait le motif. Chagrin d'amour, appelle-t-on ça pour faire court, deux mots franchement trop brefs pour ce qu'ils sont censés raconter.

— Parce que vous vous y connaissez en chagrins d'amour ? demanda Alexandra, les sourcils toujours froncés.

— Plutôt, dit Vandoosler avec lenteur. C'est que j'en ai causé beaucoup. Dont un plutôt sérieux. Oui, j'en connais un bout.

Vandoosler passa ses mains dans ses cheveux blancs et noirs. Il y eut un silence. Marc l'avait rarement entendu parler avec sérieux et simplicité. Vandoosler, le visage calme, pianotait sans bruit sur la table en bois. Alexandra le regardait.

— Passons, reprit-il. Oui, j'en connais un rayon.

Alexandra baissa la tête. Vandoosler demanda si le

thé était obligatoire ou si l'on pouvait boire autre chose.

— Ceci pour dire, reprit-il en se servant un verre, que je vous crois quand vous racontez que vous avez fui. Moi, je le sais d'emblée. Leguennec, lui, l'a vérifié et votre mère l'a confirmé. Seule avec Cyrille depuis près d'un an, vous avez voulu rallier Paris. Mais ce que votre mère ne savait pas, c'est que Sophia devait vous y accueillir. Vous lui aviez seulement parlé d'amis.

— Ma mère a toujours été un peu envieuse de sa sœur, dit Alexandra. Je ne voulais pas qu'elle s'imagine que je la quittais pour Sophia, je ne voulais pas risquer de la blesser. Nous, les Grecs, nous nous imaginons volontiers beaucoup de choses et nous aimons ça. Enfin, d'après ce que disait la grand-mère.

— Noble motif, dit Vandoosler. Passons à ce que peut penser Leguennec... Alexandra Haufman, transformée par la détresse, avide de revanche...

— Revanche ? murmura Alexandra. Quelle revanche ?

— Ne m'interrompez pas, s'il vous plaît. La force d'un flic réside dans le long monologue qui écrase comme une masse ou dans la réplique à la volée qui tue comme un casse-tête. Il ne faut pas priver le flic de ces plaisirs travaillés, sinon il s'énerve. Après-demain, ne pas interrompre Leguennec. Donc, avide de revanche, déçue, aigrie, déterminée à trouver de nouveaux pouvoirs, plutôt fauchée, jalousant la vie facile de votre tante, trouvant là le moyen de venger votre mère qui, de son côté, n'a jamais réussi malgré quelques tentatives de chant oubliées, vous projetez de supprimer la tante et de toucher une vaste part de sa fortune, *via* votre mère.

— Formidable, dit Alexandra entre ses dents. N'ai-je pas dit que j'aimais tante Sophia ?

132

— Défense puérile, jeune fille, et niaise. Un inspecteur ne s'attarde pas à ces fadaises s'il tient le mobile et le moyen. D'autant que vous n'avez pas vu votre tante depuis dix ans. Ce n'est pas assez pour une nièce aimante. Poursuivons. Vous possédiez une voiture à Lyon. Pourquoi venir en train ? Pourquoi, la veille de votre départ, aller déposer pour la vendre votre voiture chez le garagiste, en insistant sur le fait qu'elle vous paraît trop vieille pour tenir la route jusqu'à Paris ?

— Comment savez-vous ça ? demanda Alexandra, effarée.

— Votre mère m'a dit que vous aviez vendu votre voiture. J'ai téléphoné à tous les garages proches de votre domicile jusqu'à ce que je trouve le bon.

— Mais quel mal à ça ? cria soudain Marc. Qu'est-ce que tu cherches ? Fous-lui la paix à la fin !

— Et alors, Marc ? dit Vandoosler en levant les yeux vers lui. Tu voulais la préparer pour Leguennec ? C'est ce que je fais. Tu veux faire le flic et tu ne supportes pas même le début d'un interrogatoire ? Moi, je sais vraiment ce qui l'attend lundi. Alors ferme-la et ouvre tes oreilles. Et toi, Saint Matthieu, pourrais-tu me dire pourquoi tu coupes des tranches de pain comme si on attendait vingt personnes ?

— Pour me sentir confortable, dit Mathias. Et parce que Lucien les mange. Lucien aime le pain.

Vandoosler soupira et se retourna vers Alexandra, dont l'anxiété montait avec les larmes qu'elle essuyait avec un torchon à vaisselle.

— Déjà ? dit-elle. Déjà tous ces coups de fil, toutes ces investigations ? C'est si terrible de vendre sa voiture ? Elle était déglinguée. Je ne voulais pas faire la route jusqu'à Paris avec Cyrille. Et puis elle me rappelait des trucs. Je l'ai bazardée... C'est un crime ?

— Je poursuis le raisonnement, dit Vandoosler. Au cours de la semaine précédente, le mercredi par exemple, quand vous confiez Cyrille à votre mère, vous filez sur Paris avec votre voiture qui, selon le garagiste, n'est pas si déglinguée que ça, d'ailleurs.

Lucien, qui tournait comme à son habitude autour de la grande table, enleva des mains d'Alexandra le torchon à vaisselle et lui passa un mouchoir.

— Le torchon n'est pas très propre, lui chuchota-t-il.

— N'est pas si déglinguée que ça, d'ailleurs, répéta Vandoosler.

— Je vous ai dit que cette voiture me rappelait des trucs, merde ! dit Alexandra. Si vous comprenez pourquoi on fuit, vous pouvez comprendre aussi pourquoi on bazarde une voiture, oui ou non ?

— Certes. Mais si ces souvenirs étaient si pesants, pourquoi ne pas avoir vendu la voiture plus tôt ?

— Parce qu'on hésite avec les souvenirs, merde ! cria Alexandra.

— Ne jamais dire deux fois merde à un flic, Alexandra. Avec moi, aucune importance. Mais lundi, attention. Leguennec ne bougera pas, mais il n'aimera pas. Ne lui dites pas merde. De toute façon, on ne dit pas merde à un Breton, c'est le Breton qui dit merde. C'est une loi.

— Alors pourquoi tu l'as choisi, ce Leguennec ? demanda Marc. S'il n'est pas foutu de croire quoi que ce soit et pas capable de supporter qu'on lui dise merde ?

— Parce que Leguennec est habile, parce que Leguennec est un ami, parce que c'est son secteur, parce qu'il ramassera tous les détails pour nous et parce que, à la fin, j'en ferai ce que je veux, des détails, moi, Armand Vandoosler.

— Que tu dis ! cria Marc.

— Cesse de crier, Saint Marc, c'est mauvais pour la canonisation, et cesse de m'interrompre. Je continue. Alexandra, vous avez quitté votre travail depuis trois semaines en prévision de votre départ. Vous avez posté une carte à votre tante avec étoile et rendez-vous à Lyon. Tout le monde dans la famille connaît la vieille affaire Stelyos et sait quel nom évoquera pour Sophia le dessin d'une étoile. Vous arrivez à Paris le soir, vous interceptez votre tante, vous lui racontez je ne sais quoi sur Stelyos qui est à Lyon, vous l'emmenez dans votre voiture et vous la tuez. Bien. Vous la déposez quelque part, par exemple dans la forêt de Fontainebleau ou dans la forêt de Marly, comme vous voulez, dans un recoin assez perdu pour qu'elle ne soit pas trouvée trop tôt – ce qui évite la question du jour du décès et des alibis précis à fournir – et vous rentrez à Lyon au matin. Les jours passent, rien dans les journaux. Ça vous arrange. Ensuite, ça vous soucie. Le recoin est trop perdu. Si on ne retrouve pas le corps, pas d'héritage. Il est temps de venir sur place. Vous vendez votre voiture, vous prenez soin d'expliquer que jamais vous ne voudriez faire la route avec ça jusqu'à Paris, et vous arrivez en train. Vous vous faites remarquer, attendant stupidement sous la pluie avec votre gosse sans songer à aller l'abriter dans le plus proche café. Pas question de laisser croire à la disparition volontaire de Sophia. Vous protestez donc et l'enquête repart. Vous empruntez la voiture de votre tante mercredi soir, vous partez de nuit récupérer son cadavre, vous prenez toutes précautions pour qu'il n'en reste pas trace dans le coffre, pénible tâche, plastiques, isolants et sinistres détails techniques, et vous le fourguez dans une bagnole abandonnée d'une ruelle de banlieue. Vous foutez le feu afin d'éviter toute trace de transport, de manipulation, de sac en plastique. Vous savez que le caillou fétiche de tante Sophia résistera. Il a bien résisté au volcan qui l'a craché... Travail accompli, corps identifié. Ce n'est que le lendemain

que vous vous servirez officiellement de la voiture prê-
tée par votre oncle. Pour rouler la nuit, sans but, dites-
vous. Ou bien pour faire oublier la nuit où vous rouliez
avec un but bien précis, au cas où l'on vous aurait vue.
Un détail encore : ne cherchez pas la voiture de votre
tante, elle est partie au labo pour examen depuis hier
matin.

— Je le sais, figurez-vous, coupa Alexandra.

— Examen du coffre, des banquettes... continua
Vandoosler, vous avez dû entendre parler de ce genre
de ratissage. Elle vous sera rendue sitôt les opérations
terminées. Et voilà tout, conclut-il en tapotant l'épaule
de la jeune femme.

Alexandra, immobile, avait le regard vide de ceux
qui explorent l'étendue d'un désastre. Marc se
demanda s'il n'allait pas foutre dehors ce vieux salo-
pard de parrain, l'attraper par les épaules de sa veste
grise impeccable, lui démolir sa belle gueule et le
balancer par la fenêtre en plein cintre. Vandoosler leva
les yeux et croisa son regard.

— Je sais à quoi tu penses, Marc. Ça te soulagerait.
Mais économise-toi et épargne-moi. Je peux servir,
quoi qu'il arrive et quoi qu'on lui reproche.

Marc pensa à l'assassin qu'Armand Vandoosler avait
laissé courir, au mépris de toute justice. Il essayait de
ne pas s'affoler mais la démonstration que venait de
faire le parrain se tenait. Se tenait plutôt bien même.
Il réentendit soudain la petite voix de Cyrille, jeudi
soir, qui disait qu'il voulait dîner avec eux, qu'il en
avait assez de la voiture... Alexandra avait-elle donc
roulé avec lui la nuit précédente ? La nuit où elle avait
été rechercher le cadavre ? Non. Atroce. Le petit devait
sûrement penser à d'autres voyages. Alexandra roulait
la nuit depuis onze mois.

Marc regarda les autres. Mathias triturait une tranche de pain, les yeux baissés vers la table. Lucien

époussetait une étagère avec le torchon sale. Et lui attendait qu'Alexandra réagisse, explique, hurle.

— Ça se tient, dit-elle seulement.

— Ça se tient, confirma Vandoosler.

— Tu es cinglée, dis autre chose, supplia Marc.

— Elle n'est pas cinglée, dit Vandoosler, elle est très intelligente.

— Mais, et les autres ? dit Marc. Elle n'est pas seule à bénéficier de l'argent de Sophia. Il y a sa mère...

Alexandra serra le mouchoir dans son poing.

— Pas touche à sa mère, dit Vandoosler. Elle n'a pas bougé de Lyon. Elle s'est rendue à son bureau tous les jours, samedis compris. Elle travaille à deux tiers-temps et va chercher Cyrille à l'école tous les soirs. Inattaquable. C'est déjà vérifié.

— Merci, souffla Alexandra.

— Alors, Pierre Relivaux ? demanda Marc. C'est tout de même le premier bénéficiaire, non ? Il a une maîtresse, en plus.

— Relivaux est mal placé, c'est vrai. Pas mal d'absences nocturnes depuis la disparition de sa femme. Mais il ne faisait rien pour qu'on la retrouve, souviens-toi. Or, pas de corps, pas d'héritage.

— Comédie ! Il savait bien qu'on la retrouverait un jour ou un autre !

— Possible, dit Vandoosler. Leguennec ne le lâche pas non plus, ne t'en fais pas.

— Et le reste de la famille ? demanda Marc. Lex, raconte le reste de la famille.

— Demande à ton oncle, dit Alexandra, puisqu'il a l'air de tout savoir avant tout le monde.

— Mange du pain, dit Mathias à Marc. Ça te détendra les mâchoires.

— Tu crois ?

Mathias hocha la tête et lui tendit une tranche. Marc

mâchonna comme un imbécile tout en écoutant Vandoosler reprendre le fil de ses connaissances.

— Troisième héritier, le père de Sophia, qui vit à
Dourdan, dit Vandoosler. Siméonidis l'Ancien est un
passionné de sa fille. Il ne manquait pas un seul de ses
concerts. C'est à l'Opéra de Paris qu'il a rencontré sa
deuxième femme. La deuxième femme était venue voir
son fils, simple figurant dans la distribution, et elle en
était très fière. Très fière aussi de faire connaissance,
par le hasard d'un voisinage de place d'orchestre, avec
le père de la cantatrice. Elle a dû penser que ce serait
un bon tremplin pour son fils, mais de fil en aiguille,
ils se sont mariés et se sont installés dans sa maison
de Dourdan. Deux points : Siméonidis n'est pas riche
et il conduit toujours. Mais la donnée de base reste
celle-ci : c'est un fiévreux fervent de sa fille. Atterré
par sa mort. Il a tout collectionné sur elle, tout ce qui
s'est dit, écrit, photographié, balbutié, chuchoté, des-
siné. Ça occupe, paraît-il, une pièce entière de sa maison. Vrai ou faux ?

— C'est ce que colporte la légende familiale, murmura Alexandra. C'est un brave vieux autoritaire, sauf
qu'il a épousé une idiote en secondes noces. Cette
idiote est plus jeune que lui, elle en fait un peu ce
qu'elle veut, sauf en ce qui concerne Sophia. C'est le
domaine sacré où elle n'a pas le droit de mettre son
nez.

— Le fils de cette femme est un peu bizarre.

— Ah ! dit Marc.

— Ne t'emballe pas, dit Vandoosler. Bizarre au sens
de traînard, mou, velléitaire, voyeur, vivant de l'argent
de sa mère à plus de quarante ans, incapable de ses
vingt doigts, montant de temps à autre des petites combines tordues à trois sous, pas doué, se faisant choper,
se faisant relâcher, en bref, plutôt un malheureux
qu'un douteux. Sophia lui a trouvé plusieurs places de

figurant, mais même dans ces rôles muets, il n'a jamais excellé et il s'est vite lassé.

Machinalement, Alexandra essuyait la table avec le mouchoir blanc que lui avait prêté Lucien. Lucien souffrait pour son mouchoir. Mathias se leva pour aller prendre son service du soir au *Tonneau*. Il dit qu'il ferait dîner Cyrille à la cuisine et qu'il s'éclipserait trois minutes pour le ramener au petit pavillon. Alexandra lui sourit.

Mathias monta à son appartement pour se changer. Juliette avait exigé qu'il ne soit pas nu sous ses habits de serveur. C'était très dur pour Mathias. Il avait l'impression d'éclater sous trois strates d'habits. Mais il comprenait le point de vue de Juliette. Elle lui avait aussi demandé qu'il cesse de se changer moitié dans la cuisine, moitié dans la salle quand les clients étaient partis, « parce qu'on pouvait le voir ». Là, Mathias ne comprenait plus le point de vue de Juliette et ne percevait pas très bien ce qu'il pouvait y avoir d'embarrassant là-dedans, mais il ne voulait pas l'embêter. Il se changeait donc dorénavant dans sa chambre, ce qui l'obligeait à sortir dans la rue tout habillé, avec caleçon, chaussettes, chaussures, pantalon noir, chemise, nœud papillon, gilet et veste, et il en était assez malheureux. Mais le travail lui allait. C'était le genre de travail qui n'empêche pas de penser en même temps. Et dès qu'elle le pouvait, certains soirs peu chargés, Juliette le libérait plus tôt. Lui, il n'aurait pas vu d'inconvénient à y passer la nuit entière, seul avec elle, mais comme il parlait peu, elle ne risquait pas de deviner. Alors, elle le libérait plus tôt. En boutonnant ce gilet abominable, Mathias pensait à Alexandra et au nombre de tranches de pain qu'il avait dû couper pour rendre la situation tolérable. Le vieux Vandoosler n'y allait pas de main morte. Incroyable en tout cas le nombre de tranches que Lucien pouvait avaler.

Après le départ de Mathias, tout le monde resta silencieux. Ça faisait souvent comme ça avec Mathias, pensa vaguement Marc. Quand Mathias était là, il parlait à peine et on s'en foutait. Et quand il n'était plus là, c'était comme si le pont de pierre sur lequel s'appuyer avait brusquement disparu et qu'il fallait trouver un nouvel équilibre. Il eut un frisson et se secoua.

— Tu t'endors, soldat, dit Lucien.

— Pas du tout, dit Marc. Je déambule en restant assis. C'est une question de tectonique, tu ne peux pas comprendre.

Vandoosler se leva et obligea Alexandra, d'un geste de la main, à tourner son visage vers lui.

— Tout se tient, lui répéta Alexandra. Le vieux Siméonidis n'a pas tué Sophia parce qu'il l'aimait. Son beau-fils n'a pas tué Sophia parce que c'est un veule. Sa mère non plus parce que c'est une conne. Maman non plus parce que c'est maman. Et qu'elle n'a pas bougé de Lyon. Reste moi : moi qui ai bougé, moi qui ai menti à ma mère, moi qui ai vendu la voiture, moi qui n'ai pas vu tante Sophia depuis dix ans, moi qui suis amère, moi qui ai déclenché l'enquête en arrivant, moi qui n'ai plus de travail, moi qui ai pris la voiture de ma tante, moi qui roule sans but avoué la nuit. Je suis cuite. De toute façon, j'étais déjà dans la merde.

— Nous aussi, dit Marc. Mais il y a une différence entre être dans la merde et être cuit. Dans un cas on glisse mais dans l'autre on brûle. Ce n'est pas du tout la même chose.

— Laisse tomber tes allégories, dit Vandoosler. Ce n'est pas ça dont elle a besoin.

— Une petite allégorie de temps en temps n'a jamais fait de mal à personne, dit Marc.

— Ce que j'ai dit à Alexandra est plus utile pour le moment. Elle est prête. Toutes les erreurs qu'elle a commises ce soir, affolement, pleurs, colère, couper la parole, dire deux fois merde, cris, consternation et défaite, elle ne les refera pas lundi. Demain, elle va dormir, lire, promener le petit au square ou sur les quais de la Seine. Leguennec la fera sans doute suivre. C'est prévu. Il ne faudra même pas qu'elle s'en aperçoive. Lundi, elle ira conduire le petit à l'école et elle se rendra au commissariat. Elle sait à quoi s'attendre. Elle dira sa vérité sans tapage, sans agressivité et c'est ce qu'il y a de mieux à faire pour ralentir provisoirement un flic.

— Elle dira la vérité mais Leguennec ne la croira pas, dit Marc.

— Je n'ai pas dit « la » vérité. J'ai dit « sa » vérité.

— Alors tu la crois coupable ? dit Marc en s'énervant à nouveau.

Vandoosler leva ses mains et les laissa retomber sur ses cuisses.

— Marc, il faut du temps pour faire se rejoindre « la » et « sa ». Du temps. C'est tout ce dont nous avons besoin. C'est ça que j'essaie de gagner. Leguennec est un bon flic mais il a tendance à vouloir saisir sa baleine trop vite. C'est un harponneur, il en faut. Moi, j'aime mieux laisser la baleine sonder, laisser filer la ligne, verser de l'eau dessus si ça chauffe trop, repérer où ressort la baleine, la laisser sonder à nouveau et ainsi de suite. Du temps, du temps...

— Qu'attendez-vous du temps ? demanda Alexandra.

— Des réactions, dit Vandoosler. Rien ne reste immobile après un meurtre. J'attends les réactions. Même petites. Elles vont venir. Il suffit d'être attentif.

— Et tu vas rester là, demanda Marc, en haut, dans tes combles, à guetter les réactions ? Sans bouger ? Sans chercher ? Sans te remuer ? Tu crois que les réactions vont venir tomber pile sur ta tête comme des fientes de pigeons ? Tu sais combien j'en ai reçu des merdes de pigeons sur la tête depuis vingt-trois ans que j'habite Paris ? Tu sais combien ? Une seule, une seule ! Une malheureuse petite merde alors qu'il y a des millions de pigeons qui fientent toute la sainte journée dans la ville. Alors ? Tu espères quoi ? Que les réactions vont venir docilement jusqu'ici pour s'installer sur ton crâne attentif ?

— Parfaitement, dit Vandoosler. Parce que ici...

— Parce que ici, c'est le Front, dit Lucien.

Vandoosler se leva et hocha la tête.

— Il est malin, ton ami de la Grande Guerre, dit-il.

Il y eut un lourd silence. Vandoosler fouilla ses poches et en sortit deux pièces de cinq francs. Il choisit la plus brillante et disparut à la cave, où on avait entassé tous les outils. On entendit la vibration brève d'une perceuse. Vandoosler revint avec sa pièce trouée à la main et la planta de trois coups de marteau dans la poutre de gauche de la cheminée.

— Tu as fini ton spectacle ? lui demanda Marc.

— Puisqu'on a parlé de baleine, répondit Vandoosler, je plante cette pièce sur le grand mât. Elle reviendra à celui qui harponnera l'assassin.

— C'est indispensable ? dit Marc. Sophia est morte, mais toi, tu t'amuses. Tu en profites pour faire le con, pour faire le capitaine Achab. Tu es dérisoire.

— Ce n'est pas une dérision, c'est un symbole. Nuance. Du pain et des symboles. C'est fondamental.

— Et c'est toi le capitaine, bien entendu ?

Vandoosler secoua la tête.

— Je n'en sais rien, dit-il. On ne fait pas une course. Je veux cet assassin et je veux que tout le monde y travaille.

— On t'a connu plus indulgent avec les assassins, dit Marc.

Vandoosler se retourna vivement.

— Celui-là, dit-il, n'aura pas mon indulgence. C'est une sale bête.

— Ah oui ? Tu sais déjà ça ?

— Oui, je le sais. Celui-là, c'est un tueur. Un tueur, tu m'entends bien ? Bonsoir tout le monde.

Vous.. Elle allait nous préven...
celui de ...
...ll, oui. Je suis dés...
Vou... Je suis désempar... ...que ...
fran... était trop, trop lourd... aussi...

23

Lundi, vers midi, Marc entendit une voiture s'arrêter devant leur grille. Il lâcha son crayon et se rua à sa fenêtre : Vandoosler sortait d'un taxi avec Alexandra. Il l'accompagna jusqu'à son pavillon et revint en chantonnant. C'était donc ça qu'il était parti faire : aller la chercher à la sortie du commissariat. Marc serra les dents. L'omnipotence subtile du parrain commençait à l'exaspérer. Le sang lui frappa les tempes. Toujours ces sacrés coups d'énervement. La tectonique. Comment diable faisait donc Mathias pour rester laconique et géant alors que rien de ce qu'il souhaitait ne lui arrivait ? Lui avait l'impression de s'émacier dans l'exaspération. Il avait bouffé le tiers de son crayon ce matin, crachotant sans cesse des échardes de bois sur sa feuille. Essayer de porter des sandales ? Ridicule. Non seulement il aurait froid aux pieds, mais encore il perdrait la dernière brillance qui lui restait, réfugiée dans la sophistication de ses vêtements. Pas question de sandales.

Marc serra sa ceinture argentée, lissa son pantalon noir et serré. Alexandra n'était même pas venue les voir hier.

Et pourquoi serait-elle venue ? Elle avait son pavillon à présent, son autonomie, sa liberté. C'était une fille très susceptible avec la liberté, fallait faire gaffe à ça. Elle avait tout de même passé le dimanche comme le lui avait recommandé Vandoosler le Vieux. Square avec Cyrille. Mathias l'avait vue jouer au ballon et avait fait une bonne partie avec eux. Doux soleil de juin. L'idée n'en était pas venue à Marc. Mathias savait appliquer de-ci, de-là des formes silencieuses de réconfort ponctuel qui n'effleuraient même pas Marc tant elles étaient simples. Marc avait repris le fil de son étude du commerce villageois au XIe-XIIe siècle avec un enthousiasme essoufflé. Cette question de l'excédent de la production rurale était tout à fait vaseuse et il fallait se jeter dessus à plat ventre pour ne pas s'enfoncer dedans jusqu'aux cuisses. Très emmerdant. Il aurait peut-être mieux fait de jouer au ballon : on sait ce qu'on lance, on voit ce qu'on rattrape. Quant au parrain, il avait passé le dimanche entier perché sur sa chaise, le nez hors de son vasistas, à surveiller les alentours. Quel con. C'est sûr qu'à prendre des allures de guetteur dans son nid de pie, ou de capitaine de navire baleinier, le vieux gagnait en importance aux yeux des naïfs. Mais ce genre d'esbroufe n'épatait pas Marc.

Il entendit Vandoosler grimper les quatre étages. Il ne bougea pas, résolu à ne pas lui donner la satisfaction de venir aux nouvelles. La détermination de Marc flancha rapidement, ce qui était usuel chez lui pour les petites choses, et vingt minutes plus tard, il ouvrait la porte des combles.

Le parrain était remonté sur sa chaise, tête sortie par le vasistas.

— Tu as l'air d'un imbécile comme ça, dit Marc. Qu'est-ce que tu attends ? La réaction ? La crotte de pigeon ? La baleine ?

— Je ne te cause pas de tort, il me semble, dit Vandoosler en descendant de sa chaise. Pourquoi t'énerver ?

— Tu fais l'important, l'indispensable. Tu fais le beau. Voilà ce qui m'énerve.

— Je suis d'accord avec toi, c'est agaçant. Tu en as pourtant l'habitude et en temps ordinaire tu t'en fous. Mais je m'occupe de Lex et ça t'énerve. Tu oublies que je ne veille sur la petite que pour éviter des bricoles qui risquent d'être désagréables pour tout le monde. Tu veux le faire tout seul ? Tu n'as pas le métier. Et comme tu t'énerves et que tu n'écoutes pas ce que je te dis, tu ne risques pas de l'apprendre. Enfin, tu n'as aucune entrée auprès de Leguennec. Si tu veux aider, tu vas être obligé de supporter mes interventions. Et peut-être même d'exécuter mes consignes, parce que je ne pourrai pas être partout à la fois. Toi et les deux évangélistes pourrez être utiles.

— À quoi ? dit Marc.

— Attends. C'est trop tôt.

— Tu attends la merde de pigeon ?

— Appelle ça comme ça si tu veux.

— Tu es sûr qu'elle viendra ?

— À peu près sûr. Alexandra s'est bien comportée à l'interrogatoire ce matin. Leguennec ralentit. Mais il tient un bon truc contre elle. Tu veux le savoir ou tu te fous de ce que je bricole ?

Marc s'assit.

— Ils ont examiné la voiture de la tante Sophia, dit Vandoosler. Dans le coffre, ils ont ramassé deux cheveux. Aucun doute, ils proviennent de la tête de Sophia Siméonidis.

Vandoosler se frotta les mains et éclata de rire.

— Ça te fait rigoler ? demanda Marc, atterré.

— Reste calme, jeune Vandoosler, combien de fois faudra-t-il que je te le répète ? (Il rigola à nouveau et se servit à boire.) Tu en veux ? proposa-t-il à Marc.

— Non merci. C'est très grave, ces cheveux. Et toi tu te marres. Tu me dégoûtes. Tu es cynique, malfaisant. À moins... À moins que tu ne penses qu'on ne peut rien en tirer ? Après tout, c'était la voiture de Sophia, rien d'étonnant à ce qu'on y trouve ses cheveux.

— Dans le coffre ?

— Pourquoi pas ? Tombés d'un manteau.

— Sophia Siméonidis n'était pas comme toi. Elle n'aurait pas fourré ses manteaux à même un coffre. Non, je pensais à autre chose. Ne t'affole pas. Une enquête ne se joue pas en trois coups de dés. J'ai de la ressource. Et si tu veux bien faire l'effort de te calmer, de cesser de craindre que j'essaie d'enjôler Alexandra, dans un sens ou dans un autre, de te rappeler que je t'ai élevé en partie, et pas si mal que ça en dépit de tes conneries et en dépit des miennes, enfin bref, si tu veux bien m'accorder quelque crédit et ranger tes poings dans tes poches, je vais te demander un petit service.

Marc réfléchit un moment. L'histoire des cheveux l'inquiétait rudement. Le vieux avait l'air de savoir quelque chose là-dessus. De toute façon, inutile de se poser des questions, il n'avait pas envie de foutre son oncle à la porte. Ni son parrain. Cela restait la donnée de base, comme aurait dit Vandoosler lui-même.

— Dis toujours, soupira Marc.

— Cet après-midi, je m'absente. Il y a interrogatoire de la maîtresse de Relivaux, puis nouvel interrogatoire de Relivaux lui-même. Je vais rôder par là. Il me faut une vigie ici pour la merde de pigeon, si elle survient. Tu vas prendre la surveillance à ma place.

— Ça consiste en quoi ?

— À rester dans les lieux. Ne t'en va pas, même pas pour une course. On ne sait jamais. Et reste à ta fenêtre.

— Mais qu'est-ce que je dois surveiller, bon sang ? Qu'attends-tu ?

— Aucune idée. C'est pour ça qu'il faut rester vigilant. Même pour l'incident le plus anodin. C'est entendu ?

— D'accord, dit Marc. Mais je ne vois pas où ça te mène. En tout cas, rapporte du pain et des œufs. Lucien fait cours jusqu'à six heures. C'est moi qui étais de courses.

— On a quelque chose pour déjeuner ?

— Il reste du rôti assez moche. Si on allait plutôt au *Tonneau* ?

— C'est fermé le lundi. Et j'ai dit qu'on ne quittait pas la maison. Tu te souviens ?

— Même pour bouffer ?

— Même. On va finir ce rôti. Ensuite tu monteras à ta fenêtre et tu attendras. Ne prends pas un livre en même temps. Reste à ta fenêtre et regarde.

— Je vais m'emmerder, dit Marc.

— Mais non, il se passe des tas de choses dehors.

À partir de treize heures trente, Marc, maussade, se posta à sa fenêtre du second étage. Il flottait. Il passait d'ordinaire très peu de gens dans cette petite rue et encore moins quand il flottait. Très difficile de repérer quoi que ce soit sous des parapluies. Comme Marc l'avait pressenti, il ne se passa strictement rien. Deux dames passèrent dans un sens, un homme dans un autre. Puis le frère de Juliette poussa une reconnaissance vers deux heures et demie, abrité par un gros parapluie noir. Celui-là, le gros Georges, on ne le voyait décidément pas beaucoup. Il travaillait par à-coups, quand la maison d'édition l'envoyait effectuer des dépôts en province. Il partait parfois une semaine, puis restait plusieurs jours chez lui. Alors, on pouvait le croiser se promenant ou buvant une bière ici ou là. Un type à la peau aussi blanche que sa sœur, gentil, mais rien à en tirer. Il adressait des petits saluts aimables sans chercher à lier conversation. Jamais on ne le voyait au *Tonneau*. Marc n'avait pas osé interroger Juliette sur lui, mais ce gros frère qui vivait encore chez elle à près de quarante ans ne semblait pas faire sa fierté. Elle n'en parlait presque pas. Un peu comme si elle le cachait, le protégeait. On ne lui connaissait pas de femme, si bien que Lucien, tout en nuances, avait bien entendu émis l'hypothèse qu'il était l'amant de Juliette. Absurde. Leur ressemblance physique crevait les yeux, l'un en moche, l'autre en belle. Déçu mais se rendant à l'évidence, Lucien avait changé son fusil d'épaule et affirmé avoir vu Georges se faufiler dans une boutique spécialisée de la rue Saint-Denis. Marc haussa les épaules. Tout était bon pour Lucien pour faire mousse, du plus graveleux au plus raffiné.

Vers quinze heures, il vit Juliette rentrer en courant chez elle, se protégeant de la flotte sous un carton, puis Mathias, la suivant de près, qui, tête nue, se dirigeait à pas lents vers la maison. Souvent, il allait aider Juliette le lundi à faire le ravitaillement du *Tonneau* pour la semaine. L'eau lui coulait de partout mais bien sûr, ça ne gênait pas un type comme Mathias. Puis encore une dame. Puis un type, un quart d'heure plus tard. Les gens marchaient vite, contractés par l'humidité. Mathias frappa à sa porte pour emprunter une gomme. Il n'avait même pas séché ses cheveux.

— Qu'est-ce que tu fais à ta fenêtre ? demanda-t-il.

— Je suis en mission, répondit Marc d'un ton las. Le commissaire m'a chargé de surveiller l'événement. Alors je surveille.

— Ah oui ? Quel événement ?

— Ça, on ne sait pas. Inutile de te dire que d'événement, il ne s'en produit aucun. Ils ont trouvé deux cheveux de Sophia dans le coffre de la voiture empruntée par Lex.

— Emmerdant.

— Tu peux le dire. Mais ça fait rigoler le parrain.
Tiens, voilà le facteur.

— Tu veux que je te relaie ?

— Je te remercie. Je m'habitue. Je suis le seul à ne
rien faire ici. Autant que j'aie une mission, aussi imbécile soit-elle.

Mathias empocha la gomme et Marc resta à son
poste. Des dames, des parapluies. La sortie des écoles.
Alexandra passa avec le petit Cyrille. Sans un regard
vers leur baraque. Et pourquoi aurait-elle regardé ?

Pierre Relivaux gara sa voiture un peu avant six
heures. On avait dû lui examiner sa bagnole à lui aussi.
Il claqua fort la grille de son jardin. Les interrogatoires
ne mettent personne de bonne humeur. Il devait craindre que l'histoire de sa maîtresse entretenue dans le
15e ne remonte jusqu'à son ministère. On ne savait
toujours pas quand aurait lieu l'enterrement des malheureux débris qui restaient de Sophia. Ils les gardaient encore. Mais Marc n'escomptait pas que Relivaux s'effondre à l'enterrement. Il avait l'air soucieux,
mais pas démoli par la mort de sa femme. Au moins,
s'il était l'assassin, il n'essayait pas de jouer la comédie, ce qui était une tactique comme une autre. Vers
six heures trente, Lucien rentra. Fin de la tranquillité.
Puis Vandoosler le Vieux, trempé comme une soupe.
Marc détendit ses muscles raidis par l'immobilité. Ça
lui rappela la fois où ils avaient surveillé les flics qui
creusaient sous l'arbre. On n'en parlait plus du tout de
l'arbre. Pourtant, tout avait commencé par là. Et Marc
ne parvenait pas à l'oublier. L'arbre.

Un après-midi de foutu. Pas d'événement, pas d'incident mineur, pas la moindre fiente de pigeon, rien.

Marc descendit faire son rapport au parrain qui préparait un feu pour se sécher.

— Rien, dit-il. Je me suis ankylosé cinq heures à regarder le néant. Et toi ? Les interrogatoires ?

— Leguennec commence à devenir réticent pour lâcher de l'information. On a beau être amis, on a sa fierté. Il patine, alors il n'a pas envie qu'on voie ça en direct. Vu mon passif, sa confiance en moi reste malgré tout mitigée. Et puis il a pris du grade maintenant. Ça l'agace de me trouver tout le temps dans ses pattes, il a l'impression que je le nargue. Surtout quand j'ai rigolé pour les cheveux.

— Et pourquoi rigoles-tu ?

— Tactique, jeune Vandoosler, tactique. Pauvre Leguennec. Il croyait tenir la bonne et le voilà avec une demi-douzaine de criminels potentiels faisant aussi bien l'affaire les uns que les autres. Il va falloir que je l'invite à une partie de cartes pour le décontracter.

— Une demi-douzaine ? Il y a eu des prétendants ?

— C'est-à-dire que j'ai fait valoir à Leguennec que si la petite Alexandra était mal partie, ce n'était pas une raison pour risquer de commettre une bourde. N'oublie pas que j'essaie de le freiner. Tout est là. Alors je lui ai tiré le portrait de tas d'autres assassins tout à fait potables. Cet après-midi, Relivaux, qui se défend bien, l'avait favorablement impressionné. Il a fallu que j'y mette mon grain de sel. Relivaux assure qu'il n'a pas touché la voiture de sa femme. Qu'il avait donné les clefs à Alexandra. Il m'a bien fallu dire à Leguennec que Relivaux en a planqué un double chez lui. Je le lui avais apporté d'ailleurs. Hein ? Qu'est-ce que tu dis de ça ?

Le feu prenait avec grand bruit dans la cheminée et Marc avait toujours aimé ce bref moment d'embrasement désordonné qui précédait l'écroulement des fagots puis la combustion routinière, épisodes également captivants mais pour d'autres raisons. Lucien venait d'arriver pour se chauffer. On était en juin mais on avait froid aux doigts, le soir, dans les chambres. Sauf Mathias, qui venait d'entrer torse nu pour préparer le dîner. Mathias avait le torse musclé mais presque imberbe.

— Formidable, dit Marc, soupçonneux. Et comment t'es-tu procuré ces clefs ?

Vandoosler poussa un soupir.

— Je vois, dit Marc. Tu as forcé sa porte pendant son absence. Tu vas nous attirer des emmerdements.

— Tu as bien piqué le lièvre, l'autre jour, répondit Vandoosler. On a du mal à perdre ses habitudes. Je voulais voir. J'ai cherché un peu de tout. Des lettres, des relevés de compte, des clefs... Il est prudent ce Relivaux. Pas de papier compromettant chez lui.

— Comment as-tu fait pour les clefs ?

— Au plus simple. Derrière le tome C du Grand Larousse du XIXᵉ siècle. Une merveille, ce dictionnaire. Qu'il ait planqué les clefs ne l'accuse pas, ceci dit. C'est peut-être un trouillard et cela lui aura paru plus simple de dire qu'il n'avait jamais eu de double.

— Pourquoi ne pas les jeter alors ?

— Dans ces moments troublés, il peut être utile de pouvoir disposer d'une voiture dont on n'a soi-disant pas les clefs. Quant à sa propre voiture, elle a été examinée. Rien à dire.

— Sa maîtresse ?

— Pas très résistante aux attaques de Leguennec. Saint Luc s'est trompé dans son diagnostic. Cette fille ne se contente pas de Pierre Relivaux, elle l'utilise. Il sert à les faire vivre, elle et son amant de cœur qui ne voit aucun inconvénient à s'éclipser quand Relivaux vient prendre son samedi-dimanche. Cet imbécile de Relivaux ne se doute de rien, d'après la fille. Il est arrivé que les deux hommes se rencontrent. Il croit que c'est son frère. Selon elle, la situation lui convenait ainsi et en effet, je vois mal ce qu'elle gagnerait à un mariage qui la priverait de sa liberté. Et je ne vois pas Relivaux y gagner de son côté quoi que ce soit. Sophia Siméonidis était une femme bien plus valorisante pour lui dans les sphères sociales qu'il ambitionne. J'ai poussé quand même à la roue. J'ai suggéré que la fille, Elizabeth – c'est son nom –, pouvait mentir sur toute la ligne et désirer profiter de tous les avantages d'un Relivaux débarrassé de sa femme et riche. Elle aurait pu réussir à l'épouser, elle le tient depuis six ans, elle n'est pas mal et bien plus jeune que lui.

— Et tes autres suspects ?

— J'ai bien entendu chargé la belle-mère de Sophia et son fils. Ils se soutiennent l'un l'autre pour la nuit de Maisons-Alfort mais rien n'empêche de penser que l'un d'eux ait pu faire la route. Ce n'est pas loin, Dourdan. Moins loin que Lyon.

— Ça ne nous fait pas la demi-douzaine, dit Marc. Qui d'autre as-tu lancé dans les pattes de Leguennec ?

— Eh bien, Saint Luc, Saint Matthieu et toi. Ça l'occupera.

Marc se dressa d'un bond tandis que Lucien souriait.

— Nous ? Mais tu es dingue !

— Tu veux aider la petite, oui ou merde ?

— C'est merde ! Et ça n'aidera pas Alexandra ! Comment veux-tu que Leguennec nous soupçonne ?

— Très facile, intervint Lucien. Voilà trois hommes de trente-cinq ans à la dérive dans une baraque chaotique. Bien. Autant dire des voisins peu recommandables. L'un de ces trois types a emmené la dame en promenade, l'a violée avec sauvagerie et l'a tuée pour qu'elle se taise.

— Et la carte qu'elle a reçue ? cria Marc. La carte avec l'étoile et le rendez-vous ? C'est nous peut-être ?

— Ça complique un peu les choses, admit Lucien. Disons que la dame nous aura parlé de ce Stelyos et de la carte reçue il y a trois mois. Pour nous expliquer ses craintes, pour nous décider à piocher. Car n'oublie pas qu'on a pioché.

— Tu peux être sûr que je ne l'oublie pas, cette saleté d'arbre !

— Donc, continua Lucien, afin d'attirer la dame hors de chez elle, l'un de nous utilise cette ruse grossière, intercepte la dame gare de Lyon, l'emmène ailleurs et le drame commence.

— Mais Sophia ne nous a jamais parlé de Stelyos !

— Qu'est-ce que tu veux que ça foute à la police ? Nous n'avons que notre parole et ça ne compte guère quand on est dans la merde.

— Parfait, dit Marc, tremblant de rage. Parfait. Le parrain a décidément des idées formidables. Et lui ? Pourquoi pas lui ? Avec son passé et ses aventures flicardières et sexuelles plus ou moins glorieuses, il ne détonnerait pas dans le tableau. Qu'en penses-tu, commissaire ?

Vandoosler haussa les épaules.

— Figure-toi que ce n'est pas à soixante-huit ans qu'on se décide à violer les femmes. Ça se serait fait avant. Tous les flics savent ça. Tandis qu'avec des hommes de trente-cinq ans solitaires et à moitié cinglés, on peut tout craindre.

Lucien éclata de rire.

— Épatant, dit-il. Vous êtes épatant, commissaire. Votre suggestion à Leguennec m'amuse infiniment.

— Pas moi, dit Marc.

— Parce que tu es un pur, dit Lucien en lui tapant sur l'épaule. Tu ne supportes pas qu'on brouille un peu ton image. Mais mon pauvre ami, ton image n'a rien à voir là-dedans. Ce sont les cartes qu'on brouille. Leguennec ne peut rien contre nous. Seulement, le temps qu'il contrôle un peu nos extractions, nos cheminements et nos exploits respectifs, ça fait gagner une journée et ça mobilise deux sous-fifres pour rien. Toujours ça de pris à l'ennemi !

— Je trouve ça crétin.

— Mais non. Je suis sûr que ça fera beaucoup rire Mathias. Hein, Mathias ?

Mathias eut un petit sourire.

— Moi, dit-il, ça m'est complètement égal.

— D'être emmerdé par les flics, soupçonné d'avoir violé Sophia, ça t'est complètement égal ? demanda Marc.

— Et après ? Moi, je sais que je ne violerai jamais une femme. Alors, ce que les autres en pensent, je m'en fous, puisque moi je sais.

Marc soupira.

— Le chasseur-cueilleur est un sage, proféra Lucien. Et de plus, depuis qu'il travaille dans le tonneau, il commence à savoir y faire en cuisine. N'étant ni pur, ni sage, je propose de bouffer.

— Bouffer, tu ne parles que de ça et de la Grande Guerre, dit Marc.

— Bouffons, dit Vandoosler.

Il passa derrière Marc et lui serra rapidement l'épaule. Sa manière de lui serrer l'épaule, toujours la même depuis qu'il était gosse et qu'ils s'engueulaient. Sa manière qui voulait dire « ne t'inquiète pas, jeune Vandoosler, je ne fais rien contre toi, ne t'énerve pas, tu t'énerves trop, ne t'inquiète pas ». Marc sentit sa colère l'abandonner. Alexandra n'était toujours pas inculpée, et c'est à cela que veillait le vieux depuis quatre jours. Marc lui jeta un regard. Armand Vandoosler s'asseyait à table, l'air de rien. Sac à merde, sac à merveilles. Difficile de s'y retrouver. Mais c'était son oncle et Marc, tout en criant, lui faisait confiance. Pour certaines choses.

24

Malgré tout, quand Vandoosler entra dans sa chambre de Leguennec le lendemain à huit heures du matin, Marc fut pris de panique.

— C'est l'heure, lui dit Vandoosler. Je dois filer avec Leguennec. Tu n'as qu'à faire comme hier, ça ira très bien.

Vandoosler disparut aussitôt. Marc resta hébété dans son lit, avec l'impression d'avoir échappé de justesse à une inculpation. Mais jamais le parrain n'avait été chargé de le réveiller. Il devenait cinglé, Vandoosler le Vieux. Non, ce n'était pas ça. Pressé d'accompagner Leguennec, il lui avait signifié de reprendre la surveillance en son absence. Le parrain ne tenait pas Leguennec au courant de toutes ses combines. Marc se leva, passa sous la douche et descendit au réfectoire du rez-de-chaussée. Déjà debout depuis on ne sait quelle heure, Mathias rangeait des bûches dans la caisse à bois. Il n'y avait vraiment que lui pour se lever à l'aube alors que personne ne le lui demandait. Abruti, Marc se fit un café serré.

— Tu sais pourquoi Leguennec est venu ? lui demanda Marc.

— Parce qu'on n'a pas le téléphone, dit Mathias. Ça l'oblige à se déranger chaque fois qu'il veut parler à ton oncle.

— Ça, je l'ai compris. Mais pourquoi si tôt ? Il t'a dit quelque chose ?

— Rien du tout, dit Mathias. Il avait la tête du Breton préoccupé par l'annonce d'un coup de vent mais je suppose qu'il est souvent comme ça, même sans coup de vent. Il m'a fait un petit signe de la tête et a filé dans l'escalier. J'ai cru l'entendre râler contre cette baraque sans téléphone et à quatre étages. C'est tout.

— Il va falloir attendre, dit Marc. Et moi, il faut que je reprenne mon poste à la fenêtre. Pas de quoi se marrer. Je ne sais pas ce qu'il espère, le vieux. Des femmes, des hommes, des parapluies, le facteur, le gros Georges Gosselin, c'est tout ce que je vois passer.

— Et Alexandra, dit Mathias.

— Tu la trouves comment ? demanda Marc, hésitant.

— Adorable, dit Mathias.

Satisfait et jaloux, Marc posa sur un plateau sa tasse et deux tranches de pain coupées par Mathias, monta le tout jusqu'au second étage et tira un tabouret haut jusqu'à la fenêtre. Au moins ne serait-il pas debout toute la journée.

Ce matin, il ne pleuvait pas. Une lumière de juin très correcte. Avec de la chance, il pourrait voir à temps Lex sortir pour conduire son fils à l'école. Oui, juste à temps. Elle passa, la démarche un peu endormie, tenant par la main Cyrille qui avait l'air de lui raconter des tas d'histoires. Comme hier, elle ne leva pas la tête vers la baraque. Et, comme hier, Marc se demanda pourquoi elle l'aurait fait. D'ailleurs c'était mieux ainsi. Si elle l'avait aperçu posté immobile sur un tabouret en train de bouffer du pain beurré en regardant la rue, cela n'aurait sans doute pas été à son avantage. Marc ne repéra pas la voiture de Pierre Relivaux. Il avait dû partir tôt ce matin. Honnête travailleur ou assassin ? Le parrain avait dit que l'assassin était un tueur. Un tueur, c'est quand même autre chose, moins minable et bien plus dangereux. Ça fout plus la trouille. Marc ne trouvait pas à Relivaux l'étoffe d'un tueur et il n'en avait pas peur. Tiens, Mathias, en revanche, aurait été parfait. Grand, vaste, solide, imperturbable, homme des bois, idées silencieuses et parfois saugrenues, fin connaisseur d'opéra sans qu'on s'en doute. Oui, Mathias aurait été parfait.

De petite pensée en petite pensée, il fut neuf heures et demie. Mathias entra pour lui rendre sa gomme. Marc lui dit qu'il le verrait très bien en tueur et Mathias haussa les épaules.

— Ça marche, ta surveillance ?

— Zéro, dit Marc. Le vieux est cinglé et moi j'obéis à sa folie. Ça doit être de famille.

— Si jamais ça dure, dit Mathias, je te monterai un déjeuner avant de partir au *Tonneau*.

Mathias ferma doucement la porte et Marc l'entendit s'installer à son bureau à l'étage en dessous. Il changea de position sur son tabouret. Il lui faudrait prévoir un coussin pour l'avenir. Il s'imagina un instant bloqué pour des années devant sa fenêtre, installé dans un fauteuil spécial, capitonné pour l'attente inutile, avec Mathias comme seul visiteur avec des plateaux. La femme de ménage de Relivaux entra avec sa clef à dix heures. Marc reprit le tortillon de ses petites pensées. Cyrille avait le teint mat, les cheveux qui bouclaient, le corps rond. Peut-être le père était-il gros et moche, pourquoi pas ? Merde. Qu'est-ce qu'il avait à penser toujours à ce type ? Il secoua la tête, regarda à nouveau vers le front Ouest. Le jeune hêtre était florissant. L'arbre était content qu'on soit en juin. Marc n'arrivait pas non plus à oublier cet arbre et il semblait bien être le seul dans son cas. Encore qu'il avait vu Mathias s'arrêter l'autre jour devant la grille de Relivaux et regarder de côté. Il lui avait semblé qu'il observait l'arbre, ou plutôt le pied de l'arbre. Pourquoi Mathias expliquait-il si peu ce qu'il faisait ? Mathias savait sur la carrière de Sophia des quantités de choses inouïes. Il savait qui elle était quand elle était venue les voir la première fois. Ce type savait des tas de trucs et il ne les disait jamais. Marc se promit, dès que Vandoosler lui laisserait quitter son tabouret, d'aller un jour rôder près de l'arbre. Comme l'avait fait Sophia.

Il vit passer une dame. Il nota : « 10 h 20 : une dame affairée passe avec son panier à provisions. Qu'y a-t-il dans le panier ? » Il avait décidé de noter tout ce qu'il voyait pour moins s'emmerder. Il reprit sa feuille et ajouta : « En fait, ce n'est pas un panier, c'est ce qu'on appelle un cabas. "Cabas" est un drôle de mot, qui n'est plus réservé qu'aux vieilles gens et à la province. Voir son étymologie. » Cette idée de rechercher l'étymologie du mot « cabas » réveilla un peu son énergie. Cinq minutes plus tard, il reprit sa feuille. C'était une matinée très agitée. Il nota : « 10 h 25 : un type efflanqué sonne chez Relivaux. » Marc se redressa brusquement. C'était vrai, un type efflanqué sonnait chez Relivaux, un type qui n'était ni le facteur, ni le releveur de l'E.D.F. ni un gars du coin.

Marc se leva, ouvrit sa fenêtre et se pencha. Beaucoup d'énervement pour pas grand-chose. Mais à force que Vandoosler attache tant d'importance à cette surveillance de la crotte de pigeon, Marc se sentait gagné à son insu par l'importance de sa mission de guetteur et commençait à confondre crotte de pigeon et pépite d'or. Ce qui fait que ce matin, il avait piqué chez Mathias des jumelles de spectacle. Preuve que Mathias avait dû aller sérieusement à l'Opéra. Il ajusta ses petites jumelles et scruta. C'était un type, donc. Avec une sacoche de professeur, un pardessus clair et propre, des cheveux rares, une silhouette de long maigre. La femme de ménage lui ouvrit et, aux mouvements qu'elle faisait, Marc comprit qu'elle disait que monsieur n'était pas là, qu'il faudrait revenir une autre fois. Le type efflanqué insistait. La femme de ménage reprit ses dénégations et accepta la carte que le type avait sortie de sa poche et sur laquelle il avait griffonné quelque chose. Elle ferma la porte. Bon. Un visiteur pour Pierre Relivaux. Aller voir la femme de ménage ? Demander à lire la carte de visite ? Marc écrivit quelques notes sur sa feuille. En relevant les yeux, il vit que le type n'était pas parti, qu'il faisait du surplace devant la grille, indécis, déçu, réfléchi. Et s'il était venu pour Sophia ? Finalement, il repartit en balançant sa sacoche. Marc se leva d'un bond, dévala l'escalier, courut jusqu'à la rue où il rattrapa le type maigre en quelques foulées. Depuis le temps qu'il se figeait à sa fenêtre, il n'allait pas laisser échapper le premier événement dérisoire qui lui tombait du ciel.

— Je suis son voisin, dit Marc. Je vous ai vu sonner. Est-ce que je peux être utile ?

Marc était essoufflé, il tenait toujours à la main son stylo. Le type le regarda avec intérêt, et même, sembla-t-il à Marc, avec un certain espoir.

— Je vous remercie, dit le type, je voulais voir Pierre Relivaux, mais il n'est pas là.

— Repassez ce soir, dit Marc. Il rentre vers six ou sept heures.

— Non, dit le type, sa femme de ménage m'a dit qu'il était parti en déplacement pour quelques jours et qu'elle ne savait pas où, ni quand il rentrerait. Peut-être vendredi, ou samedi. Elle ne peut pas dire. Cela m'ennuie beaucoup, je viens de Genève.

— Si vous voulez, dit Marc, anxieux à l'idée de voir disparaître son événement dérisoire, je peux tâcher de me renseigner. Je suis sûr d'obtenir l'information très vite.

160

Le type hésita. Il avait l'air de se demander ce que Marc venait faire dans ses affaires.

— Avez-vous une carte de téléphone ? demanda Marc.

Le type hocha la tête et le suivit sans réelle résistance jusqu'à une cabine au coin de la rue.

— C'est que je n'ai pas le téléphone, expliqua Marc.

— Ah bon, dit le type.

Une fois dans la cabine, surveillant l'efflanqué d'un œil, Marc demanda les renseignements et le numéro d'appel du commissariat du 13e arrondissement. Coup de chance, ce stylo. Il nota le numéro sur sa main et appela Leguennec.

— Passez-moi mon oncle, inspecteur, c'est urgent.

Marc pensait que le mot « urgent » était un terme clef et décisif quand on voulait quelque chose d'un flic. Il eut Vandoosler en ligne quelques minutes plus tard.

— Que se passe-t-il ? dit Vandoosler. Tu as mis la main sur quelque chose ?

Marc réalisa à ce moment qu'il n'avait mis la main sur rien du tout.

— Je ne crois pas, dit-il. Mais demande à ton Breton où est parti Relivaux et quand il doit rentrer. Il a forcément dû déclarer son absence à la police.

Marc attendit quelques instants. Il avait laissé exprès la porte ouverte pour que le type entende tout ce qu'il disait et il n'avait pas l'air surpris. Il était donc au courant de la mort de Sophia Siméonidis.

— Note, dit Vandoosler. Il est parti ce matin en déplacement professionnel pour Toulon. Ça a été vérifié auprès du ministère, ce n'est pas une blague. Le jour de son retour n'est pas fixé, ça dépend du tour que prend sa mission là-bas. Il peut revenir demain comme lundi prochain. Les flics peuvent le joindre en cas d'urgence *via* le ministère. Mais pas toi.

— Merci, dit Marc. Et de ton côté ?

— Ça pioche sur le père de la maîtresse de Relivaux, tu te souviens, Elizabeth. Son père est en tôle depuis dix ans pour avoir lardé de coups de couteau un amant supposé de sa femme. Leguennec se dit qu'ils ont peut-être le sang chaud dans la famille. Il a reconvoqué Elizabeth et il la travaille là-dessus, savoir de quel côté elle penche. Exemple paternel ou modèle maternel.

— Parfait, dit Marc. Dis à ton Breton qu'il y a une sacrée tempête dans le Finistère, ça lui fera peut-être une distraction, s'il aime les tempêtes.

— Il le sait déjà. Il m'a dit « tous les bateaux sont à quai. On en attend dix-huit qui sont encore en mer ».

— Très bien, dit Marc. À plus tard.

Marc raccrocha et revint vers le type maigre.

— J'ai le renseignement, dit-il. Venez avec moi.

Marc tenait à faire entrer le type chez lui pour savoir au moins ce qu'il attendait de Pierre Relivaux. C'était sûrement une affaire de boulot, mais on ne savait jamais. Pour Marc, Genève impliquait nécessairement des affaires de boulot, très emmerdantes d'ailleurs.

Le type suivit, toujours avec ce petit espoir dans le regard, ce qui intrigua Marc. Il le fit asseoir au réfectoire et, après avoir sorti deux tasses et mis du café à chauffer, il prit le balai et frappa un bon coup au plafond. Depuis qu'on avait pris l'habitude d'appeler Mathias de cette manière, on tapait toujours au même endroit, pour ne pas bousiller le plafond sur toute sa surface. Le manche du balai laissait des petites cupules dans le plâtre, et Lucien disait qu'il faudrait le rembourrer avec un chiffon et de la ficelle. Ce qui n'avait toujours pas été fait.

Pendant ce temps-là, le type avait posé sa sacoche sur une chaise et regardait la pièce de cinq francs qui était clouée sur la poutre. Ce fut sans doute à cause de cette pièce que Marc entra sans préambule dans le vif du sujet.

— On cherche l'assassin de Sophia Siméonidis, dit-il, comme si cela pouvait expliquer la pièce de cinq.

— Moi aussi, dit le type.

Marc versa le café. Ils s'assirent ensemble. C'était donc bien ça. Il était au courant et il cherchait. Il n'avait pas l'air triste, Sophia n'était pas une intime. Il cherchait pour une autre raison. Mathias entra dans la pièce et prit place sur le banc avec un petit signe de tête.

— Mathias Delamarre, présenta Marc. Moi, c'est Marc Vandoosler.

Le type était obligé de se présenter.

— Je m'appelle Christophe Dompierre. J'habite Genève.

Et il leur tendit une carte, comme il l'avait fait tout à l'heure.

— Vous avez été très aimable de rechercher ce renseignement pour moi, reprit Dompierre. Quand rentre-t-il ?

— Il est à Toulon, mais le ministère ne peut dire la date de son retour. Entre demain et lundi. Ça dépend de son boulot. Nous, on ne peut pas le joindre en tous les cas.

Le type hocha la tête et se mordit les lèvres.

— Très ennuyeux, dit-il. Vous enquêtez sur la mort de Mme Siméonidis ? dit-il. Vous n'êtes pas... inspecteurs ?

— Non. C'était notre voisine et on s'intéressait à elle. Nous espérons un résultat.

Marc se rendait compte qu'il prononçait des phrases très convenues et le regard de Mathias le lui confirma.

— M. Dompierre cherche aussi, dit-il à Mathias.

— Quoi ? demanda Mathias.

Dompierre l'observa. Les traits tranquilles de Mathias, le bleu maritime de ses yeux durent le mettre en confiance car il s'installa mieux sur sa chaise et retira son pardessus. Il se passe quelque chose sur le visage de quelqu'un, qui dure une fraction de seconde, mais qui suffit à savoir s'il s'est décidé ou non. Marc savait très bien capter cette fraction et il considérait que cet exercice était plus facile que de savoir faire grimper un trottoir à un caillou. Dompierre venait de se décider.

— Vous allez peut-être pouvoir me rendre un service, dit-il. Me faire signe aussitôt que Pierre Relivaux rentrera. Est-ce que cela vous ennuierait ?

— Ça sera facile, dit Marc. Mais que lui voulez-vous ? Relivaux dit ne rien savoir de l'assassinat de sa femme. Les flics l'ont à l'œil mais pour le moment, rien de bien sérieux contre lui. Vous savez quelque chose de plus ?

— Non. J'espère que c'est lui qui sait quelque chose de plus. Une visite reçue par sa femme, un truc comme ça.

— Vous n'êtes pas très clair, dit Mathias.

— C'est que je suis encore dans le noir, dit Dompierre. Je doute. Je doute depuis quinze ans et la mort de Mme Siméonidis me donne l'espoir de trouver ce qui me manque. Ce que les flics n'ont pas voulu entendre à l'époque.

— À l'époque de quoi ?

Dompierre s'agita sur sa chaise.

— C'est trop tôt pour parler, dit-il. Je ne sais rien. Je ne veux pas commettre d'erreur, ce serait grave. Et je ne veux pas qu'un flic s'en mêle, vous comprenez ? Aucun flic. Si j'y arrive, si je trouve cette marche qui manque, j'irai les voir. Ou plutôt, je leur écrirai. Je ne veux pas les voir. Ils m'ont causé trop de tort, à moi, à ma mère, il y a quinze ans. Ils ne nous ont pas écoutés quand il y a eu cette affaire. C'est vrai qu'on n'avait presque rien à dire. Notre petite conviction. Notre misérable croyance. Et ça, c'est rien pour un flic.

Dompierre remua l'air avec sa main.

— J'ai l'air de tenir un discours sentimental, dit-il, un discours en tout cas qui ne vous concerne pas. Mais j'ai toujours ma misérable croyance, plus celle de ma mère, qui est morte. Ça m'en fait deux à présent. Et je ne vais pas laisser un flic me les balayer. Non, plus jamais ça.

Dompierre se tut et les regarda tour à tour.

— Vous, ça va, dit-il après son examen. Je crois que vous n'êtes pas du genre à balayer. Mais je préfère attendre un peu avant de vous demander un appui. J'ai été voir le père de Mme Siméonidis le week-end dernier, à Dourdan. Il m'a ouvert ses archives et je pense avoir mis la main sur quelques petites choses. Je lui ai laissé mes coordonnées pour le cas où il trouverait de nouveaux documents, mais il n'a pas semblé m'écouter du tout. Il est assommé. Et l'assassin m'échappe toujours. Je cherche un nom. Dites-moi, vous êtes ses voisins depuis longtemps ?

— Depuis le 20 mars, dit Mathias.

— Ah, ça ne fait pas beaucoup. Elle ne vous aura sans doute pas fait ses confidences. Elle a disparu le 20 mai, n'est-ce pas ? Avant cette date, quelqu'un est-il passé la voir ? Quelqu'un d'inattendu pour elle ? Je ne parle pas d'un vieil ami ou d'une connaissance de salon. Non, quelqu'un qu'elle ne pensait plus revoir ou même quelqu'un qu'elle ne connaissait pas ?

Marc et Mathias secouèrent la tête. Ils avaient eu peu de temps pour connaître Sophia mais on pouvait demander aux autres voisins.

— Il y a pourtant quelqu'un de très inattendu qui

est venu la voir, dit Marc, les sourcils froncés. Pas quelqu'un en fait, mais quelque chose.

Christophe Dompierre alluma une cigarette et Mathias nota que ses mains maigres tremblaient légèrement. Mathias avait décidé qu'il aimerait bien ce type. Il le trouvait trop maigre, pas beau, mais il était droit, il suivait son truc, sa petite conviction. Comme lui, quand Marc se foutait de sa gueule en lui parlant de sa chasse à l'aurochs. Ce type tout frêle ne lâcherait pas son arc, c'était sûr.

— Il s'agit d'un arbre, en fait, continua Marc, d'un jeune hêtre. Je ne sais pas si ça peut vous intéresser puisque je ne sais pas ce que vous cherchez. Moi, j'en reviens toujours à cet arbre mais tout le monde s'en fout. Je raconte ?

Dompierre fit signe que oui, et Mathias lui approcha un cendrier. Il écouta l'histoire avec une attention concentrée.

— Oui, dit-il. Mais je ne m'attendais pas à ça. Pour l'instant, je ne vois pas le rapport.

— Moi non plus, dit Marc. Je crois en fait qu'il n'y a pas de rapport. Et pourtant j'y pense. Tout le temps. Je ne sais pas pourquoi.

— J'y penserai aussi, dit Dompierre. Faites-moi signe, je vous prie, dès que Relivaux réapparaîtra. Il a peut-être reçu la personne que je cherche sans se rendre compte de l'importance de cette visite. Je vous laisse mon adresse. Je suis descendu dans un petit hôtel dans le 19ᵉ, l'Hôtel du Danube, rue de la Prévoyance. J'ai habité là, enfant. N'hésitez pas à me joindre, même de nuit, car je peux être rappelé à Genève à tout moment. Je suis aux missions européennes. Je vous note le nom de l'hôtel, l'adresse, le téléphone. Ma chambre est la 32.

Marc lui tendit sa carte et Dompierre inscrivit ses coordonnées. Marc se leva et coinça la carte sous la pièce de cinq francs, sur la poutre. Dompierre le regarda faire. Pour la première fois, il eut un sourire et cela rendit son visage presque charmant.

— C'est le *Péquod* ici ?

— Non, dit Marc en souriant aussi. C'est le pont de la recherche. Toutes périodes, tous hommes, tous espaces. De moins 500 000 avant J.-C. à 1918, de l'Afrique à l'Asie, de l'Europe à l'Antarctique.

— « Ainsi, cita Dompierre, Achab pouvait espérer trouver sa proie, non seulement grâce au juste choix de l'époque et du lieu de séjour du cachalot en des territoires alimentaires déterminés mais il pouvait même espérer l'y croiser, grâce à la subtilité de ses calculs, en traversant les vastes étendues qui séparaient ces zones. »

— Vous connaissez *Moby Dick* par cœur ? lui demanda Marc, épaté.

— Juste cette phrase parce qu'elle m'a souvent servi.

Dompierre serra avec vivacité les mains de Marc et Mathias. Il jeta un dernier coup d'œil à sa carte coincée sur la poutre, comme pour vérifier qu'il n'avait rien oublié, prit sa sacoche et sortit. Chacun posté dans une fenêtre en plein cintre, Marc et Mathias le regardèrent s'éloigner vers la grille.

— Intrigant, dit Marc.

— Très, dit Mathias.

Une fois qu'on était installé dans une de ces grandes fenêtres, il était difficile d'avoir envie de bouger. Le soleil de juin éclairait sans violence le jardin en friche. L'herbe poussait à toute vitesse. Marc et Mathias restèrent dans leur fenêtre sans rien dire pendant un bon moment. Ce fut Marc qui parla le premier.

— Tu es en retard pour le service de midi, dit-il. Juliette doit se demander ce que tu fous.

Mathias sursauta, monta à son étage pour endosser ses habits de serveur et Marc le vit sortir en courant, serré dans son gilet noir. C'était la première fois que Marc voyait Mathias courir. Et il courait bien. Splendide chasseur.

25

Alexandra ne faisait rien. C'est-à-dire rien d'utile, rien de rentable. Elle s'était assise à une petite table, la tête appuyée sur ses poings. Elle pensait aux larmes, aux larmes que personne ne voit, dont personne n'est au courant, aux larmes perdues pour tout le monde et qui viennent quand même. Alexandra serrait la tête et serrait les dents. Ça ne servait à rien, bien entendu. Alexandra se redressa. « Les Grecs sont libres, les Grecs sont fiers », disait sa grand-mère. Elle en disait, des trucs, la vieille Andromaque.

Guillaume avait demandé mille ans de vie avec elle. En fait, si on calcule bien, ça fait cinq. « Les Grecs croient aux paroles », disait la grand-mère. Peut-être, pensait Alexandra, mais alors les Grecs sont cons. Parce que ensuite, il avait fallu partir, la tête vaguement haute et le dos vaguement droit, abandonner des paysages, des sons, des noms et un visage. Et marcher avec Cyrille sur des chemins défoncés, ne pas se casser la gueule dans les ornières merdiques des illusions perdues. Alexandra étira ses bras. Elle en avait marre. Comme le marabout. Ça commençait comment au fait, ce truc ? « J'en ai marre, marabout, bout de ficelle... » Ça allait bien jusqu'à « terre de Feu, feu follet, lait de vache », mais ensuite, le blanc. Alexandra jeta un œil au réveil. Il était temps d'aller chercher Cyrille. Juliette lui avait proposé un prix de pension pour faire déjeuner le petit au *Tonneau* tous les jours après l'école. Coup de chance d'être tombée sur des gens comme ça, comme Juliette ou les évangélistes. Elle avait cette petite maison près d'eux et ça reposait. Peut-être parce qu'ils avaient tous l'air d'être dans la merde. La merde. Pierre lui avait promis qu'il lui trouverait un boulot. Croire Pierre, croire à la parole. Alexandra enfila ses bottes en vitesse, attrapa sa veste. Qu'est-ce qu'il pouvait bien y avoir après « feu follet, lait de vache » ? Trop pleurer met la tête en bouillie. Elle recoiffa ses cheveux avec ses doigts et fila vers l'école.

Au *Tonneau* à cette heure-là, il y avait peu de clients et Mathias lui donna la petite table près de la fenêtre. Alexandra n'avait pas faim et elle demanda à Mathias de ne servir que le petit. Pendant que Cyrille mangeait, elle le rejoignit au bar avec un beau sourire. Mathias trouvait que cette fille avait du cran et il aurait préféré qu'elle mange. Pour nourrir le cran.

— Est-ce que tu sais la suite après « feu follet, lait de vache » ? Hache de quelque chose ? lui demanda-t-elle.

— Non, dit Mathias. J'en disais une autre quand j'étais petit. Tu veux la savoir ?

— Non, ça va m'embrouiller.

— Je la connaissais, dit Juliette, mais je ne sais même plus le début.

— Ça finira bien par revenir, dit Alexandra.

Juliette lui avait servi une soucoupe d'olives et Alexandra les grignotait en repensant à sa vieille grand-mère qui vouait aux olives noires une estime quasi religieuse. Elle avait vraiment adoré la vieille Andromaque et ses foutues maximes qu'elle débitait à tout bout de champ. Alexandra se frotta les yeux. Elle fuyait, elle rêvait. Il fallait qu'elle se redresse, qu'elle parle. « Les Grecs sont fiers. »

170

— Dis-moi, Mathias, demanda-t-elle, ce matin en habillant Cyrille, j'ai vu le commissaire filer avec Leguennec. Il y a du neuf ? Tu es au courant ?

Mathias regarda Alexandra. Elle souriait toujours mais elle avait chancelé il n'y avait pas longtemps. Le mieux à faire était de parler.

— Vandoosler n'a rien dit en partant, dit-il. En revanche, on est tombés sur un drôle de type avec Marc. Un Christophe Dompierre de Genève tout à fait bizarre. C'était confus, une histoire vieille de quinze ans qu'il espérait résoudre tout seul avec le meurtre de Sophia. Un vieux truc qui lui est monté à la tête. Surtout, pas un mot à Leguennec, on lui a promis. Je ne sais pas ce qu'il a dans la tête mais ça m'ennuierait de le trahir.

— Dompierre ? Ça ne me dit rien, dit Alexandra. Qu'est-ce qu'il espérait ?

— Voir Relivaux, lui poser des questions, savoir s'il avait eu une visite récente, inattendue. Enfin ce n'était pas clair. Bref, il attend Relivaux, c'est une idée fixe.

— Il l'attend ? Mais Pierre est absent pour des jours... Tu ne lui as pas dit ? Tu ne le savais pas ? On ne peut pas laisser ce type tourner dans la rue toute la journée, même s'il est confus.

— Marc lui a dit. Ne t'en fais pas, on sait où le joindre. Il a pris une chambre rue de la Prévoyance. C'est joli comme nom, non ? Métro Danube... Je l'ai vu, le vrai Danube. Ça ne te dit rien à toi, c'est dans le fin fond de la ville, souvenir d'enfance du gars, paraît-il. Vraiment curieux comme gars, très accroché. Il a même été voir ton grand-père à Dourdan. On doit le prévenir dès que Relivaux rentre, c'est tout.

Mathias contourna le bar, alla porter à Cyrille un yaourt et une part de tarte et lui fit une petite caresse dans les cheveux.

— Il mange bien le petit, dit Juliette. C'est bien, ça.

— Et toi, Juliette, demanda Mathias en revenant au bar, ça te dit quelque chose ? Une visite inattendue ? Sophia ne t'a parlé de rien ?

Juliette réfléchit quelques secondes tout en secouant la tête.

— Rien du tout, dit-elle. À part la fameuse carte avec l'étoile, il n'y a rien eu. Rien qui l'ait inquiétée en tout cas. Ça se voyait bien sur Sophia et je pense qu'elle me l'aurait dit.

— Pas forcément, dit Mathias.

— Tu as raison, pas forcément.

— Il commence à y avoir du monde, je vais prendre les commandes.

Juliette et Alexandra restèrent un moment au comptoir.

— Je me demande, dit Juliette, si ça ne serait pas « feu follet, lait de vache, hache de pierre », par hasard ?

Alexandra fronça les sourcils.

— Mais la suite alors ? dit-elle. Pierre de quoi ?

Mathias apporta des commandes et Juliette partit à la cuisine. Il y avait trop de bruit maintenant. On ne pouvait plus discuter tranquillement au comptoir.

Vandoosler passa. Il cherchait Marc qui n'était plus à son poste. Mathias lui dit qu'il avait peut-être eu faim et que c'était normal à une heure de l'après-midi. Vandoosler râla et repartit avant qu'Alexandra ait pu lui demander quoi que ce soit. Il croisa son neveu devant la grille de la baraque.

— Tu désertes ? dit Vandoosler.

— Ne parle pas comme Lucien, je t'en prie, dit Marc. J'ai été acheter un sandwich, je vacillais. Merde, j'ai travaillé toute la matinée pour toi.

— Pour elle, Saint Marc.

— Elle qui ?

— Tu sais bien qui. Alexandra. Toujours dans de

sales draps. Leguennec est intéressé par les dégâts du père d'Elizabeth mais il ne peut pas oublier les deux cheveux dans la voiture. Elle a intérêt à se tenir tranquille. Au moindre écart, clac.

— À ce point-là ?

Vandoosler hocha la tête.

— Il est con ton Breton.

— Mon pauvre Marc, dit Vandoosler, si tous ceux qui se foutent en travers de notre route étaient cons, ça serait trop beau. Tu ne m'as pas pris un sandwich ?

— Tu ne m'avais pas dit que tu revenais. Merde, tu n'avais qu'à téléphoner.

— On n'a pas le téléphone.

— Ah oui, c'est vrai.

— Et cesse de me dire « merde » tout le temps, ça me crispe. J'ai été si longtemps flic que ça me laisse des traces.

— C'est certain. Si on rentrait ? Je partage le sandwich en deux et je te raconte l'histoire de M. Dompierre. C'est ma crotte de pigeon de ce matin.

— Tu vois que ça tombe, des fois.

— Pardon, c'est moi qui l'ai saisie au vol. J'ai triché. Si je n'avais pas dégringolé les escaliers, je la perdais. Mais je ne sais pas du tout si c'est une bonne crotte de pigeon. Ce n'est peut-être qu'une fiente de moineau efflanqué. Quoi que tu en penses, je te préviens, je lâche la surveillance. J'ai décidé de partir pour Dourdan demain.

L'histoire de Dompierre intéressa vivement Vandoosler mais il ne sut dire pourquoi. Marc pensa qu'il ne voulait pas le dire. Le vieux relut plusieurs fois la carte coincée sous la pièce de cinq francs.

— Et tu ne te souviens pas de cette citation de *Moby Dick* ? demanda-t-il.

— Non, je te l'ai déjà dit. C'était une belle phrase, à la fois technique et lyrique, avec des vastes étendues dedans, mais ça n'avait rien à voir avec son affaire. Genre philosophique, quête de l'impossible, et tout le truc.

— N'empêche, dit Vandoosler, j'aurais bien aimé que tu me la retrouves.

— Tu n'espères pas que je vais relire tout le bouquin pour te la chercher, non ?

— Je ne l'espère pas. Ton idée de Dourdan est bonne, mais tu pars à l'aveuglette. D'après ce que j'en sais, ça m'étonnerait que Siméonidis ait quelque chose à te dire. Et Dompierre ne lui a sûrement pas parlé des « quelques petites choses » qu'il a trouvées.

— Je veux aussi me faire une idée de la seconde femme et du beau-fils. Tu peux prendre le relais cet après-midi ? J'ai besoin de réfléchir et de me dégourdir.

— File, Marc. Moi, j'ai besoin de m'asseoir. Je t'emprunte ta fenêtre.

— Attends, j'ai un truc urgent à faire avant de partir.

Marc monta chez lui et redescendit après trois minutes.

— C'est fait ? demanda Vandoosler.

— Quoi ? dit Marc en enfilant sa veste noire.

— Ton truc urgent.

— Ah oui. C'était l'étymologie du mot « cabas ». Tu veux savoir ?

Vandoosler secoua la tête, un peu découragé.

— Si, tu vas voir, ça vaut le coup. Origine 1327, on appelait comme ça les paniers dans lesquels on envoyait les figues et les raisins du Midi. C'est intéressant, non ?

— Je m'en fous, dit Vandoosler. File maintenant.

Vandoosler passa le reste de la journée à regarder

la rue. Ça l'amusait beaucoup mais l'histoire de Marc et de Dompierre le tracassait. Il trouvait remarquable que Marc ait eu l'impulsion de rattraper cet homme. Marc était assez bon dans l'impulsion. Malgré ses lignes de conduite souterraines, fermes et même trop pures, perceptibles à qui le connaissait bien, Marc partait un peu dans tous les sens dans ses envolées analytiques, mais ses écarts nombreux de raisonnement et d'humeur pouvaient produire des effets précieux. Marc était guetté autant par le défaut d'angélisme que par celui contraire d'impatience. On pouvait aussi compter sur Mathias, non pas tant comme décrypteur, mais comme capteur. Vandoosler pensait à Saint Matthieu comme à une sorte de dolmen, une roche massive, statique, sacrée, mais s'imprégnant à son insu de toutes sortes d'événements sensibles, orientant ses particules de mica dans le sens des vents. Compliqué à décrire en tous les cas. Parce que en même temps capable de mouvements prompts, de courses, d'audaces à des instants judicieusement déterminés. Quant à Lucien, un idéaliste dispersé sur toutes les gammes des excès possibles, des stridences les plus criardes aux basses les plus bourdonnantes. Dans son agitation cacophonique, se produisaient inévitablement des impacts, des collisions diverses capables de faire surgir des étincelles inespérées.

Et Alexandra ?

Vandoosler alluma une cigarette et revint à la fenêtre. Marc la voulait, cette fille, c'était probable, mais il était encore trop empêtré dans les traces de sa femme partie. Vandoosler avait bien du mal à suivre son neveu dans ses lignes de fond, lui qui n'avait jamais tenu plus de quelques mois des serments faits pour un demi-siècle. Qu'est-ce qu'il avait besoin de faire tant de serments, aussi ? Le visage de la jeune demi-Grecque le touchait. Pour ce qu'il en percevait, il y avait chez

Alexandra un intéressant combat entre vulnérabilité et hardiesse, des sentiments authentiques et retenus, des bravades farouches, parfois silencieuses. Cette sorte d'assemblage ardent qui passait en douceur, et qu'il avait trouvé et aimé longtemps avant sous une autre forme. Et largué en une demi-heure. Il la revoyait nettement s'éloigner sur ce quai de gare avec les jumeaux, jusqu'à ce qu'ils ne dessinent plus que trois petits points. Et où étaient-ils, ces trois petits points ? Vandoosler se redressa et saisit la barre du balcon. Depuis dix minutes, il ne regardait plus du tout la rue. Il jeta sa cigarette et refit défiler la liste des arguments non négligeables que Leguennec dressait contre Alexandra. Gagner du temps et des événements nouveaux afin de retarder l'issue de l'enquête du Breton. Dompierre allait peut-être faire l'affaire.

Marc rentra tard, suivi de peu par Lucien qui était de courses, et qui avait passé commande la veille à Marc de deux kilos de langoustines, si elles semblaient fraîches, et si bien sûr le vol lui semblait praticable.

— Ça n'a pas été facile, dit Marc en déposant un gros sac de langoustines sur la table. Pas facile du tout. En fait, j'ai piqué le sac du type qui était devant moi.

— Ingénieux, dit Lucien. On peut vraiment compter sur toi.

— La prochaine fois, essaie d'avoir des désirs plus simples, dit Marc.

— C'est tout mon problème, dit Lucien.

— Tu n'aurais pas fait un soldat très efficace, laisse-moi te le dire.

Lucien s'arrêta net dans son travail culinaire et regarda sa montre.

— Merde, cria-t-il, la Grande Guerre !

— Quoi encore, la Grande Guerre ? Tu es mobilisé ?

Lucien lâcha son couteau de cuisine, le visage consterné.

— On est le 8 juin, dit-il. Catastrophe, mes langoustines... J'ai un dîner commémoratif ce soir, je ne peux pas le rater.

— Commémoratif ? Tu t'embrouilles mon vieux. À cette époque de l'année, c'est pour la Seconde Guerre, et c'est le 8 mai, pas le 8 juin. Tu mélanges tout.

— Non, dit Lucien. Bien sûr que le dîner 39-45 devait avoir lieu le 8 mai. Mais ils voulaient y convier deux vétérans chenus de la Première Guerre, pour l'ampleur historique, tu comprends. Mais un des vieux était malade. Alors ils ont repoussé d'un mois la soirée pour les vétérans. Ce qui fait que c'est ce soir. Je ne peux pas rater ça, c'est trop important : un des deux vieux a quatre-vingt-quinze ans et il a toute sa tête. Il faut que je le rencontre. C'est un choix : l'Histoire ou les langoustines.

— Va pour l'Histoire, dit Marc.

— Évidemment, dit Lucien. Je file m'habiller.

Il jeta un regard plein de regret sincère sur la table et grimpa jusqu'à son troisième étage. Il partit en courant et en demandant à Marc de lui laisser des langoustines pour cette nuit, quand il rentrerait.

— Tu seras trop soûl pour ce genre de délicatesse, dit Marc.

Mais Lucien ne l'entendait plus, il courait vers 14-18.

26

Mathias fut alerté dans son sommeil par des appels répétés. Mathias était un dormeur aux aguets. Il sortit de son lit et vit par la fenêtre Lucien qui gesticulait dans la rue en criant leurs noms. Il s'était juché sur une grande poubelle, on ne sait pourquoi au juste, peut-être pour mieux se faire entendre, et son équilibre paraissait précaire. Mathias prit un manche de balai sans balai et frappa deux coups au plafond pour réveiller Marc. Il n'entendit rien bouger et décida de se passer de son aide. Il rejoignit Lucien dans la rue au moment où celui-ci tombait de son perchoir.

— Tu es complètement ivre, dit Mathias. Ça ne va pas de gueuler comme ça dans la rue à deux heures du matin ?

— J'ai perdu mes clefs, mon vieux, bafouilla Lucien. Je les ai sorties de ma poche pour ouvrir la grille et elles m'ont glissé des mains. Toutes seules, je te jure, toutes seules. Elles sont tombées quand je passais devant le front Est. Impossible de les retrouver dans tout ce noir.

— C'est toi qui es noir. Rentre, on cherchera tes clefs demain.

— Non, je veux mes clefs ! cria Lucien, avec l'insistance infantile et butée de ceux qui en ont un sérieux coup dans l'aile.

Il échappa à l'étreinte de Mathias et se mit à fureter, la tête baissée, la démarche incertaine, devant la grille de Juliette.

Mathias aperçut Marc, qui, réveillé à son tour, s'approchait d'eux.

— Ce n'est pas trop tôt, dit Mathias.

— Je ne suis pas chasseur, moi, dit Marc. Je ne sursaute pas au premier cri d'une bête sauvage. En attendant, grouillez-vous. Lucien va ameuter tous les voisins, réveiller Cyrille, et toi, Mathias, tu es complètement à poil. Je ne te le reproche pas, je te le signale, c'est tout.

— Et alors ? dit Mathias. Cet imbécile n'avait qu'à pas me faire lever en pleine nuit.

— En attendant, tu vas te geler.

Au contraire, Mathias ressentait une douce tiédeur dans le creux du dos. Il ne comprenait pas comment Marc pouvait être aussi frileux.

— Ça va, dit Mathias. Je sens du chaud.

— Eh bien pas moi, dit Marc. Allez, chacun un bras, on le rentre.

— Non ! cria Lucien, je veux mes clefs !

Mathias soupira et arpenta les quelques mètres de la rue pavée. Si ça se trouve, cet imbécile les avait perdues bien plus tôt. Non, il les aperçut entre deux pavés. Les clefs de Lucien étaient faciles à repérer : il y avait suspendu un petit soldat de plomb d'époque, avec sa culotte rouge, sa capote bleue aux pans relevés. Bien qu'insensible à ce genre de futilité, Mathias comprenait que Lucien y tienne.

— Je les ai, dit Mathias. On peut le rentrer dans sa cagna.

— Je ne veux pas qu'on me tienne, dit Lucien.

— Avance, dit Marc sans le lâcher. Dire qu'il faut encore qu'on le tire jusqu'à son troisième étage. C'est sans fin.

— « La connerie militaire et l'immensité des flots sont les deux seules choses qui puissent donner une idée de l'infini », dit Mathias.

Lucien stoppa net au milieu du jardin.

— D'où tiens-tu ça ? demanda-t-il.

— D'un journal de tranchées qui s'intitule « On progresse ». C'est dans un de tes bouquins.

— Je ne savais pas que tu me lisais, dit Lucien.

— Il est prudent de savoir avec qui on vit, dit Mathias. En attendant, progressons, je commence à sentir le froid maintenant.

— Ah, tout de même, dit Marc.

27

Marc s'étonna, au petit déjeuner du lendemain matin, de voir Lucien s'enfiler avec son café l'assiette de langoustines qu'ils lui avaient gardées.

— Tu as l'air d'avoir bien récupéré, dit Marc.

— Pas tant que ça, dit Lucien avec une grimace. J'ai le casque.

— Parfait, dit Mathias, ça doit te faire plaisir.

— Amusant, dit Lucien. Excellentes tes langoustines, Marc. Tu as très bien choisi ta poissonnerie. La prochaine fois, pique un saumon.

— Ton vétéran ? Ça a donné quoi ? demanda Mathias.

— Magnifique. J'ai rendez-vous mercredi en huit. Après, je ne me souviens plus trop.

— Vos gueules, dit Marc, je prends les informations.

— Tu attends des nouvelles ?

— La tempête en Bretagne, j'aimerais savoir où elle en est.

Marc vénérait les tempêtes, ce qui était assez banal et il le savait. Ça lui faisait déjà un point commun avec Alexandra. C'est toujours mieux que rien. Elle avait dit qu'elle aimait le vent. Il posa sur la table un petit poste de radio, constellé de taches de peinture blanche.

— Quand on sera grands, on achètera une télé, dit Lucien.

— Taisez-vous, bon Dieu !

Marc monta le son. Lucien faisait un boucan infernal en décortiquant ses langoustines.

Les nouvelles du matin s'enchaînaient. Le Premier ministre attendait le chancelier allemand. La Bourse merdait un peu. La tempête s'apaisait en Bretagne, s'acheminait vers Paris en perdant de sa violence en cours de route. Regrettable, pensa Marc. Une dépêche de l'A.F.P. signalait la découverte ce matin d'un homme assassiné dans le parking de son hôtel, à Paris. Il s'agissait de Christophe Dompierre, âgé de quarante-trois ans, célibataire sans enfants, et délégué aux affaires européennes. Crime politique ? Aucun autre élément d'information n'avait été communiqué à la presse.

Marc posa brutalement sa main sur le poste et regarda Mathias, effaré.

— Que se passe-t-il ? demanda Lucien.

— Mais c'est le type qui était là hier ! cria Marc. Crime politique, mon cul !

— Tu ne m'avais pas dit son nom, dit Lucien.

Marc monta quatre à quatre l'escalier jusqu'aux combles. Vandoosler, éveillé depuis longtemps, lisait, debout devant sa table.

— Ils ont tué Dompierre ! dit Marc, le souffle court.

Vandoosler se retourna lentement.

— Assieds-toi, dit-il, raconte.

— Je ne sais rien de plus ! cria Marc, toujours essoufflé. C'était à la radio. On l'a tué, c'est tout ! Tué ! Il a été retrouvé ce matin dans le parking de son hôtel.

— Quel con ! dit Vandoosler en frappant du poing sur sa table. Voilà ce que c'est que de vouloir jouer sa partie tout seul ! Le pauvre type s'est fait prendre de vitesse. Quel con !

Marc secouait la tête, désolé. Il sentait ses mains trembler.

— Il était peut-être con, dit-il, mais il avait percé quelque chose d'important, c'est certain à présent. Il faut que tu préviennes ton Leguennec, parce qu'ils ne feront jamais le rapport avec la mort de Sophia Siméonidis si on ne les renseigne pas. Ils chercheront côté Genève ou je ne sais quoi.

— Oui, faut prévenir Leguennec. Et on va tous se faire gueuler dessus parce qu'on ne l'a pas averti hier. Il dira que ça aurait évité un meurtre et il aura peut-être raison.

Marc gémit.

— Mais on avait promis à Dompierre de la boucler. Qu'est-ce que tu voulais qu'on fasse d'autre ?

— Je sais, je sais, dit Vandoosler. Alors mettons-nous d'accord : d'une part, ce n'est pas toi qui as couru après Dompierre, c'est lui qui est venu frapper chez toi, en tant que voisin de Relivaux. D'autre part, seuls toi, Saint Matthieu et Saint Luc étiez au courant de sa visite. Moi je ne savais rien, vous ne m'aviez rien dit. C'est seulement ce matin que vous m'avez sorti toute l'histoire. Ça colle ?

— C'est ça ! cria Marc. Défile-toi ! Et on sera les seuls dans le bain à se faire étriller par Leguennec et toi tu seras bien à l'abri !

— Mais, jeune Vandoosler, tu ne comprends donc rien ? Je n'en ai rien à faire d'être à l'abri ! Un sermon de Leguennec ne me fait ni chaud ni froid ! Ce qui compte, c'est qu'il continue à me faire à peu près confiance, tu saisis ? Pour avoir les informations, toutes les informations dont on a besoin !

Marc hocha la tête. Il saisissait. Il avait une boule dans la gorge. « Ni chaud, ni froid ». Cette phrase du parrain lui rappelait quelque chose. Ah oui, cette nuit, quand ils avaient ramené Lucien à la baraque. Mathias avait chaud, et lui, avec un pyjama et un pull, il avait froid. Incroyable, ce chasseur-cueilleur. Aucune importance. Sophia avait été tuée, et maintenant, Dompierre. À qui Dompierre avait-il laissé l'adresse de son hôtel ? À tout le monde. À eux, à ceux de Dourdan, à plein d'autres peut-être, sans compter qu'il avait peut-être été suivi. Tout dire à Leguennec ? Mais Lucien ? Lucien qui était sorti ?

— J'y vais, dit Vandoosler. Je vais affranchir Leguennec et on se rendra sûrement sur place aussitôt. Je lui colle aux fesses et je rapporte tout ce qu'on peut savoir dès qu'on en a fini. Secoue-toi, Marc. C'est vous qui avez fait tout ce boucan cette nuit ?

— Oui. Lucien avait perdu son petit soldat de plomb entre les pavés.

28

Leguennec conduisait à toute vitesse, furieux, Vandoosler à ses côtés, son alarme mise en marche pour pouvoir griller les feux et exprimer l'étendue de son mécontentement.

— Désolé, dit Vandoosler. Mon neveu n'a pas saisi sur le coup l'importance de la visite de Dompierre et il a négligé de m'en parler.

— Il est idiot ton neveu ou quoi ?

Vandoosler se crispa. Il pouvait s'engueuler avec Marc à perte d'heures mais il ne tolérait pas que quiconque le critique.

— Tu peux dire à ton gyrophare de la boucler ? dit-il. On ne s'entend pas dans cette bagnole. Maintenant que Dompierre est mort, on n'est plus à une minute près.

Sans un mot, Leguennec coupa son alarme.

— Marc n'est pas un idiot, dit Vandoosler sèchement. Si tu enquêtais aussi bien que lui le fait sur le Moyen Âge, il y a longtemps que tu aurais quitté ton commissariat de quartier. Alors écoute bien. Marc avait l'intention de te prévenir aujourd'hui. Hier, il avait des rendez-vous importants, il cherche du boulot. Tu as même de la chance qu'il ait accepté de recevoir ce type louche et embrouillé et d'écouter toutes ses salades, sinon l'enquête se serait dirigée côté Genève et le maillon manquant t'aurait échappé. Tu devrais plutôt lui être reconnaissant. D'accord, Dompierre s'est fait tuer. Mais il ne t'aurait rien dit de plus hier et tu ne l'aurais pas mis sous protection. Donc, ça ne change rien. Ralentis, on arrive.

— Auprès de l'inspecteur du 19ᵉ, maugréa Leguennec, un peu calmé, je te fais passer pour un de mes collègues. Et tu me laisses faire. Entendu ?

Leguennec montra sa carte pour franchir la barrière qui avait été installée devant l'accès au parking de l'hôtel, en fait une petite arrière-cour crasseuse réservée aux véhicules des clients. L'inspecteur Vernant, du commissariat du secteur, avait été prévenu de l'arrivée de Leguennec. Il n'était pas fâché de lui repasser l'affaire parce qu'elle s'annonçait singulièrement mal. Pas de femme, pas d'héritage, pas de politique foireuse, rien en vue. Leguennec serra les mains, présenta de manière inaudible son collègue et écouta ce que Vernant, un jeune blond, avait recueilli comme informations.

— Le patron de l'Hôtel du Danube nous a appelés ce matin avant huit heures. Il a découvert le corps alors qu'il rentrait les poubelles. Ça lui a donné un drôle de choc et toute la suite. Dompierre était chez lui depuis deux nuits, venu de Genève.

— *Via* Dourdan, précisa Leguennec. Continuez.

— Aucun appel pour lui et aucun courrier, sauf une lettre non timbrée déposée à son intention dans la boîte de l'hôtel, hier après-midi. Le patron a ramassé l'enveloppe à cinq heures et l'a glissée dans le casier de Dompierre, chambre 32. Inutile de vous préciser qu'on n'a pas retrouvé cette lettre, ni sur lui, ni dans sa chambre. Il est évident que c'est ce message qui l'a attiré dehors. Un rendez-vous, très probablement. L'assassin aura repris sa lettre. Cette petite cour est parfaite pour un meurtre. À part la façade arrière de l'hôtel, les deux autres murs sont aveugles et le tout donne sur ce passage où seuls les rats circulent la nuit. De plus, chaque client dispose d'une clef qui ouvre cette petite porte sur la cour, car l'hôtel ferme sa porte principale à onze heures. Facile de faire descendre Dompierre à une heure tardive par l'escalier de service, de le faire sortir par cette porte et de tenir conciliabule dans la courette entre deux voitures. D'après ce que vous m'avez dit, le type était en quête de renseignements. Il n'a pas dû se méfier. Un coup violent sur le crâne et deux coups de couteau dans le ventre.

Le médecin qui s'affairait autour du corps leva la tête.

— Trois coups, précisa-t-il. On n'a pas voulu prendre de risque. Le pauvre gars a dû mourir dans les quelques minutes qui ont suivi.

Vernant désigna des éclats de verre étalés sur un plastique.

— C'est avec cette petite bouteille de flotte que Dompierre a été frappé. Aucune empreinte, bien entendu.

Il secoua la tête.

— On vit à une triste époque où le premier crétin venu sait qu'il faut porter des gants.

— L'heure du décès ? demanda Vandoosler à voix basse.

Le médecin légiste se redressa, épousseta son pantalon.

— Pour l'instant, je dirais entre onze heures et deux heures du matin. Je serai plus précis après l'autopsie car le patron sait à quelle heure Dompierre a pris son dîner. Je vous ferai parvenir mes premières conclusions dans la soirée. Pas plus tard que deux heures, en tous les cas.

— Le couteau ? demanda Leguennec.

— Un couteau de cuisine probablement, modèle courant, assez grand. Arme ordinaire.

Leguennec se tourna vers Vernant.

— Le patron de l'hôtel n'a rien remarqué de particulier sur cette enveloppe adressée à Dompierre ?

— Non. Le nom était écrit au stylo bille en majuscules. Enveloppe blanche ordinaire. Tout est ordinaire. Tout est discret.

— Pourquoi avoir choisi cet hôtel de dernière catégorie ? Dompierre ne semblait pas sans le sou.

— D'après le patron, dit Vernant, Dompierre avait habité ce quartier étant gosse. Ça lui plaisait d'y revenir.

On avait enlevé le corps. Il ne restait plus au sol que l'inévitable tracé de craie qui contournait la silhouette.

— La porte était-elle encore ouverte ce matin ? demanda Leguennec.

— Refermée, dit Vernant. Sans doute par le client matinal qui est sorti vers sept heures trente, d'après le patron. Dompierre avait encore la clef de la porte dans sa poche.

— Et ce client n'a rien remarqué ?

— Non. Et sa voiture était pourtant garée tout près du corps. Mais à sa gauche, la portière du conducteur placée de l'autre côté. Si bien que sa voiture, une grosse R 19, lui masquait tout à fait le cadavre. Il a dû démarrer sans se rendre compte de rien, en marche avant.

— Bon, conclut Leguennec. Je vous suis, Vernant, pour les formalités. Je suppose que vous ne voyez pas d'inconvénient à me transférer le dossier ?

— Du tout, dit Vernant. Pour le moment, la piste Siméonidis semble la seule convaincante. Vous prenez donc la relève. Si rien n'en sort, vous me repasserez le paquet.

Leguennec déposa Vandoosler à une bouche de métro avant de rejoindre Vernant à son commissariat.

— Je passerai dans ton coin tout à l'heure, lui dit-il. J'ai des alibis à vérifier. Et d'abord, joindre le ministère pour savoir où se promène Pierre Relivaux. À Toulon ou ailleurs ?

— Une partie de cartes ce soir ? Une baleinière ? proposa Vandoosler.

— On verra. Je passerai en tout cas. Qu'est-ce que tu attends pour faire installer le téléphone chez toi ?

— L'argent, dit Vandoosler.

Il était presque midi. Soucieux, Vandoosler chercha aussitôt une cabine téléphonique avant de prendre le métro. Le temps de traverser tout Paris et le renseignement pourrait lui échapper. Il se méfiait de Leguennec. Il composa le numéro du *Tonneau* et eut Juliette en ligne.

— C'est moi, dit-il. Est-ce que tu peux me passer Saint Matthieu ?

— Ils ont trouvé quelque chose ? demanda Juliette. Ils savent qui c'est ?

— Si tu crois que ça se fait comme ça, en deux heures. Non, ça va être compliqué, impossible peut-être.

— Bien, soupira Juliette. Je te le passe.

— Saint Matthieu ? dit Vandoosler. Réponds-moi tout bas. Est-ce qu'Alexandra déjeune ici aujourd'hui ?

— C'est mercredi, mais elle est là avec Cyrille. Elle a pris ses habitudes. Juliette lui fait des petits plats extra. Aujourd'hui, le petit a de la purée de courgettes.

Sous l'influence maternelle de Juliette, Mathias se mettait à apprécier la cuisine, c'était évident. Peut-être, pensa rapidement Vandoosler, cet objet d'intérêt pratique l'aidait-il à se garder d'un objet d'intérêt bien plus prenant, Juliette elle-même et ses belles épaules blanches. À sa place, Vandoosler se serait jeté sans embarras sur Juliette plutôt que sur de la purée de courgettes. Mais Mathias était un gars compliqué, mesurant ses actions, ne s'exposant pas en terrain découvert sans avoir longuement réfléchi. À chacun son truc avec les femmes. Vandoosler ôta de son esprit les épaules de Juliette, dont l'image le faisait légèrement frémir, surtout quand elle se penchait pour attraper un verre. Ce n'était certainement pas le moment de frémir. Ni lui, ni Mathias ni personne.

— Alexandra était là hier à midi ?

— Oui.

— Tu lui as parlé de la visite de Dompierre ?

— Oui. Je n'en avais pas l'intention mais c'est elle qui m'a interrogé. Elle était triste. Alors j'ai parlé. Pour la divertir.

— Je ne te reproche rien. Il n'est pas mauvais de laisser filer la ligne. Tu avais donné son adresse ?

Mathias réfléchit quelques secondes.

— Oui, dit-il encore. Elle craignait que Dompierre n'attende Relivaux dans la rue toute la journée. Je l'ai rassurée, je lui ai dit que Dompierre avait un hôtel rue de la Prévoyance. Ça m'avait plu comme nom. Je suis certain de l'avoir prononcé. Danube aussi.

— Qu'est-ce que ça pouvait lui faire qu'un inconnu attende Relivaux toute la journée ?

— Je n'en sais rien.

— Écoute-moi attentivement, Saint Matthieu. Dompierre a été liquidé entre onze heures et deux heures du matin, par trois coups de couteau dans le ventre. Il s'est fait piéger par un rendez-vous. Ça peut venir de Relivaux, qui se balade on ne sait où, comme par hasard, ça peut venir de Dourdan, et ça peut venir de n'importe qui d'autre. Absente-toi cinq minutes et va trouver Marc qui m'attend à la maison. Résume-lui ce que je viens de te dire sur l'enquête et dis-lui de rappliquer au *Tonneau* et d'interroger Lex sur son emploi du temps de cette nuit. Amicalement et calmement, s'il en est capable. Qu'il demande aussi discrètement à Juliette si elle a vu ou entendu quelque chose. Elle est un peu insomniaque à ses heures, paraît-il, on a peut-être des chances de ce côté-là. Il faut que ce soit Marc qui interroge, pas toi, tu m'as bien compris ?

— Oui, dit Mathias sans se vexer.

— Toi, tu fais le serveur, tu observes par-dessus ton plateau et tu t'imprègnes des réactions diverses. Et prie le ciel, Saint Matthieu, pour qu'Alexandra n'ait pas bougé cette nuit. Quoi qu'il en soit, pas un mot à Leguennec là-dessus pour l'instant. Il a dit qu'il allait au commissariat, mais il est très capable de rappliquer au pavillon ou au *Tonneau* avant moi. Alors, fais vite.

Marc entra au *Tonneau* dix minutes plus tard, guère à l'aise. Il embrassa Juliette, Alexandra, le petit Cyrille qui se jeta à son cou.

— Ça t'ennuie si je mange un morceau avec toi ?

— Assieds-toi, dit Alexandra. Pousse un peu Cyrille, il prend toute la place.

— Tu es au courant ?

Alexandra hocha la tête.

— Mathias nous a raconté. Et Juliette avait entendu les informations. C'est bien le même gars, n'est-ce pas ? Pas de confusion possible ?

— Aucune, hélas.

— C'est moche, dit Alexandra. Il aurait mieux fait de tout déballer. Si ça se trouve, on n'arrivera jamais à mettre la main sur l'assassin de tante Sophia. Et ça, je ne sais pas si je pourrai le digérer. Comment on l'a tué ? Tu le sais ?

— Couteau dans le ventre. Pas instantané mais radical.

Mathias observa Alexandra en apportant une assiette à Marc. Elle frissonna.

— Parle plus bas, dit-elle en montrant Cyrille du menton. Je t'en prie.

— Ça s'est fait entre onze heures et deux heures du matin. Leguennec cherche Relivaux. Tu n'as rien entendu par hasard ? Une voiture ?

— Je dormais. Et quand je dors, je ne crois pas être capable d'entendre quoi que ce soit. Tu n'as qu'à voir, j'ai trois réveils en batterie sur ma table de nuit, pour être sûre de ne pas rater l'école. En plus...

— En plus ?

Alexandra hésita, les sourcils froncés. Marc se sentit un peu tanguer, mais il avait des ordres.

— En plus, en ce moment, je prends des petits trucs pour m'endormir. Pour ne pas trop penser. Alors j'ai le sommeil encore plus lourd que d'habitude.

Marc hocha la tête. Il était rassuré. Même s'il trouvait qu'Alexandra lui donnait un peu trop d'explications sur son sommeil.

— Mais Pierre... reprit Alexandra. Ce n'est pas possible tout de même. Comment aurait-il su que Dompierre était venu le voir, hein ?

— Dompierre a pu réussir à le joindre plus tard par téléphone, *via* le ministère. N'oublie pas qu'il y avait ses entrées aussi. Il semblait obstiné, tu sais. Et pressé.

— Mais Pierre est à Toulon.

— L'avion, dit Marc. Ça va vite. Aller-retour. Tout est possible.

— Je comprends, dit Alexandra. Mais ils se gourent. Pierre n'aurait pas touché à Sophia.

— Il avait quand même une maîtresse, et depuis pas mal d'années.

Le visage de Lex s'assombrit. Marc regretta sa dernière remarque. Il n'eut pas le temps de trouver une phrase un peu intelligente à dire vite, parce que

Leguennec entra dans le restaurant. Le parrain avait vu juste. Leguennec tâchait de le doubler.

L'inspecteur s'approcha de leur table.

— Si vous avez fini de déjeuner, mademoiselle Haufman, et si vous pouvez confier votre fils à l'un de vos amis pour une heure, je vous serais reconnaissant de m'accompagner. Quelques questions encore. J'y suis obligé.

Salaud. Marc ne leva pas un regard vers Leguennec. Pourtant, il devait reconnaître qu'il faisait son boulot, celui qu'il venait de faire lui-même quelques minutes plus tôt.

Alexandra ne se troubla pas et Mathias confirma d'un geste qu'il garderait Cyrille. Elle suivit l'inspecteur et monta dans sa voiture. L'appétit coupé, Marc repoussa son assiette et vint s'installer au bar. Il demanda une bière à Juliette. Une grande, si possible.

— Ne t'en fais pas, lui dit-elle. Il ne peut rien contre elle. Alexandra n'a pas bougé de la nuit.

— Je sais, dit Marc en soupirant. C'est ce qu'elle dit. Mais pourquoi la croirait-il ? Depuis le début, il ne croit rien.

— C'est son boulot, dit Juliette. Mais moi, je peux te dire qu'elle n'a pas bougé. C'est la vérité et je la lui dirai.

Marc attrapa la main de Juliette.

— Dis-moi, qu'est-ce que tu sais ?

— Ce que j'ai vu, dit Juliette en souriant. Vers onze heures, j'avais fini mon bouquin, j'ai éteint, mais impossible de m'endormir. Ça m'arrive souvent. Parfois, c'est parce que j'entends Georges ronfler à l'étage au-dessus et ça m'horripile. Mais hier soir, même pas de ronflement. Je suis descendue chercher un autre bouquin et j'ai lu en bas, jusqu'à deux heures et demie. Là, je me suis dit qu'il fallait absolument que je me couche et je suis remontée. Je me suis résolue à prendre un comprimé et je me suis endormie. Mais ce que je peux te dire, Marc, c'est que de onze heures un quart à deux heures et demie, Alexandra n'a pas bougé de chez elle. Il n'y a eu aucun bruit de porte ni de voiture. En plus, quand elle va se promener, elle emmène le petit avec elle. Je n'aime pas ça, d'ailleurs. Eh bien cette nuit, la veilleuse de la chambre de Cyrille était restée allumée. Il a peur dans le noir. C'est de son âge.

Marc sentit s'effondrer tous ses espoirs. Il regarda Juliette, désolé.

— Qu'est-ce qu'il y a ? dit Juliette. Ça devrait te rassurer. Lex ne risque rien, absolument rien !

Marc secoua la tête. Il jeta un regard à la salle qui se remplissait et s'approcha de Juliette.

— Tu affirmes que vers deux heures du matin, tu n'as absolument rien entendu ? chuchota-t-il.

— Puisque je te le dis ! chuchota Juliette à son tour. Tu n'as aucun souci à te faire.

Marc avala la moitié de son verre de bière et se prit la tête dans les mains.

— Tu es gentille, dit-il doucement, très gentille, Juliette.

Juliette le regardait sans comprendre.

— Mais tu mens, continua Marc. Tu mens sur toute la ligne !

— Parle moins fort, ordonna Juliette. Alors tu ne me crois pas ? C'est tout de même un comble !

Marc serra plus fort la main de Juliette et vit que Mathias lui jetait un coup d'œil.

— Écoute-moi, Juliette : tu as vu Alexandra sortir cette nuit et tu sais qu'elle nous ment. Alors tu mens à ton tour pour la protéger. Tu es gentille; mais tu viens sans le vouloir de m'apprendre tout le contraire de ce que tu souhaitais. Parce que à deux heures du matin, moi, j'étais dehors, figure-toi ! Et devant ta grille en plus, à essayer avec Mathias de calmer Lucien et de le ramener à la maison. Et toi tu dormais comme une souche avec ton comprimé et tu ne nous as même pas entendus ! Tu dormais ! Et je te signale d'autre part, puisque tu m'y fais penser, qu'il n'y avait aucune lumière dans la chambre de Cyrille. Aucune. Demande à Mathias.

Juliette, le visage tombant, se tourna vers Mathias qui acquiesça lentement.

— Alors, dis-moi la vérité maintenant, reprit Marc. Ça vaut mieux pour Lex, si on veut la défendre intelligemment. Parce que ton système à la noix, ça ne marchera pas. Tu es trop naïve, tu prends les flics pour des gosses.

— Ne me serre pas la main comme ça, dit Juliette. Tu me fais mal ! Les clients vont nous voir.

— Alors, Juliette ?

Muette, la tête baissée, Juliette s'était remise à laver des verres dans l'évier.

— On n'a qu'à dire ça tous ensemble, proposa-t-elle soudain. Vous n'êtes pas sortis chercher Lucien et je n'ai rien entendu et Lex n'est pas sortie. Voilà.

Marc secoua à nouveau la tête.

— Mais rends-toi compte que Lucien nous a appelés en criant. Un autre voisin a pu l'entendre. Ça ne tiendra pas et ça ne fera qu'empirer les choses. Dis-moi la vérité, je t'assure que ça vaut mieux. C'est ensuite qu'on verra comment mentir.

Juliette restait irrésolue, tortillant le torchon à verres. Mathias s'approcha d'elle, posa sa grande main sur son épaule et lui dit quelque chose à l'oreille.

— Bon, dit Juliette. Je m'y suis prise comme une gourde, c'est possible. Mais je ne pouvais pas deviner que vous étiez tous dehors à deux heures du matin. Alexandra est sortie en voiture, c'est vrai. Elle a démarré tout doucement et feux éteints, sûrement pour ne pas réveiller Cyrille.

— À quelle heure ? demanda Marc, la gorge nouée.

— À onze heures un quart. Quand je suis descendue chercher un bouquin. Parce que ça, c'est vrai. Ça m'a énervée de la voir encore partir, à cause du petit. Qu'elle l'ait pris avec elle ou qu'elle l'ait laissé seul, ça m'a énervée. Je me suis dit qu'il faudrait que j'aie le courage de lui en parler le lendemain, bien que ce ne soit pas mes affaires. La veilleuse de la chambre était éteinte, c'est vrai aussi. C'est entendu, je ne suis pas restée à lire en bas. Je suis remontée et j'ai pris le comprimé, parce que je me sentais énervée. J'ai dormi presque tout de suite. Et quand j'ai appris la nouvelle ce matin aux infos de dix heures, j'ai paniqué. J'ai entendu Lex te dire tout à l'heure qu'elle n'avait pas bougé de chez elle. Alors j'ai pensé... j'ai pensé que le mieux à faire...

— Était d'abonder dans son sens.

Juliette hocha la tête, tristement.

— J'aurais mieux fait de me taire, dit-elle.

— Ne te reproche rien, dit Marc. Les flics vont trouver, de toute façon. Parce que Alexandra n'a pas garé sa voiture au même endroit en revenant. À présent que je sais, je me rappelle très bien qu'hier avant le dîner, la voiture de Sophia était garée cinq mètres avant ta grille. Je suis passé devant. Elle est rouge et elle se remarque. Ce matin, quand je suis sorti prendre le journal vers dix heures et demie, elle n'y était plus. Sa place était prise par une autre voiture, grise, celle des voisins du bout, je crois. Trouvant sa place occupée au retour, Alexandra a dû aller se garer ailleurs. Pour les flics, ce sera un jeu d'enfant. Notre rue est petite, les voitures sont connues, d'autres voisins ont pu facilement remarquer ce genre de détail.

— Ça ne veut rien dire, dit Juliette. Elle a pu sortir ce matin.

— C'est ce qu'ils vérifieront.

— Mais si elle avait fait ce que croit Leguennec, elle se serait débrouillée pour reprendre sa place ce matin !

— Tu ne réfléchis pas, Juliette. Comment veux-tu qu'elle reprenne sa place si une autre voiture l'occupe ? Elle ne va pas souffler dessus.

— Tu as raison, je dis n'importe quoi. Je n'arrive plus à réfléchir, on dirait. Il n'empêche, Marc, que Lex est sortie, mais pour se balader, seulement pour se balader !

— C'est ce que je crois aussi, dit Marc. Mais comment veux-tu enfoncer ça dans le crâne de Leguennec ? Elle a bien choisi son soir pour sa balade ! Après les ennuis que ça lui a déjà valus, elle aurait pu se tenir tranquille, non ?

— Moins fort, répéta Juliette.

— Ça me fout en colère, dit Marc. On dirait qu'elle le fait exprès.

— Elle ne pouvait pas deviner que Dompierre serait tué, mets-toi à sa place.

— À sa place, je me serais tenu à carreau. Elle est mal barrée, Juliette, mal barrée !

Marc frappa du poing sur le comptoir et vida sa bière.

— Qu'est-ce qu'on peut faire ? demanda Juliette.

— Je vais partir à Dourdan, voilà ce qu'on peut faire. Je vais chercher ce que Dompierre a cherché. Leguennec n'a aucun droit pour m'en empêcher. Siméonidis est libre de laisser lire ses archives à qui il veut. Les flics peuvent juste vérifier que je n'emporte rien. Tu as l'adresse du père à Dourdan ?

— Non, mais n'importe qui te renseignera là-bas. Sophia y avait une maison dans la même rue. Elle avait acheté une petite propriété pour pouvoir aller voir son père sans vivre sous le même toit que sa belle-mère. Elle ne la supportait pas très bien. C'est un peu en dehors de la ville, rue des Ifs. Attends, je vais vérifier.

Mathias s'approcha pendant que Juliette partait chercher son sac dans les cuisines.

— Tu pars ? dit Mathias. Tu veux que je t'accompagne ? Ce serait plus prudent. Ça commence à flamber.

Marc lui sourit.

— Merci, Mathias. Mais c'est mieux que tu restes ici. Juliette a besoin de toi et Lex aussi. D'ailleurs, tu as le petit Grec en garde et tu fais ça très bien. Ça me calme de te savoir sur place. Ne t'en fais pas, je n'ai rien à craindre. Si j'ai à vous donner des nouvelles, je téléphonerai ici, ou chez Juliette. Préviens le parrain quand il rentrera.

Juliette revint avec son carnet.

— Le nom exact, c'est « allée des Grands-Ifs », dit-elle. La maison de Sophia est au 12. Celle du vieux n'est pas loin.

— C'est noté. Si Leguennec t'interroge, tu t'es endormie à onze heures et tu ne sais rien. Il se débrouillera.

— Évidemment, dit Juliette.

— Passe la consigne à ton frère, au cas où. Je fais un saut à la maison et je prends le prochain train.

Un brusque coup de vent ouvrit une fenêtre mal fermée. La tempête prévue arrivait, apparemment plus consistante qu'annoncée. Cela redonna de la vigueur à Marc. Il sauta de son tabouret et fila.

À la baraque, Marc fit rapidement son sac. Il ne savait pas au juste pour combien de temps il en aurait et s'il mettrait la main sur quoi que ce soit. Mais il fallait bien tenter quelque chose. Cette imbécile d'Alexandra qui n'avait rien trouvé de mieux que d'aller se promener en voiture. Quelle conne. Marc rageait en fourrant quelques affaires pêle-mêle dans son sac. Il essayait surtout de se persuader qu'Alexandra était seulement allée faire un tour. Qu'elle lui avait menti seulement pour se protéger. Seulement ça et rien d'autre. Cela lui demandait un effort de concentration, de conviction. Il n'entendit pas Lucien entrer chez lui.

— Tu fais ton sac ? dit Lucien. Mais tu écrabouilles tout ! Regarde ta chemise !

Marc jeta un coup d'œil à Lucien. C'est vrai, il n'avait pas cours le mercredi après-midi.

— Je me fous de ma chemise, dit Marc. Alexandra est dans de sales draps. Elle est sortie cette nuit, cette imbécile. Je file à Dourdan. Je vais fouiller dans les archives. Pour une fois qu'elles ne seront pas en latin ou en roman, ça me changera. J'ai l'habitude de dépouiller vite, j'espère que je trouverai quelque chose.

— Je vais avec toi, dit Lucien. Je n'ai pas envie que tu te fasses trouer le ventre à ton tour. Restons groupés, soldat.

Marc s'arrêta de bourrer son petit sac et regarda Lucien. Mathias d'abord et maintenant, lui. De la part de Mathias, il comprenait, et il était touché. Mais Marc n'aurait jamais pensé que Lucien puisse s'intéresser à autre chose qu'à lui-même et à la Grande Guerre. S'intéresser et même s'impliquer. Décidément, il se gourait souvent ces derniers temps.

— Et alors ? dit Lucien. Ça a l'air de t'étonner ?

— C'est-à-dire que je pensais autre chose.

— J'imagine ce que tu pensais, dit Lucien. Ceci posé, il vaut mieux être deux en ce moment. Vandoosler et Mathias ici, et toi et moi là-bas. On ne gagne pas une guerre tout seul, tu n'as qu'à voir Dompierre. Donc, je t'accompagne. Les archives, ça me connaît aussi et nous irons plus vite à deux. Tu me laisses le temps de faire mon sac et de prévenir le collège que je vais attraper une nouvelle grippe ?

— D'accord, dit Marc. Mais fais vite. Le train est à 14 h 57 à Austerlitz.

29

Un peu moins de deux heures plus tard, Marc et Lucien rôdaient dans l'allée des Grands-Ifs. Le vent soufflait fort à Dourdan et Marc aspirait ce courant de nord-ouest. Ils s'arrêtèrent devant le n° 12, qui était protégé par des murs de part et d'autre d'une porte d'entrée en bois plein.

— Fais-moi la courte échelle, dit Marc. J'aimerais bien voir à quoi ça ressemble chez Sophia.

— Quelle importance ? dit Lucien.

— J'ai envie, c'est tout.

Lucien posa délicatement son sac, vérifia que la rue était déserte et croisa solidement ses deux mains.

— Retire ta chaussure, dit-il à Marc. Je ne veux pas que tu me dégueulasses les mains.

Marc soupira, retira une chaussure en se tenant à Lucien et grimpa.

— Tu vois quelque chose ? demanda Lucien.

— On voit toujours quelque chose.

— C'est quoi ?

— La propriété est grande. C'est vrai qu'elle était riche, Sophia. Ça descend en pente douce derrière la maison.

— Comment est la maison ? Moche ?

— Pas du tout, dit Marc. Un peu grecque, malgré les ardoises. Longue et blanche, sans étage. Elle a dû la faire construire. C'est drôle, les volets ne sont même pas fermés. Attends. Non, c'est parce qu'il y a des claustras aux fenêtres. Grecque, je te dis. Il y a un petit garage et un puits. Il n'y a que le puits qui soit ancien là-dedans. Ça ne doit pas être désagréable, l'été.

— On peut lâcher ? demanda Lucien.

— Tu fatigues ?

— Non, mais quelqu'un peut venir.

— Tu as raison, je descends.

Marc se rechaussa et ils arpentèrent la rue en regardant les noms sur les portes ou sur les boîtes aux lettres, quand il y en avait. Ils préféraient faire ainsi avant de demander à quelqu'un, pour que leur venue soit le plus discrète possible.

— Là, dit Lucien après une centaine de mètres. Cette petite bicoque entretenue avec les fleurs.

Marc déchiffra la plaque de cuivre ternie : K. et J. Siméonidis.

— C'est bon, dit-il. Tu te souviens bien de ce qu'on est convenus ?

— Ne me prends pas pour un con, dit Lucien.

— Entendu, dit Marc.

Un assez beau vieillard vint leur ouvrir. Il les considéra en silence, attendant des explications. Depuis la mort de sa fille, il avait vu passer du monde : des flics, des journalistes, et Dompierre.

Lucien et Marc exposèrent alternativement le but de leur visite en y mettant de grandes doses de gentillesse. Ils étaient convenus de cette gentillesse dans le train, mais la tristesse que portait le vieux Siméonidis sur son visage la rendait plus spontanée. Ils parlèrent de Sophia tout doucement. Ils finirent presque par croire à leur propre mensonge en expliquant que Sophia, leur voisine, leur avait confié une mission personnelle. Marc raconta l'affaire de l'arbre. Rien de tel qu'un support véridique pour y suspendre un mensonge.

Qu'après cette affaire de l'arbre, Sophia était restée inquiète malgré tout. Un soir, en discutant dans la petite rue avant d'aller dormir, elle leur avait fait promettre, si par hasard il lui arrivait malheur, de chercher à savoir. Elle n'avait pas confiance en la police, qui, disait-elle, l'oublierait avec tous les portés disparus. À eux, elle avait fait confiance pour aller jusqu'au bout. C'est pourquoi ils étaient là, estimant par respect et par amitié pour Sophia qu'ils avaient à faire leur devoir.

Siméonidis écouta avec attention ce discours qui semblait plus stupide et lourd aux oreilles de Marc à mesure qu'il le débitait. Il les invita à entrer. Un flic en uniforme était là, qui interrogeait dans le salon une femme qui devait être Mme Siméonidis. Marc n'osa pas la dévisager, d'autant que le dialogue s'était interrompu à leur entrée. Il ne put que percevoir par l'angle de son regard une femme de soixante ans assez ronde, aux cheveux tirés derrière la nuque, qui ne leur marqua qu'un léger signe de bienvenue. Elle s'occupait des questions du flic et elle avait l'expression dynamique de ceux qui souhaitent être décrits comme des dynamiques. Siméonidis traversa la pièce d'un pas assez vif, entraînant Marc et Lucien, marquant une indifférence appuyée pour ce flic qui encombrait son salon. Mais le flic les arrêta tous les trois en se levant d'un mouvement brusque. C'était un jeune type à l'expression butée, bornée, conforme à la plus tragique idée qu'on puisse se faire d'un crétin à qui la consigne tient lieu de pensée. Pas de chance. Lucien poussa un soupir exagéré.

— Navré, monsieur Siméonidis, dit le flic, mais je ne peux vous autoriser à faire pénétrer quiconque dans votre domicile sans être informé de l'état civil de ces personnes et du motif de leur visite. Ce sont les ordres et vous en avez été informé.

Siméonidis eut un bref et mauvais sourire.

— Ce n'est pas mon domicile, c'est ma maison, dit-il d'une voix qu'il avait très sonore, et ce ne sont pas des personnes, ce sont des amis. Et sachez qu'un Grec de Delphes, né à cinq cents mètres de l'Oracle, ne reçoit aucun ordre de qui que ce soit. Mettez-vous ça dans le crâne.

— La loi est faite pour tous, monsieur, répondit le flic.

— Votre loi, vous pouvez vous la foutre au cul, dit Siméonidis d'un ton égal.

Lucien jubilait. Exactement le genre de vieil emmerdeur avec qui on aurait pu bien rigoler si seulement les circonstances ne l'avaient rendu aussi triste.

Les difficultés durèrent encore un bon moment avec le flic, qui prit note de leurs noms et les identifia sans peine en consultant son carnet comme les voisins de Sophia Siméonidis. Mais rien n'interdisant d'aller consulter les archives de quelqu'un avec sa bénédiction, il dut les laisser aller en les avertissant que, de toute façon, ils subiraient une inspection avant leur départ. Aucun document ne devait pour l'instant sortir de la maison. Lucien haussa les épaules et suivit Siméonidis. Soudain rageur, le vieux Grec revint sur ses pas et agrippa le flic par le revers de sa veste. Marc pensa qu'il allait lui casser la gueule et que ça allait être intéressant. Mais le vieux hésita.

— Et puis non... dit Siméonidis après un silence. Tant pis.

Il lâcha le flic comme un truc pas propre et sortit de la pièce pour rejoindre Marc et Lucien. Ils montèrent un étage, suivirent un couloir et le vieux leur ouvrit, à l'aide d'une clef suspendue à sa ceinture, la porte d'une pièce peu éclairée, aux étagères bourrées de dossiers.

— La pièce de Sophia, dit-il à voix basse. Je suppose que c'est cela qui vous intéresse ?

Marc et Lucien hochèrent la tête.

— Pensez-vous trouver quelque chose ? demanda Siméonidis. Le pensez-vous ?

Il les fixait d'un regard sec, les lèvres contractées, l'expression douloureuse.

— Et si on ne trouve rien ? dit Lucien.

Siméonidis frappa du poing sur la table.

— Vous devrez trouver, ordonna-t-il. J'ai quatre-vingt-un ans, je ne peux plus bouger et je ne peux plus comprendre comme je le voudrais. Vous, peut-être. Je veux cet assassin. Nous, les Grecs, on ne lâche jamais, c'est ce que disait ma vieille Andromaque. Leguennec n'est plus libre de penser. J'ai besoin d'autres personnes, j'ai besoin d'hommes libres. Peu m'importe que Sophia vous ait ou non confié une « mission ». C'est vrai ou c'est faux. Je pense que c'est faux.

— C'est en effet assez faux, admit Lucien.

— Bien, dit Siméonidis. On se rapproche. Pourquoi cherchez-vous ?

— Le métier, dit Lucien.

— Détectives ? demanda Siméonidis.

— Historiens, répondit Lucien.

— Où est le rapport avec Sophia ?

Lucien désigna Marc du doigt.

— Lui, dit-il. Lui ne veut pas qu'on inculpe Alexandra Haufman. Il est prêt à balancer n'importe qui d'autre à sa place, même un innocent.

— Excellent, dit Siméonidis. Si ça peut vous rendre service, sachez que Dompierre n'est pas resté longtemps ici. Je pense qu'il n'a consulté qu'un seul dossier, sans hésiter. Vous le voyez, les cartons sont classés par années.

— Savez-vous lequel il a examiné ? demanda Marc. Êtes-vous resté avec lui ?

— Non. Il était très désireux d'être seul. Je suis entré une fois lui porter du café. Je crois qu'il consultait le carton 1982, sans certitude. Je vous laisse, vous n'avez pas de temps à perdre.

— Une question encore, demanda Marc. Comment votre femme prend-elle l'affaire ?

Siméonidis eut une moue ambiguë.

— Jacqueline n'a pas pleuré. Elle n'est pas mauvaise mais volontariste, toujours désireuse de « faire front ». Pour ma femme, « faire front » est un label suprême de qualité. C'est devenu une telle habitude chez elle qu'on ne peut rien tenter contre. Et avant tout, elle protège son fils.

— Que dire de lui ?

— Julien ? Pas capable de grand-chose. Un meurtre dépasse de beaucoup ses compétences. Surtout que Sophia l'avait aidé quand il ne savait pas quoi faire de sa peau. Elle lui trouvait des places de figurant par-ci, par-là. Il n'a pas su en tirer avantage. Lui, il a un peu pleuré Sophia. Il l'aimait beaucoup dans le temps. Il épinglait des photos d'elle dans sa chambre de jeune homme. Il écoutait ses disques aussi. Plus maintenant.

Siméonidis fatiguait.

— Je vous laisse, répéta-t-il. Pour moi, faire une sieste avant le dîner n'est pas un déshonneur. Cette faiblesse plaît à ma femme, d'ailleurs. Mettez-vous au travail, vous n'avez pas beaucoup de temps. Il se pourrait que le flic finisse par trouver un moyen légal d'interdire la consultation de mes archives.

Siméonidis s'en alla et on l'entendit ouvrir une porte au fond du couloir.

— Qu'est-ce que tu penses de lui ? demanda Marc.

— Belle voix, il l'a repassée à sa fille. Batailleur, autoritaire, intelligent, distrayant et dangereux.

— Sa femme ?

— Une idiote, dit Lucien.

— Tu l'élimines vite.

— Les idiots peuvent tuer, ça n'a rien de contradictoire. Surtout ceux qui, comme elle, affichent une vaillance stupide. Je l'ai écoutée parler au flic. Elle est sans nuance et satisfaite de ses performances. Les idiots satisfaits peuvent tuer.

Marc hocha la tête en tournant dans la pièce. Il s'arrêta devant le carton de l'année 1982, le regarda sans le toucher et continua son tour en examinant les rayonnages. Lucien s'affairait dans son sac.

— Sors ce carton 82, dit-il. Le vieux a raison : on n'a peut-être pas beaucoup de temps avant que la Loi n'abaisse sa herse devant nos pas.

— Ce n'est pas 1982 qu'a consulté Dompierre. Soit le vieux s'est trompé, soit il a menti. C'est 1978.

— Il n'y a plus de poussière devant celui-là ? dit Lucien.

— C'est ça, dit Marc. Aucun autre n'a été déplacé depuis longtemps. Les flics n'ont pas encore eu le temps de mettre leur nez là-dedans.

Il tira le carton 1978 et en vida proprement le contenu sur la table. Lucien le feuilleta rapidement.

— Ça ne concerne qu'un seul opéra, dit-il. *Elektra*, à Toulouse. Pour nous, cela ne signifie rien. Mais Dompierre devait y chercher quelque chose.

— Allons-y, dit Marc, un peu découragé par la masse de vieux articles de presse découpés, de commentaires manuscrits parfois rajoutés par Siméonidis, très probablement, de photos, d'interviews. Les coupures de journaux étaient attachées avec soin par des trombones.

— Repère les trombones déplacés, dit Lucien. La pièce est un peu humide, ils ont dû laisser une trace de rouille ou une petite empreinte. Ça nous permettra de savoir quels articles ont intéressé Dompierre dans ce fatras.

— C'est ce que je fais, dit Marc. Les critiques sont élogieuses. Elle plaisait, Sophia. Elle s'est dite moyenne, mais elle valait plus que ça. Il a raison, Mathias. Mais qu'est-ce que tu fous ? Viens m'aider.

Lucien rentrait à présent divers paquets dans son sac.

— Voilà, dit Marc en haussant le ton, cinq liasses dont le trombone a été replacé récemment.

Marc en prit trois et Lucien deux. Ils lurent en silence et en vitesse pendant un bon moment. Les articles étaient longs.

— Tu disais que les critiques étaient élogieuses ? dit Lucien. Celui-là, en tout cas, n'est pas tendre avec Sophia.

— Celui-là non plus, dit Marc. Il cogne dur. Ça n'a pas dû lui faire plaisir. Ni au vieux Siméonidis. Il a noté en marge : « pauvre con ». Et qui c'est, ce pauvre con ?

Marc chercha la signature.

— Lucien, dit-il, ce critique « pauvre con » s'appelle Daniel Dompierre. Ça te donne à penser ?

Lucien prit l'article des mains de Marc.

— Alors le nôtre, dit-il, le mort, il serait de sa famille ? Un neveu, un cousin, un fils ? C'est comme ça qu'il aurait su quelque chose à propos de cet opéra ?

— Un truc dans ce genre-là, sûrement. Ça commence à prendre. Comment s'appelle ton critique qui démolit Sophia ?

— René de Frémonville. Connais pas. Connais rien à la musique, de toute façon. Attends, un truc marrant.

Lucien se remit à la lecture, l'expression modifiée. Marc espéra.

— Alors ? dit Marc.

— Ne t'affole pas, ça n'a rien à voir avec Sophia. C'est au dos de la coupure. Le début d'un autre article, toujours de Frémonville, mais à propos d'une pièce de théâtre : un bide, une création sommaire et échevelée sur la vie intérieure d'un gars dans une tranchée en 1917. Un monologue de presque deux heures, suant comme tout, semble-t-il. Malheureusement, il me manque la fin de l'article.

— Merde, tu ne vas pas commencer avec ça. On s'en fout, Lucien, on s'en fout ! On n'est pas venus jusqu'à Dourdan pour ça, nom de Dieu !

— Tais-toi. Frémonville dit au détour d'une phrase qu'il garde de son père des carnets de guerre, et que l'auteur de la pièce aurait été bien inspiré de consulter ce genre de documents avant de se lancer dans le théâtre d'imagination militaire. Tu te rends compte ? Des carnets de guerre ! Écrits sur place, depuis août 1914 jusqu'à octobre 1918 ! Sept carnets ! Non, mais tu te rends bien compte ? Une série continue ! Pourvu que ce père ait été paysan, pourvu ! Ce serait une mine, Marc, une rareté ! Bon Dieu, faites que le père de Frémonville ait été paysan ! Bon sang, j'ai bien fait de t'accompagner !

De bonheur et d'espoir, Lucien s'était mis debout, arpentant la petite pièce sombre, lisant et relisant le bout tronqué de cette vieille feuille de journal. Exaspéré, Marc se remit à feuilleter les documents consultés par Dompierre. Outre ces articles défavorables à Sophia, il y avait trois autres liasses contenant des textes plus anecdotiques, relatant un incident grave ayant perturbé pour plusieurs jours les représentations d'*Elektra*.

— Écoute, dit Marc.

Mais c'était foutu. Lucien était ailleurs, inabordable, avalé par la découverte de sa mine et devenu incapable de s'intéresser à autre chose. Pourtant, il avait fait montre d'une belle volonté au début. C'était pas de chance, ces carnets de guerre. Mécontent, Marc lut en silence, pour lui seul. Sophia Siméonidis avait oubli dans sa loge, le soir du 17 juin 1978, une heure et demie avant la représentation, une agression violente suivie de tentatives de sévices sexuels. Selon elle, l'agresseur s'était enfui soudainement en entendant du bruit. Elle ne pouvait pas fournir de renseignements sur lui. Il portait un blouson sombre, une cagoule en laine bleue et il l'avait frappée à coups de poing pour la mettre au sol. Il avait ôté cette cagoule, mais elle était déjà trop assommée pour pouvoir l'identifier et il avait éteint la lumière. Couverte d'ecchymoses heureusement sans gravité, Sophia Siméonidis, en état de choc, avait été conduite à l'hôpital pour observation. Malgré cela, Sophia Siméonidis avait refusé de porter plainte et aucune enquête n'avait donc été ouverte. Réduits à des conjectures, les journalistes supposaient que l'attaque était le fait d'un figurant, le théâtre étant fermé à cette heure-ci à tout public. La culpabilité des cinq chanteurs de la troupe était écartée d'emblée : pour deux d'entre eux, il s'agissait de chanteurs renommés et tous avaient déclaré être arrivés plus tard au théâtre, ce qu'avaient confirmé les gardiens, des homme âgés également hors de cause. On pouvait comprendre entre les lignes que les options sexuelles des cinq chanteurs mâles les mettaient hors de cause plus sûrement que leur renommée ou leurs heures d'arrivée. Quant aux nombreux figurants, rien dans la description sommaire de la cantatrice ne permettait d'orienter les soupçons sur l'un ou l'autre d'entre eux. Néanmoins, précisait un des journalistes, deux figurants ne s'étaient pas présentés lors de la reprise, le lendemain. Le journaliste admettait pourtant que c'était là un fait assez banal dans le monde des figurants, gars et filles occultes souvent payés à la journée et toujours sur la brèche, prêts à lâcher sur l'heure une représentation pour un casting publicitaire plus prometteur. Il convenait aussi qu'aucun des hommes du personnel technique ne pouvait être écarté.

Le spectre était large. Marc, les sourcils froncés, retourna aux critiques de Daniel Dompierre et de René de Frémonville. Critiques musicaux avant tout, ils ne s'étendaient pas sur les circonstances de l'agression mais signalaient seulement que Sophia Siméonidis, victime d'un accident, avait dû être remplacée durant trois jours par sa doublure, Nathalie Domesco, dont l'imitation exécrable avait fini d'achever *Elektra*, une *Elektra* que n'avait pu sauver le retour de Sophia Siméonidis : la cantatrice, à sa sortie d'hôpital, avait à nouveau témoigné de son incapacité à tenir ce rôle pour grand soprano dramatique. Ils concluaient que le choc subi par la cantatrice ne pouvait excuser l'insuffisance de sa tessiture et qu'elle avait commis une regrettable erreur en prétendant aborder avec *Elektra* une partition bien au-delà de ses moyens vocaux.

Cela exaspéra Marc. Certes, Sophia leur avait dit elle-même qu'elle n'avait pas été « la » Siméonidis. Certes, Sophia n'aurait peut-être pas dû se lancer dans *Elektra*. Peut-être. Il n'y connaissait rien de toute façon, pas plus que Lucien. Mais cette morgue destructrice des deux critiques le mettait hors de lui. Non, Sophia ne méritait pas ça.

Marc attrapa d'autres cartons, d'autres opéras. Toujours des critiques élogieuses, ou simplement flatteuses ou satisfaites, mais toujours des reproches cinglants sous les plumes de Dompierre et de Frémonville, même lorsque Sophia s'en tenait à son strict registre de soprano lyrique. Décidément, ces deux-là n'aimaient pas Sophia, et depuis ses débuts. Marc replaça les cartons et réfléchit, la tête posée sur ses poings. Il faisait presque nuit à présent et Lucien avait allumé deux petites lampes.

Sophia agressée... Sophia ne portant pas plainte

pour coups et blessures. Il revint à *Elektra*, parcourut très vite tous les autres articles concernant l'opéra et qui racontaient tous un peu la même chose : la mauvaise qualité de la mise en scène, la faiblesse des décors, l'agression contre Sophia Siméonidis, le retour attendu de la cantatrice, à cette différence que les critiques appréciaient la tentative de Sophia au lieu de la démolir comme l'avaient fait Dompierre et Frémonville. Il ne savait pas quoi retenir de tout ce carton 1978. Il aurait fallu tout pouvoir lire et relire dans les détails. Comparer, cerner les spécificités des coupures retenues par Christophe Dompierre. Il aurait fallu recopier, au moins les articles lus par le mort. C'était du boulot, des heures de boulot.

Siméonidis entra dans la pièce à cet instant.

— Il faut vous dépêcher, dit-il. Les flics cherchent un biais pour faire cesser la consultation de mes archives. Ils n'ont pas le temps de s'en occuper maintenant et ils doivent craindre d'être doublés par l'assassin lui-même. J'ai entendu l'imbécile d'en bas téléphoner après ma sieste. Il veut des scellés. Ça a l'air d'aller bon train.

— Soyez sans inquiétude, dit Lucien. On en aura fini dans une demi-heure.

— Parfait, dit Siméonidis. Vous avancez vite.

— À propos, dit Marc, votre beau-fils avait-il aussi figuré dans *Elektra* ?

— À Toulouse ? Sans doute, dit Siméonidis. Il a figuré dans tous ses spectacles, de 1973 à 1978. C'est après qu'il a tout lâché. Ne piétinez pas de son côté, vous perdez votre temps.

— Cette agression pendant *Elektra*, Sophia vous l'avait-elle racontée ?

— Sophia détestait qu'on en parle, dit Siméonidis après un silence.

Après le départ du vieux Grec, Marc regarda Lucien

qui, affalé dans un fauteuil défoncé, étendait ses jambes en jouant avec sa coupure de journal.

— Dans une demi-heure ? cria Marc. Tu ne fous rien, tu rêves à tes carnets de guerre, il y a des tas de trucs à recopier, mais toi, tu décides de te barrer dans une demi-heure ?

Sans bouger, Lucien montra son sac du doigt.

— Là-dedans, dit-il, j'ai mis deux kilos et demi d'ordinateur portable, neuf kilos de scanner, du parfum, un caleçon, une grosse ficelle, un duvet, une brosse à dents et une tranche de pain. Tu comprends pourquoi je voulais prendre un taxi à la gare. Prépare-moi tes documents, j'enregistre tout ce qui te fait plaisir et on l'emporte avec nous à la baraque pourrie. Voilà.

— Comment as-tu pensé à ça ?

— Après ce qui est arrivé à Dompierre, on pouvait prévoir que les flics tentent d'interdire la copie des archives. Prévoir les manœuvres de l'adversaire, mon ami, c'est tout le secret d'une guerre. L'ordre officiel arrivera vite, mais après nous. Dépêche-toi maintenant.

— Pardon, dit Marc, je m'énerve tout le temps en ce moment. Toi aussi d'ailleurs.

— Non, je m'emporte, dans une direction ou dans une autre. C'est assez différent.

— C'est à toi ces bécanes ? demanda Marc. Ça vaut du fric.

Lucien haussa les épaules.

— C'est la fac qui me les a prêtées, je dois les rendre dans quatre mois. Il n'y a que les fils électriques qui m'appartiennent.

Il rit et brancha ses machines. À mesure que les documents étaient copiés, Marc respirait mieux. Il n'y aurait peut-être rien à en tirer mais l'idée qu'il pourrait les consulter sans hâte, dans l'abri de son deuxième étage médiéval, le soulageait. L'essentiel du carton y passa.

— Des photos, dit Lucien en agitant une main.

— Tu crois ?

— Sûr. Envoie les photos.

— Il n'y a que des photos de Sophia.

— Pas de vue générale, de la troupe au salut, du dîner après la générale ?

— Que Sophia, je te dis.

— Alors laisse tomber.

Lucien enroula ses machines dans un vieux duvet, ficela le tout et y attacha une longue corde. Puis il ouvrit doucement la fenêtre et fit descendre avec précaution le fragile paquet.

— Il n'existe pas de pièce sans ouverture, dit-il. Et en bas d'une ouverture, il y a toujours un sol, quel qu'il soit. C'est la courette aux poubelles, je préfère ça à la rue. J'y suis.

– On monte, dit Marc.

Lucien lâcha la corde et referma la fenêtre sans bruit. Il retourna s'asseoir dans le vieux fauteuil et reprit sa pose nonchalante.

Le flic entra, avec l'expression rassasiée du type qui vient d'abattre un perdreau en plein vol.

— Interdiction de prendre copie de quoi que ce soit et interdiction de consulter quoi que soit, dit l'imbécile. Ce sont les nouveaux ordres. Prenez vos affaires et sortez d'ici.

Marc et Lucien obéirent en râlant et suivirent le flic. Quand ils revinrent au salon, Mme Siméonidis avait mis la table pour cinq. Ils étaient donc comptés pour le dîner. Cinq, pensa Marc, ça voulait dire le fils aussi, sans doute. Il fallait voir le fils. Ils remercièrent. Le jeune flic les fouilla avant qu'ils ne s'asseyent et vida le contenu de leurs sacs, qu'il retourna et plia dans tous les sens.

— Ça va, dit-il, vous pouvez tout remballer.

Il quitta le salon et alla se poster dans l'entrée.

— Si j'étais vous, lui dit Lucien, je me collerais plutôt devant la porte de la pièce aux archives jusqu'à
notre départ. On pourrait remonter. Vous prenez des
risques, gendarme.

Mécontent, le flic monta à l'étage et s'installa dans
la pièce même. Lucien demanda à Siméonidis de lui
indiquer l'accès à la courette aux poubelles et sortit
récupérer son paquet qu'il fourra dans le fond de son
sac. Il trouvait que depuis quelque temps, les poubelles
traversaient fréquemment sa vie.

— Pas d'inquiétude, lui dit Lucien. Tous vos origi-
naux sont restés là-haut. Vous avez ma parole.

Le fils arriva un peu en retard pour prendre sa place
à table. Le pas lent, la quarantaine lourde, Julien
n'avait pas hérité de sa mère le désir de paraître indispensable et efficace. Il sourit gentiment aux deux invi-
tés, un peu piteux, effacé, et Marc en conçut des
regrets. Ce type, qu'on disait improductif et velléitaire,
coincé entre sa mère activiste et son beau-père patriar-
che, lui faisait de la peine. Marc était vite influencé
quand on lui souriait gentiment. Et puis Julien avait
pleuré pour Sophia. Il n'était pas laid, mais avait le
visage gonflé. Marc aurait préféré ressentir de l'aver-
sion, de l'hostilité, enfin quelque chose de plus
convaincant pour en faire un meurtrier. Mais comme
il n'avait jamais vu de meurtrier, il se dit qu'un être
flexible écrasé par sa mère et souriant gentiment pouvait très bien faire l'affaire. Pleurer un petit coup ne
veut rien dire.

Sa mère aussi pouvait faire l'affaire. S'agitant, plus
affairée que ne l'exigeait le service de la table, plus
loquace que ne le demandait la conversation, Jacqueline Siméonidis était fatigante. Marc observa son chi-
gnon bas, ficelé avec précision sur sa nuque, ses mains

vigoureuses, sa voix et son animation truquées, sa détermination stupide quand elle distribuait à chacun sa part d'endives au jambon, et pensa que cette femme pouvait tout tenter pour accroître un pouvoir, un capital et résoudre les débâcles financières de son fils indolent. Elle avait épousé Siméonidis. Par amour ? Parce qu'il était le père d'une cantatrice déjà célèbre ? Parce que cela ouvrirait à Julien les portes des théâtres ? Oui, l'un et l'autre avaient des motifs pour tuer et peut-être de bonnes dispositions. Pas le vieux, évidemment. Marc le regardait trancher dans ses endives à gestes vifs. Son autoritarisme en aurait fait un tyran parfait si Jacqueline n'avait eu de quoi se défendre. Mais la souffrance patente du père grec interdisait qu'on le soupçonne de quoi que ce soit. Tout le monde était d'accord là-dessus.

Marc avait les endives au jambon en horreur, sauf quand elles sont bien faites, ce qui relève du domaine de l'exceptionnel. Il voyait Lucien se goinfrer pendant que lui se débattait avec cette matière amère et aqueuse qui le révulsait. Lucien avait pris les rênes de la conversation qui roulait sur la Grèce au début du siècle. Siméonidis lui répondait par phrases brèves et Jacqueline dépensait son énergie à démontrer son vif intérêt pour toutes choses.

Marc et Lucien attrapèrent le train de 22 h 27. Ce fut le vieux Siméonidis qui les emmena en voiture à la gare, d'une conduite ferme et rapide.

— Tenez-moi au courant, dit-il en leur serrant la main. Qu'y a-t-il dans votre paquet, jeune homme ? demanda-t-il à Lucien.

— Ordinateur et tout ce qu'il faut dedans, dit Lucien en souriant.

— Bien, dit le vieux.

— Au fait, dit Marc. C'est le carton 1978 que Dompierre a dépouillé, pas le 1982. Autant que vous le sachiez, vous y trouverez peut-être des choses qui nous ont échappé.

Marc surveilla la réaction du vieux. C'était offensant, un père ne tue pas sa fille, sauf Agamemnon. Siméonidis ne répondit pas.

— Tenez-moi au courant, répéta-t-il.

Pendant l'heure de voyage, Lucien et Marc ne se dirent pas un mot. Marc parce qu'il aimait les trains dans la nuit, Lucien parce qu'il pensait aux carnets de guerre de Frémonville père et au moyen de les obtenir.

30

En rentrant vers minuit à la baraque, Marc et Lucien trouvèrent Vandoosler qui les attendait au réfectoire. Fatigué, incapable de classer les informations récoltées, Marc espérait que le parrain n'allait pas le retenir trop longtemps. Car il était clair que Vandoosler attendait un compte rendu. Lucien au contraire avait l'air en parfaite forme. Il s'était débarrassé avec précaution de son sac de douze kilos et s'était servi un coup à boire. Il demanda où étaient les annuaires.

— Dans la cave, dit Marc. Fais attention, ils servent à caler l'établi.

On entendit un fracas au sous-sol et Lucien revint, ravi, un annuaire sous le bras.

— Désolé, dit-il, tout est tombé.

Il s'installa avec son verre à un bout de la grande table et se mit à compulser l'annuaire.

— Des René de Frémonville, dit-il, il ne doit pas y en avoir des montagnes. Avec de la chance, il habite Paris. Pour un critique de théâtre et d'opéra, ça paraît judicieux.

— Qu'est-ce que vous cherchez ? demanda Vandoosler.

— C'est lui qui cherche, dit Marc. Pas moi. Il veut retrouver un critique dont le père a consigné toute sa guerre sur des petits carnets. Ça l'emballe. Il prie tous les dieux actuels et passés pour que le père ait été paysan. Il paraît que c'est beaucoup plus rare. Il a prié pendant tout le voyage.

— Ça ne peut pas attendre ? demanda Vandoosler.

— Tu sais bien, dit Marc, que pour Lucien, la Grande Guerre ne peut pas attendre. À se demander s'il s'est rendu compte qu'elle était terminée. En tout cas, il est dans cet état-là depuis cet après-midi. Je n'en peux plus, moi, de sa foutue guerre. Il n'y a que les excès qui l'intéressent. Tu m'entends, Lucien ? Ce n'est plus de l'histoire que tu fais !

— Mon ami, dit Lucien sans lever la tête et en suivant du doigt une des colonnes de l'annuaire, « la quête des paroxysmes oblige à se confronter à l'essentiel qui est ordinairement caché ».

Marc, qui n'était pas de mauvaise foi, réfléchit sérieusement à cette phrase. Elle l'ébranla. Il se demanda dans quelle mesure sa tendance à travailler sur l'ordinaire médiéval plutôt que sur ses secousses paroxysmiques pouvait l'éloigner de l'essentiel caché. Il avait toujours pensé jusqu'ici que les petites choses ne se révélaient bien que dans les grandes et les grandes dans les petites, dans l'Histoire comme dans la vie. Il en était à envisager les crises religieuses ou les épidémies foudroyantes sous un autre angle quand le parrain l'interrompit.

— Tes rêvasseries historiques attendront aussi, dit Vandoosler. Avez-vous mis la main sur quelque chose, oui ou merde ?

Marc sursauta. Il franchit neuf siècles en quelques secondes et s'assit en face de Vandoosler, le regard un peu secoué par le voyage.

— Alexandra ? demanda-t-il d'une voix vague. Comment s'est passé l'interrogatoire ?

— Comme tout interrogatoire d'une femme qui n'était pas chez elle la nuit du meurtre.

— Leguennec a trouvé ça ?

— Oui. La voiture rouge avait changé de place. Alexandra a dû rétracter sa première déclaration, elle s'est fait sérieusement engueuler et a avoué s'être absentée de onze heures un quart à trois heures du matin. Balade en voiture. Plus de trois heures, ça fait une trotte, non ?

— Mauvais, dit Marc. Et vers où cette balade ?

— Vers Arras, d'après elle. De l'autoroute. Elle jure ne pas s'être rendue rue de la Prévoyance. Mais comme elle a déjà menti... Ils ont affiné l'heure du meurtre. Entre minuit et demi et deux heures du matin. En plein dedans.

— Mauvais, répéta Marc.

— Très mauvais. Il ne faudrait pas pousser beaucoup Leguennec pour qu'il torche son enquête et remette ses conclusions au juge d'instruction.

— Ne pousse surtout pas.

— Pas la peine de me le dire. Je le retiens par les bretelles autant que je peux. Mais ça devient difficile. Alors, tu as de la matière ?

— Tout est dans l'ordinateur de Lucien, dit Marc en désignant le sac du menton. Il a scannerisé tout un fatras de papiers.

— Habile, dit Vandoosler. Quels papiers ?

— Dompierre avait consulté le carton concernant la représentation d'*Elektra* en 1978. Je te résume le truc. Il y a des bricoles intéressantes.

— Ça y est, interrompit Lucien en fermant bruyamment l'annuaire. R. de Frémonville est dans le sac. Il n'est pas sur liste rouge. C'est un pas vers la victoire.

Marc reprit son résumé, qui dura plus longtemps que prévu parce que Vandoosler lui coupait sans arrêt la parole. Lucien avait vidé un deuxième verre et était monté se coucher.

— Donc, dit Marc, la première urgence est de savoir si Christophe Dompierre est bien de la famille du critique Daniel Dompierre, et à quel degré. Tu t'en chargeras aux premières heures. Si c'est bien ça, on peut croire que le critique avait mis le doigt sur une saleté quelconque concernant cet opéra et qu'il avait raconté le truc en famille. Quelle saleté ? Le seul fait sortant de l'ordinaire, c'est cette agression contre Sophia. Il faudrait connaître les noms des deux figurants qui ne sont pas revenus le lendemain. C'est presque impossible. Comme Sophia a refusé à l'époque de déposer plainte, il n'y a pas eu d'enquête.

— Ça, c'est curieux. Ce genre de refus a presque toujours la même cause : l'agressée connaît l'agresseur, mari, cousin, ami, et elle ne veut pas de scandale.

— Quel avantage pour Relivaux d'agresser sa propre femme dans sa loge ?

Vandoosler haussa les épaules.

— On ne sait quasi rien, dit-il. On peut donc tout supposer. Relivaux, Stelyos...

— Le théâtre était fermé au public.

— Sophia pouvait faire entrer qui elle voulait. Et puis il y a ce Julien. Il était figurant dans le spectacle, c'est ça ? Quel est son nom de famille ?

— Moreaux. Julien Moreaux. Il a l'air d'un vieux mouton. Même avec quinze ans de moins, je ne le vois pas faire le loup.

— Tu ne connais rien aux moutons. Tu m'as dit toi-même que ce Julien suivait Sophia dans ses tournées depuis cinq ans.

— Sophia essayait de le lancer. C'était le beau-fils de son père après tout. Elle avait pu s'attacher à lui.

— Ou lui à elle, plutôt. Tu dis qu'il épinglait des

photos d'elle sur les murs de sa chambre. Sophia avait trente-cinq ans, elle était belle, elle était célèbre. De quoi vous aliéner facilement un jeune homme de vingt-cinq ans. Passion étouffée, frustrée. Un jour, il entre dans sa loge... Pourquoi pas ?

— Sophia aurait inventé l'histoire de la cagoule ?

— Pas forcément. Ce Julien pouvait mener ses pulsions à visage caché. Mais il est très possible en revanche que Sophia, au courant de l'idolâtrie du garçon, n'ait pas eu de doute sur l'identité de l'agresseur, cagoule ou pas cagoule. Une enquête aurait entraîné un foutu scandale. Mieux valait pour elle écraser le coup et ne plus en parler. Quant à Julien, il a quitté la figuration après cette date.

— Oui, dit Marc. Très possible. Et ça n'explique en rien l'assassinat de Sophia.

— Il a pu récidiver quinze ans plus tard. Et ça aurait mal tourné. Quant à la visite de Dompierre, ça a dû l'affoler. Il a pris les devants.

— Ça n'explique pas l'arbre.

— Toujours cet arbre ?

Marc, debout devant la cheminée, la main appuyée contre le linteau, regardait s'éteindre les braises.

— Il y a un truc que je ne comprends pas, dit-il. Que Christophe Dompierre ait relu les articles de son éventuel père, je saisis. Mais pourquoi ceux de Frémonville ? Les seuls points communs entre ces textes sont qu'ils éreintent la prestation de Sophia.

— Dompierre et Frémonville étaient sans doute amis, confidents peut-être. Cela expliquerait la concordance de leurs points de vue musicaux.

— J'aimerais savoir ce qui a bien pu les dresser contre Sophia.

Marc se dirigea vers une des grandes fenêtres et scruta la nuit.

— Qu'est-ce que tu regardes ?

— Je cherche à voir si la voiture de Lex est là ce soir.

— Pas de danger, dit Vandoosler, elle ne bougera pas.

— Tu l'as convaincue d'arrêter de bouger ?

— Je n'ai pas essayé. J'ai posé un sabot sur sa roue. Vandoosler sourit.

— Un sabot ? Tu as ce genre de truc ?

— Bien sûr. J'irai l'enlever demain à la première heure. Elle n'en saura rien, sauf si elle tente de sortir, bien entendu.

— Tu as vraiment des méthodes de flic. Mais si tu y avais pensé hier, elle serait hors de cause. Tu te réveilles un peu tard.

— J'y ai pensé, dit Vandoosler. Mais je n'en ai rien fait.

Marc se retourna et le parrain l'arrêta d'un geste avant qu'il ne s'énerve.

— Ne t'emballe pas. J'ai déjà dit qu'il était souvent bon de laisser filer la ligne. Sinon on coince tout, on n'apprend rien et toute la baleinière tombe à la flotte.

Il lui désigna en souriant la pièce de cinq francs clouée à la poutre. Soucieux, Marc le regarda s'en aller et l'écouta monter les quatre étages. Il ne comprenait pas toujours ce que pouvait bien manigancer le parrain et surtout, il n'était pas certain qu'ils chassaient du même bord. Il prit la pelle à feu et fit un petit tas de cendres bien organisé pour couvrir les braises. On a beau les couvrir, ça reste brûlant en dessous. Ça se voit très bien quand on éteint la lumière. Ce que fit Marc qui, assis sur une chaise, regarda dans l'obscurité l'éclat des brandons rouges. C'est comme ça qu'il s'endormit. Il regagna sa chambre à quatre heures du matin, courbatu et glacé. Il n'eut pas le courage de se déshabiller. Vers sept heures, il entendit Vandoosler descendre. Ah, oui. Le sabot. Ensommeillé, il mit en route l'ordinateur que Lucien avait installé dans son bureau.

31

Il n'y avait plus personne dans la baraque quand Marc éteignit l'ordinateur vers onze heures. Vandoosler le Vieux était parti aux renseignements, Mathias avait disparu et Lucien s'était lancé sur la piste des sept carnets de guerre. Pendant quatre heures, Marc avait fait défiler sur l'écran toutes les coupures de journaux, lu et relu chaque article, gardé en mémoire leurs termes et leurs détails, observé leurs convergences et leurs différences.

Le soleil de juin se maintenait et, pour la première fois, il eut l'idée d'emporter un bol de café dehors et de s'installer dans l'herbe, espérant que l'air du matin lui ôterait son mal de tête. Le jardin était rendu à la vie sauvage. Marc piétina un mètre carré d'herbe, trouva une planche en bois et s'assit dessus, face au soleil. Il ne voyait plus comment progresser. Il connaissait maintenant les documents par cœur. Sa mémoire était bien faite et généreuse et elle lui gardait tout, cette idiote, y compris les broutilles ou les souvenirs des désespoirs. Marc croisa les jambes en tailleur sur sa planche, comme un fakir. Ce passage à Dourdan n'avait pas apporté grand-chose. Dompierre était mort avec sa petite histoire, et on ne voyait pas comment s'y prendre pour la connaître. On ne savait même pas si elle aurait été intéressante.

Alexandra passa dans la rue avec un sac à provisions et Marc lui fit un signe de la main. Il tenta de se la figurer en meurtrière et cela lui fit du mal. Qu'est-ce qu'elle était allée foutre durant plus de trois heures avec sa voiture ?

Marc se sentit inutile, impuissant, stérile. Il avait l'impression de négliger quelque chose. Depuis que Lucien avait dit ce truc sur l'essentiel révélé dans la quête des paroxysmes, il n'était pas à l'aise. Ça le gênait. Tant dans sa manière de conduire ses recherches sur le Moyen Âge que dans la façon dont il réfléchissait à cette affaire. Lassé de ces pensées trop molles, trop floues, Marc abandonna sa planche et se leva, observant le front Ouest. C'est curieux comme cette manie de Lucien leur était entrée dans la tête. Personne n'aurait songé à appeler cette maison autrement que le front Ouest. Relivaux n'avait sans doute pas réapparu, le parrain le lui aurait dit. Est-ce que les flics avaient pu s'assurer de son emploi du temps à Toulon ?

Marc posa son bol sur la planche et sortit sans bruit du jardin. De la rue, il scruta le front Ouest. Il lui semblait que la femme de ménage ne venait que le mardi et le vendredi. Quel jour était-on ? Jeudi. Rien ne semblait bouger dans la maison. Il considéra la haute grille bien entretenue, pas du tout rouillée comme la leur, et dont les pointes qui la hérissaient avaient l'air très efficaces. Le tout était de se hisser là-dessus sans se faire voir par un passant, et de souhaiter être assez agile pour éviter de s'embrocher au passage. Marc regarda de droite et de gauche la petite rue déserte. Il aimait bien cette petite rue. Il approcha la haute poubelle et, comme Lucien l'avait fait l'autre nuit, grimpa dessus. Il s'agrippa aux barreaux et réussit, avec des ratés, à atteindre le haut de la grille qu'il enjamba sans accroc.

Sa propre habileté lui fit plaisir. Il se laissa retomber de l'autre côté en pensant qu'en effet, il aurait fait un bon cueilleur non chasseur, tout en vigueur et en délicatesse. Ravi, il replaça ses bagues d'argent qui avaient un peu tourné durant l'ascension et se dirigea à pas doux vers le jeune hêtre. Pour quoi faire ? Pourquoi se donner tant de mal pour aller voir ce crétin d'arbre muet ? Pour rien, parce qu'il se l'était promis et qu'il en avait par-dessus la tête de s'enliser dans cette histoire où le sauvetage d'Alexandra devenait chaque jour plus douteux. Cette imbécile de fille orgueilleuse faisait tout de travers.

Marc posa sa main sur le tronc frais, puis son autre main. L'arbre était encore assez jeune pour qu'il puisse en faire le tour avec ses doigts. Comme ça, il eut envie de l'étrangler, de lui serrer le cou jusqu'à ce qu'il raconte entre deux hoquets ce qu'il était venu faire dans ce jardin. Il laissa retomber ses bras, découragé. On n'étrangle pas un arbre. Un arbre, ça ferme sa gueule, c'est muet, c'est pire qu'une carpe, ça ne fait même pas de bulles. Ça ne fait que des feuilles, du bois, des racines. Si, ça fait de l'oxygène aussi, ce qui est assez pratique. À part ça, rien. Muet. Muet comme Mathias qui tentait de faire parler ses tas de silex et d'ossements : un type muet conversant avec des objets muets. C'était complet. Mathias assurait qu'il savait les entendre, qu'il suffisait de connaître leur langue et de les écouter. Marc, qui n'aimait que le bavardage des textes, de lui-même et des autres, ne pouvait pas comprendre ce genre de conversation du silence. Pourtant, Mathias finissait par trouver des trucs, c'était indéniable.

Il s'assit aux côtés de l'arbre. L'herbe n'avait pas encore bien repoussé autour de lui depuis qu'on l'avait déraciné deux fois. Ça faisait un petit duvet d'herbe clairsemée qu'il caressa avec sa paume. Bientôt, elle serait forte et grande et on n'y verrait plus rien. On oublierait l'arbre et sa terre. Mécontent, Marc arracha par touffes l'herbe neuve. Quelque chose n'allait pas. La terre était sombre, grasse, presque noire. Il se souvenait bien des deux jours où ils avaient ouvert et fermé cette tranchée stérile. Il revoyait Mathias, enfoncé dans la tranchée jusqu'à mi-cuisses, disant que ça suffisait, qu'on s'arrêtait, que les niveaux étaient en place, intacts. Il revoyait ses pieds nus dans ses sandales, couverts de terre. Mais d'une terre limoneuse, brun-jaune, légère. Il y en avait dans le fourneau de la pipe blanche qu'il avait ramassée en marmonnant « XVIIIᵉ siècle ». Une terre claire, friable. Et quand ils avaient rebouché, ils avaient mélangé l'humus et la terre claire. Claire, pas du tout comme celle-ci qu'il était en train de pétrir entre ses doigts. Du nouvel humus, déjà ? Marc gratta plus profondément. De la terre noire, toujours. Il fit le tour de l'arbre et examina le sédiment sur tout son pourtour. Aucun doute, on avait touché au sous-sol. Les couches de terrain n'étaient plus telles qu'ils les avaient laissées. Mais les flics avaient creusé après eux. Peut-être étaient-ils descendus plus profondément, peut-être avaient-ils entamé une couche de terre noire sous-jacente. Ça devait être ça. Ils n'avaient pas su distinguer les niveaux intacts et s'étaient enfoncés largement dans une terre noire qu'ils avaient répandue en surface en rebouchant. Pas d'autre explication. Aucun intérêt.

Marc resta assis là un moment en laissant ses doigts sillonner le sol. Il ramassa un petit tesson de grès, qui lui parut plus XVIᵉ siècle que XVIIIᵉ. Mais il ne connaissait pas grand-chose à ça et il le fourra dans sa poche. Il se releva, tapota le tronc de l'arbre pour le prévenir qu'il s'en allait et reprit l'ascension de la grille. Il touchait des pieds la poubelle quand il vit le parrain arriver.

— Très discret, dit Vandoosler.

— Et alors ? dit Marc en frottant ses mains sur son pantalon. J'ai juste été voir l'arbre.

— Et qu'est-ce qu'il t'a dit ?

— Que les flics de Leguennec avaient creusé beaucoup plus profond que nous, jusqu'au XVIe siècle. Mathias n'a pas tout à fait tort, la terre peut parler. Et toi ?

— Descends de cette poubelle, ça m'évitera de crier. Christophe Dompierre était bien le fils du critique Daniel Dompierre. Voilà un point de réglé. Quant à Leguennec, il a fait commencer la lecture des archives chez Siméonidis mais il patine autant que nous. Sa seule satisfaction est que les dix-huit bateaux perdus en Bretagne sont tous revenus au port.

En traversant le jardin, Marc récupéra son bol de café. Il en restait une goutte froide dans le fond, qu'il but.

— Il est presque midi, dit-il. Je me décrasse et je vais avaler un morceau dans le tonneau.

— C'est du luxe, dit Vandoosler.

— Oui, mais c'est jeudi. En hommage à Sophia.

— Tu es certain que ce n'est pas pour voir Alexandra ? Ou pour l'émincé de veau ?

— Ce n'est pas ce que j'ai dit. Tu veux venir ?

Alexandra était à sa table habituelle et s'échinait à faire manger son fils qui était d'humeur boudeuse. Marc passa la main dans les cheveux de Cyrille et le laissa jouer avec ses bagues. Il aimait les bagues de Saint Marc. Marc lui avait dit que c'était un magicien qui les lui avait données, qu'elles avaient un secret mais qu'il n'avait jamais trouvé lequel. Le magicien s'était envolé à la récré avant de le lui dire. Cyrille les avait frottées, tournées, il avait soufflé dessus mais rien ne s'était produit. Marc alla serrer la main de Mathias qui semblait figé derrière le comptoir.

— Qu'est-ce qu'il y a ? demanda Marc, tu as l'air pétrifié.

— Je ne suis pas pétrifié, je suis coincé. Je me suis changé à toute allure, j'ai tout mis, la chemise, le gilet, le nœud papillon, mais j'ai oublié les chaussures. Juliette dit que je ne peux pas servir en sandales. C'est curieux, elle est très à cheval là-dessus.

— Je la comprends, dit Marc. Je vais te les chercher. Prépare-moi un émincé.

Marc revint cinq minutes plus tard avec les chaussures et la pipe en terre blanche.

— Tu te souviens de cette pipe et de cette terre ? demanda-t-il à Mathias.

— Évidemment.

— Ce matin, j'ai été saluer l'arbre. Ce n'est plus la même terre en surface. Elle est noire et argileuse.

— Comme sous tes ongles ?

— C'est ça.

— Ça veut dire que les flics ont creusé plus profond que nous.

— Oui. C'est ce que j'ai pensé.

Marc rangea le fourneau de pipe dans sa poche et sentit sous ses doigts le tesson de grès. Marc transvasait de poche en poche beaucoup de trucs inutiles dont il n'arrivait plus à se défaire par la suite. Ses poches lui faisaient le même coup que sa mémoire, elles lui foutaient rarement la paix.

Une fois en chaussures, Mathias installa Marc et Vandoosler à la table d'Alexandra, qui avait dit que ça ne la gênait pas. Puisqu'elle n'en parlait pas, Marc évita de la questionner sur l'interrogatoire qu'elle avait subi la veille. Alexandra demanda des nouvelles du voyage à Dourdan et comment allait son grand-père. Marc jeta un coup d'œil au parrain qui hocha la tête imperceptiblement. Il s'en voulut d'avoir quêté son assentiment avant de parler à Lex et il comprit que le doute avait fait beaucoup plus de chemin en lui qu'il ne le croyait. Il lui exposa en détail le contenu du carton 1978, ne sachant plus s'il le faisait avec sincérité ou s'il « laissait filer la ligne » pour surprendre ses réactions. Mais Alexandra, assez éteinte, ne réagissait même pas. Elle dit seulement qu'elle devrait aller voir son grand-père ce week-end.

— Je vous le déconseille pour le moment, dit Vandoosler.

Alexandra fronça les sourcils, tendit son maxillaire.

— C'est à ce point-là ? Ils veulent m'inculper ? demanda-t-elle à voix basse, pour ne pas inquiéter Cyrille.

— Disons que Leguennec est mal disposé. Ne bougez pas. Pavillon, école, tonneau, square et rien d'autre.

Alexandra se renfrogna. Marc pensa qu'elle n'aimait pas qu'on lui donne des ordres et elle lui fit songer un bref instant à son grand-père. Elle était capable de faire le contraire de ce que lui demandait Vandoosler pour le simple plaisir de ne pas obéir.

Juliette vint desservir la table et Marc l'embrassa. Il lui résuma Dourdan en trois mots. Il commençait à en avoir assez de ce carton 1978 qui n'avait fait que compliquer les choses sans en éclairer une seule. Alexandra habillait Cyrille pour le reconduire à l'école quand Lucien entra dans le tonneau, hors d'haleine, en faisant claquer la porte. Il prit la place d'Alexandra, ne sembla même pas la voir partir, et demanda à Mathias un énorme verre de vin.

— Ne t'inquiète pas, dit Marc à Juliette. C'est la Grande Guerre qui lui fait ça. Ça passe, ça revient, ça passe. Question d'habitude.

— Imbécile, dit Lucien dans un souffle.

Au ton de Lucien, Marc sentit qu'il se trompait. Ce n'était pas la Grande Guerre. Lucien n'avait pas cette expression heureuse qu'aurait dû lui procurer la découverte des carnets de guerre d'un soldat paysan. Il était anxieux et trempé de sueur. Sa cravate était de travers et deux plaques rouges lui avaient poussé sur le front. Lucien, encore essoufflé, jeta un coup d'œil aux clients qui déjeunaient au *Tonneau* et, par signes, demanda à Vandoosler et Marc de rapprocher leurs visages.

– Ce matin, commença Lucien entre deux respirations, j'ai téléphoné chez René de Frémonville. Il avait changé de numéro. Alors j'ai été directement chez lui.

Lucien but une large gorgée de vin rouge avant de continuer.

— Sa femme était là. R. de Frémonville, c'est sa femme : Rachel, une dame de soixante-dix ans. J'ai demandé à voir son mari. Tu parles d'une gaffe. Tiens-toi bien, Marc, Frémonville est mort depuis belle lurette.

— Et alors ? dit Marc.

— Il a été assassiné, mon vieux. Clac, deux balles dans la tête un soir de septembre 1979. Et attends, il n'était pas seul. Il était avec son vieux copain Daniel Dompierre. Clac, deux balles pour lui aussi. Flingués, les deux critiques.

— Merde, dit Marc.

— Tu peux le dire, parce que mes carnets de guerre, ils se sont envolés dans le déménagement qui a suivi. La femme de Frémonville s'en foutait. Elle est incapable de savoir où ils ont pu passer.

— Au fait, il était paysan, le soldat ? demanda Marc.

Lucien le regarda avec étonnement.

— Ça t'intéresse maintenant ?

— Non. Mais à force, ça m'imbibe.

— Eh bien oui, dit Lucien en s'animant, il était paysan ! Alors, tu vois ? Ce n'est pas un miracle, ça ? Si seulement...

— Passe sur les carnets de guerre, ordonna Vandoosler. Continue. Il a dû y avoir une enquête, non ?

— Bien sûr, dit Lucien. Ça été le plus dur à savoir. Rachel de Frémonville se dérobait et ne voulait pas en parler. Mais j'ai été tout en habileté et en persuasion. Frémonville alimentait le marché du théâtre parisien en cocaïne. Son copain Dompierre aussi, sans doute. Les flics en ont retrouvé une cargaison sous les lattes du parquet, chez Frémonville, là où les deux critiques ont été descendus. L'enquête a conclu à un règlement de comptes entre gros dealers. L'affaire était transparente en ce qui concerne Frémonville mais les preuves contre Dompierre étaient rabougries. Les flics n'ont retrouvé chez lui que quelques sachets de coke coincés derrière une plaque de cheminée.

Lucien vida son verre et en demanda un autre à Mathias. Au lieu de ça, Mathias lui apporta un émincé de veau.

— Mange, dit-il.

Lucien regarda le visage résolu de Mathias et attaqua son émincé.

— Rachel m'a dit qu'à l'époque, Dompierre fils, c'est-à-dire Christophe, avait refusé de croire quoi que ce soit de ce genre sur son père. La mère et le fils se sont bagarrés dur avec les flics mais ça n'a rien changé. Double assassinat classé à la rubrique trafic de drogue. Ils n'ont jamais mis la main sur le meurtrier.

Lucien se calmait. Son souffle redevenait régulier. Vandoosler avait pris sa tête de flic, le nez offensif, les yeux enfoncés loin derrière ses sourcils. Il massacrait les morceaux de pain que Mathias avait apportés dans une corbeille.

— De toute façon, dit Marc, qui essayait de classer

ses idées à toute vitesse, ça n'a rien à voir avec notre truc. Ces deux types se sont fait buter plus d'un an après la représentation d'*Elektra*. Affaire de drogue, en plus. Je suppose que les flics savaient de quoi ils parlaient.

— Ne fais pas l'imbécile, Marc, dit Lucien avec impatience. Le jeune Christophe Dompierre n'y croyait pas. Aveuglement d'amour filial ? Peut-être. Mais quinze ans plus tard, quand Sophia se fait tuer, il réapparaît, il cherche une nouvelle piste. Tu te souviens de ce qu'il t'a dit ? De sa « misérable petite croyance » ?

— S'il se trompait il y a quinze ans, dit Marc, il pouvait encore se tromper il y a trois jours.

— Sauf, dit Vandoosler, qu'il s'est fait tuer. On ne tue pas quelqu'un qui se trompe. On tue quelqu'un qui trouve.

Lucien hocha la tête et sauça son assiette d'un geste ample. Marc soupira. Il se trouvait l'esprit lent ces derniers temps et ça le souciait.

— Dompierre avait trouvé, reprit Lucien à voix basse. Il avait donc déjà raison, il y a quinze ans.

— Trouvé quoi ?

— Qu'un figurant avait agressé Sophia. Et si tu veux mon avis, son père savait qui c'était, et il lui avait dit. Il l'avait peut-être croisé quand il sortait en courant de la loge, la cagoule à la main. Ce qui fait que le lendemain, le figurant ne revient pas. Il a la trouille d'être reconnu. Ce doit être la seule chose que Christophe savait : que son père connaissait l'agresseur de Sophia. Et que si Frémonville trafiquait de la coke, ce n'était pas le cas de Daniel Dompierre. Trois sachets derrière une plaque de cheminée, c'est un peu gros, non ? Le fils a raconté ça aux flics. Mais cette vieille anecdote de scène qui datait de plus d'un an n'intéressait pas les flics. La brigade des stups tenait l'affaire et l'agression contre Sophia Siméonidis n'avait aucune importance. Alors le fils Dompierre a dû laisser tomber. Mais quand Sophia s'est fait tuer à son tour, il a repris le mors aux dents. L'affaire continuait. Il avait toujours pensé que son père et Frémonville avaient été tués, non pas pour de la coke, mais parce que le hasard leur avait fait croiser à nouveau la route de l'agresseur-violeur. Et celui-ci les a flingués pour qu'ils ne parlent pas. Ça devait être sacrément important pour lui.

— Ton truc ne tient pas debout, dit Marc. Pourquoi le gars ne les aurait-il pas flingués tout de suite ?

— Parce que ce gars portait sûrement un nom de scène. Si tu t'appelles Roger Boudin, tu as intérêt à changer ton nom pour Frank Delner par exemple, ou n'importe quoi qui sonne un peu aux oreilles d'un metteur en scène. Donc, le type se barre sous son pseudo et il est tranquille. Qui veux-tu qui devine que Frank Delner, c'est Roger Boudin ?

— Bon et alors, merde ?

— Tu es nerveux aujourd'hui, Marc. Et alors, imagine que plus d'un an après, le type croise Dompierre, et sous son vrai nom cette fois ? Là, plus le choix : il les flingue, lui et son ami, certainement mis dans la confidence. Il sait que Frémonville est un dealer et ça l'arrange au poil. Il planque trois sachets chez Dompierre, les flics avalent le tout et l'affaire s'en va aux stups.

— Et pourquoi ton Boudin-Delner aurait-il tué Sophia quatorze ans plus tard, puisque Sophia, de toute façon, ne l'avait pas identifié ?

Lucien, à nouveau fiévreux, plongea dans un sac en plastique qu'il avait déposé sur la chaise.

— Bouge pas, mon vieux, bouge pas.

Il fouilla un moment dans un tas de papiers et en sortit un rouleau retenu par un élastique. Vandoosler le regardait, visiblement admiratif. Le hasard avait servi Lucien, mais Lucien avait drôlement bien harponné ce hasard.

— Après ça, dit Lucien, j'étais déboussolé. La dame Rachel aussi, d'ailleurs. Ça l'avait remuée de fouiller ses souvenirs. Elle n'était pas au courant de l'assassinat de Christophe Dompierre et tu penses bien que je ne lui ai rien dit. On s'est fait un petit café, sur le coup de dix heures, pour se remonter. Et puis, c'était bien joli tout ça, mais je pensais toujours à mes carnets de guerre. C'est humain, tu comprends.

— Je comprends, dit Marc.

— Rachel de Frémonville faisait beaucoup d'efforts pour ces carnets de guerre, mais peine perdue, ils étaient vraiment égarés. En buvant son café, elle a poussé une petite exclamation. Tu sais, ces petites exclamations magiques, comme dans un vieux film. Elle se souvenait que son mari, qui était très attaché à ces sept carnets, avait pris la précaution de les faire clicher par son photographe de presse. Parce que le papier de ces carnets était de mauvaise qualité et commençait à se piquer, à partir en dentelle. Elle me dit qu'avec de la chance, le photographe avait pu garder des épreuves ou des négatifs de ces photos de carnets, pour lesquelles il s'était donné beaucoup de mal. C'était écrit au crayon et pas facile à clicher. Elle m'a filé l'adresse du photographe, à Paris heureusement, et j'ai foncé droit chez lui. Il était là, à tirer des épreuves. Il n'a que la cinquantaine et il est toujours dans le métier. Tiens-toi bien, Marc, mon ami : il avait conservé les négatifs des photos des carnets et il va me les développer ! Sans blague.

— Magnifique, dit Marc d'un ton maussade. Je te parlais du meurtre de Sophia, pas de tes carnets.

Lucien se tourna vers Vandoosler en désignant Marc.

— Il est vraiment nerveux, hein ? Impatient ?

— Quand il était petit, dit Vandoosler, et qu'il faisait tomber sa balle du balcon dans la cour en bas, il trépignait aux larmes jusqu'à ce que j'aille la rechercher. Il n'y avait plus que ça qui comptait. J'en ai fait des allers et retours. Et pour des petites balles mousse de rien du tout, encore.

Lucien rit. Il avait à nouveau l'air heureux, mais ses cheveux bruns étaient toujours collés de sueur. Marc sourit aussi. Il avait complètement oublié le coup des balles mousse.

— Je continue, dit Lucien toujours chuchotant. Tu as pigé que ce photographe suivait Frémonville dans ses reportages ? Qu'il faisait la couverture photo des spectacles ? J'ai pensé qu'il avait peut-être gardé des épreuves. Il était au courant de la mort de Sophia mais pas de celle de Christophe Dompierre. Je lui en ai dit deux mots et l'affaire lui a paru assez sérieuse pour qu'il recherche son dossier sur *Elektra*. Et voilà, dit Lucien en agitant le rouleau sous les yeux de Marc. Des photos. Et pas que de Sophia. Des photos de scène, de groupe.

— Montre, dit Marc.

— Patience, fit Lucien.

Lentement, il défit son rouleau et en tira avec précaution un cliché qu'il étala sur la table.

— Toute la troupe au salut le soir de la première, dit-il en calant chaque coin de la photo avec des verres. Il y a tout le monde. Sophia au milieu, entourée du ténor et du baryton. Bien sûr ils sont tous maquillés et en costume. Mais tu ne reconnais personne ? Et vous, commissaire, personne ?

Marc et Vandoosler se penchèrent tour à tour sur la photo. Des visages fardés, petits, mais nets. Un bon cliché. Marc, qui se sentait depuis un bon moment en perte de vitesse par rapport aux fulgurances de Lucien, sentait l'abandonner tous ses moyens. L'esprit brouillé, décontenancé, il examinait les petits visages blancs sans qu'aucun ne lui évoque quoi que ce soit. Si, celui-là, c'était Julien Moreaux, tout jeune, tout mince.

— Évidemment, dit Lucien. Ça n'a rien d'étonnant. Continue.

Marc secoua la tête, presque humilié. Non, il ne voyait rien. Vandoosler, également contrarié, faisait la grimace. Pourtant, il posa un doigt sur un visage.

— Celui-là, dit-il doucement. Mais je ne peux pas mettre un nom dessus.

Lucien hocha la tête.

— Exact, dit-il. Celui-là. Et moi, je peux mettre un nom dessus.

Il jeta un rapide regard vers le bar, vers la salle, puis il approcha son visage tout contre ceux de Marc et de Vandoosler.

— Georges Gosselin, le frère de Juliette, murmura-t-il.

Vandoosler serra les poings.

— Règle l'addition, Saint Marc, dit-il brièvement. On rentre tout de suite à la baraque. Dis à Saint Matthieu de nous rejoindre dès qu'il a fini son service.

32

Mathias frottait sa masse d'épais cheveux blonds et les emmêlait plus encore qu'il n'était possible. Les autres venaient de le mettre au courant et il était abasourdi. Il n'en avait pas même retiré sa tenue de serveur. Lucien, qui estimait qu'il avait fait plus que sa part, et avec brio, avait décidé de laisser les autres se dépêtrer avec tout ça et de passer à autre chose. En attendant de retrouver son photographe à six heures, avec les tirages du premier carnet qu'il lui avait promis, il avait décidé de passer la grande table de bois à l'encaustique. Cette grande table du réfectoire, c'est lui qui l'avait apportée, et il entendait qu'elle ne soit pas salopée par des primitifs comme Mathias ou des négligents comme Marc. Il la couvrait donc de cire, soulevant alternativement les coudes de Vandoosler, de Marc et de Mathias pour y passer, dessous, un gros chiffon. Personne ne protestait, conscient que cela aurait été tout à fait inutile. Hormis le bruit de ce chiffon qui frottait le bois, le silence pesait dans le réfectoire, chacun triant et triturant les récents événements dans sa tête.

— Si je comprends bien, dit enfin Mathias, Georges Gosselin aurait attaqué et tenté de violer Sophia dans sa loge, il y a quinze ans. Ensuite il se serait barré et Daniel Dompierre l'aurait vu. Sophia n'aurait rien dit, pensant qu'il s'agissait de Julien, c'est ça ? Plus d'un an après, le critique croise et reconnaît Gosselin qui, du coup, l'abat avec son ami Frémonville. À moi, ça me paraît plus grave de descendre deux gars que d'être inculpé pour coups et viol. Ce double meurtre est con et démesuré.

— À tes yeux, dit Vandoosler. Mais pour un type faible et dissimulé, être entôlé pour coups et viol pouvait paraître insurmontable. Perte de son image, de son honorabilité, de son travail, de sa tranquillité. Et s'il ne pouvait pas supporter qu'on le regarde tel qu'il était, comme une brute, un violeur ? Alors, c'est le sauve-qui-peut, la panique, et il descend les deux gars.

— Depuis quand est-il installé rue Chasle ? demanda Marc. On le sait ?

— Ça doit faire dix ans, je crois, dit Mathias, depuis que le grand-père aux betteraves leur a laissé son fric. En tout cas, Juliette a *Le Tonneau* depuis environ dix ans. Je suppose qu'ils ont acheté la maison en même temps.

— C'est-à-dire cinq ans après *Elektra* et l'agression, dit Marc, et quatre ans après l'assassinat des deux critiques. Et pourquoi, après tout ce temps, se serait-il installé près de chez Sophia ? Pourquoi venir se coller près d'elle ?

— Obsession, je suppose, dit Vandoosler. Obsession. Revenir près de celle qu'il avait voulu battre et violer. Revenir près de la cause de sa pulsion, appelle ça comme tu voudras. Revenir, surveiller, guetter. Dix ans de guet, de pensées tumultueuses et secrètes. Et un beau jour, la tuer. Ou bien réessayer, puis la tuer. Un cinglé sous une allure discrète et bonasse.

— Ça s'est déjà vu ? demanda Mathias.

— Bien sûr, dit Vandoosler. J'ai épinglé au moins cinq gars de ce gabarit. Le tueur lent, la frustration remâchée, l'impulsion différée, l'extérieur calme.

— Pardon, dit Lucien en soulevant les grands bras de Mathias.

Maintenant, Lucien faisait briller la table avec une brosse et s'agitait beaucoup, indifférent à la conversation. Marc pensa que, décidément, il n'arriverait jamais à comprendre ce type. Ils étaient tous graves, le meurtrier était à quelques pas d'eux, et lui ne pensait qu'à briquer sa table en bois. Alors que sans lui, toute l'affaire serait restée bloquée. C'était presque son œuvre et il s'en foutait.

— Maintenant, je comprends mieux, dit Mathias.

— Quoi ? demanda Marc.

— Rien. Le chaud. Je comprends mieux.

— Qu'est-ce qu'on doit faire ? demanda Marc au parrain. Prévenir Leguennec ? S'il se produit un autre pépin et qu'on n'a rien lâché, on sera bons pour complicité ce coup-ci.

— Et recel d'informations ayant pu contribuer à aider la justice, ajouta Vandoosler en soupirant. On va affranchir Leguennec, mais pas tout de suite. Une petite scorie me trouble dans ce mécanisme. Il me manque un détail. Saint Matthieu, veux-tu aller me chercher Juliette ? Même si elle est en cuisine pour ce soir, dis-lui de s'amener. Ça urge. Quant à vous tous, dit-il en haussant le ton, pas un traître mot à quiconque, compris ? Pas même à Alexandra. Si une bribe de tout cela arrive aux oreilles de Gosselin, je ne donne pas cher de votre peau. Alors, vos gueules, jusqu'à nouvel ordre.

Vandoosler s'interrompit et attrapa par le bras Lucien qui, étant passé de la brosse au chiffon doux, polissait le bois à grands gestes, l'œil collé près de la surface pour voir si ça brillait bien.

— Tu m'entends, Saint Luc ? dit Vandoosler. Ça vaut pour toi aussi. Pas un mot ! Tu n'as rien dit à ton photographe au moins ?

– Mais non, dit Lucien. Je ne suis pas idiot. Je fais ma table mais j'entends quand même ce qui se dit.

— C'est heureux pour toi, dit Vandoosler. Parfois, on penserait vraiment que tu es moitié génial, moitié crétin. C'est pénible, crois-moi.

Mathias se changea avant d'aller chercher Juliette. Marc regarda la table en silence. C'est vrai qu'elle brillait bien maintenant. Il passa son doigt dessus.

— C'est doux, hein ? dit Lucien.

Marc secoua la tête. Il n'avait vraiment pas envie de parler de ça. Il se demandait ce que Vandoosler réservait à Juliette et comment elle allait réagir. Le parrain pouvait facilement faire de la casse, ça, il le savait par cœur. Il broyait toujours les coques des noix avec ses mains, répugnant à employer le casse-noix. Même quand les noix étaient fraîches, ce qui est plus ardu. Mais ça n'avait rien à voir là-dedans.

Mathias ramena Juliette et sembla la déposer sur le banc. Juliette n'avait pas l'air rassurée. C'était la première fois que le vieux commissaire la faisait demander de manière si formelle. Elle vit les trois évangélistes rassemblés autour de la table, les yeux braqués sur elle, et cela ne la mit pas plus à l'aise. Seule la vue de Lucien qui pliait avec soin un chiffon à cire la décontractait.

Vandoosler alluma une de ses cigarettes informes, qui traînaient toujours à même ses poches, sans paquet, on ne sait pas pourquoi.

— Marc t'a mise au courant pour Dourdan ? demanda Vandoosler en fixant Juliette. L'*Elektra* en 78 à Toulouse, l'agression contre Sophia ?

— Oui, dit Juliette. Il a dit que ça se compliquait sans s'éclaircir.

— Eh bien ça s'éclaircit justement. Saint Luc, passe-moi cette photo.

Lucien grommela, alla fouiller dans son sac et tendit

la photo au commissaire. Vandoosler la plaça devant les yeux de Juliette.

— Le quatrième en partant de la gauche, cinquième rangée, ça te dit quelque chose ?

Marc se crispa. Jamais il n'aurait eu des gestes de ce genre, lui.

Juliette regarda la photo, les yeux fuyants.

— Non, dit-elle. Comment voulez-vous que ça me dise ? C'est un opéra avec Sophia, c'est ça ? Je n'en ai jamais vu un de ma vie.

— C'est ton petit frère, dit Vandoosler. Tu le sais aussi bien que nous.

Le coup de la noix, pensa Marc. D'une seule main. Il vit les larmes monter aux yeux de Juliette.

— Très bien, dit-elle en tremblant de la voix et des mains. C'est Georges. Et puis après ? Quel mal à ça ?

— Tellement de mal que si j'appelle Leguennec, il le met en garde à vue dans une heure. Alors raconte, Juliette. Tu sais que ça vaut mieux. Ça évitera peut-être des idées toutes faites.

Juliette essuya ses yeux, aspira une grande bouffée d'air et resta silencieuse. Comme l'autre jour au *Tonneau*, pour l'affaire d'Alexandra, Mathias s'approcha d'elle, lui posa la main sur l'épaule et lui dit quelque chose à l'oreille. Et comme l'autre jour, Juliette se décida à parler. Marc se promit d'oser demander un jour à Mathias quel sésame il utilisait. Ça pouvait rendre de précieux services en tous domaines.

— Il n'y a rien de mal, répéta Juliette. Quand je suis descendue à Paris, Georges m'a suivie. Il m'a toujours suivie. Moi, j'ai commencé à faire des ménages et lui, rien. Il avait dans la tête de faire du théâtre. Ça peut vous faire rigoler, mais il était assez beau garçon et il avait eu des succès sur scène dans la troupe de son collège.

— Et avec les filles ? dit Vandoosler.

— Moins, dit Juliette. Il a cherché un peu dans tous les sens et il a trouvé des petites figurations à faire. Il disait qu'il fallait commencer par là. De toute façon, on n'avait pas de quoi payer une école de théâtre. Une fois dans la figuration, on connaît assez vite les filières. Georges se débrouillait pas mal. Il a été pris plusieurs fois dans des opéras où Sophia tenait le premier rôle.

— Il connaissait Julien Moreaux, le beau-fils de Siméonidis ?

— Forcément oui. Il le fréquentait même beaucoup en espérant que ça le pistonnerait. En 78, Georges a fait sa dernière figuration. Ça faisait quatre ans qu'il était là-dedans et ça ne débouchait sur rien. Il s'est découragé. Par un copain d'une des troupes, je ne sais plus laquelle, il a trouvé une place de coursier pour une maison d'édition. Il y est resté et il est devenu représentant commercial. C'est tout.

— Ce n'est pas tout, dit Vandoosler. Pourquoi s'est-il installé rue Chasle ? Ne me dis pas que c'est un merveilleux hasard, je ne te croirai pas.

— Si vous pensez que Georges est pour quelque chose dans l'agression de Sophia, dit Juliette en s'énervant, vous vous gourez complètement. Ça l'avait écœuré, secoué, je m'en souviens très bien. Georges est un doux, un craintif. Au village, il fallait que je le pousse pour qu'il aille parler aux filles.

— Secoué ? Pourquoi secoué ?

Juliette soupira, le visage malheureux, hésitant à franchir le cap.

— Dis-moi la suite avant que Leguennec ne te l'arrache, dit doucement Vandoosler. Aux flics, on peut donner des morceaux choisis. Mais à moi, lâche tout et on leur fera un tri après.

Juliette jeta un regard vers Mathias.

— Très bien, dit-elle. Georges était tombé dingue de Sophia. Il ne me racontait rien mais je n'étais pas assez idiote pour ne pas me rendre compte. Ça se voyait gros comme une montagne. Il aurait refusé n'importe quelle figuration mieux payée pour ne pas risquer de rater la saison de Sophia. Il en était dingue, vraiment dingue. Un soir, j'ai réussi à lui en faire parler.

— Et elle ? demanda Marc.

— Elle ? Elle était mariée, heureuse, et à vingt lieues de se douter que Georges était à ses genoux. Et même si elle l'avait su, je n'imagine pas qu'elle aurait pu aimer Georges, pataud comme il était, bourru, emprunté. Il n'avait pas beaucoup de succès, non. Je ne sais pas comment il se débrouillait pour que les femmes ne s'aperçoivent même pas qu'il était assez beau, en fait. Il tenait toujours la tête baissée. De toute façon, Sophia était amoureuse de Pierre et elle l'était encore avant sa mort, quoi qu'elle en dise.

— Qu'est-ce qu'il a fait ? demanda Vandoosler.

— Georges ? Mais rien, dit Juliette. Qu'est-ce qu'il aurait pu faire ? Il souffrait en silence, comme on dit, et voilà tout.

— Mais la maison ?

Juliette se renfrogna.

— Quand il a quitté la figuration, je me suis dit qu'il allait oublier cette cantatrice, qu'il rencontrerait d'autres femmes. J'étais soulagée. Mais je me trompais. Il achetait ses disques, il allait la voir à l'Opéra quand elle passait, même en province. Je ne peux pas dire que ça me faisait plaisir.

— Pourquoi ?

— Ça le rendait triste et ça ne le menait à rien. Et puis un jour, grand-père est tombé malade. Il est mort plusieurs mois plus tard et on a touché cet héritage. Georges est venu me trouver, les yeux rivés au sol. Il m'a dit que depuis trois mois, il y avait une maison à vendre avec un jardin en plein Paris. Qu'il passait souvent devant pendant ses courses à mobylette. Moi, le jardin, ça me tentait. Quand on est né à la campagne, on a du mal à se passer d'herbe. J'ai été voir la maison avec lui et on s'est décidés. J'étais emballée, surtout que j'avais repéré tout près un local où je pourrais faire restaurant. Emballée... jusqu'au jour où j'ai appris le nom de notre voisine.

Juliette demanda une cigarette à Vandoosler. Elle ne fumait presque jamais. Son visage était fatigué, triste. Mathias lui apporta un grand verre de sirop.

— Bien sûr, j'ai eu une explication avec Georges, reprit Juliette. On s'est engueulés. Je voulais tout revendre. Mais ce n'était pas possible. Avec les travaux déjà engagés à la maison et au *Tonneau*, on n'avait pas les moyens de reculer. Il m'a juré qu'il ne l'aimait plus, enfin presque plus, qu'il voulait juste pouvoir l'apercevoir de temps en temps, devenir son ami peut-être. J'ai cédé. De toute façon, je n'avais pas le choix. Il m'a fait promettre de n'en parler à personne, de ne surtout pas le dire à Sophia.

— Il avait peur ?

— Il avait honte. Il ne voulait pas que Sophia devine qu'il l'avait suivie jusque-là, ni que tout le quartier s'en mêle et se foute de sa gueule. C'est bien naturel. On était convenus de dire que c'était moi qui avais trouvé la maison, au cas où on nous poserait la question. Personne ne nous l'a posée, d'ailleurs. Quand Sophia a reconnu Georges, on a fait les étonnés, on a ri beaucoup et on a dit que c'était une incroyable coïncidence.

— Elle y a cru ? demanda Vandoosler.

— Il semble, dit Juliette. Sophia n'a jamais paru se douter de quoi que ce soit. En la voyant la première fois, j'ai compris Georges. Elle était magnifique. On tombait sous le charme. Au début, elle n'était pas souvent là, il y avait ses tournées. Mais je tâchais de la rencontrer souvent, de la faire venir au restaurant.

— Pour quoi faire ? demanda Marc.

— En fait, j'espérais aider Georges, faire sa réclame, petit à petit. Faire un peu la marieuse. Ce n'est pas très joli peut-être, mais c'est mon frère. Ça a raté. Sophia saluait gentiment Georges quand elle le croisait et ça se résumait à ça. Il a fini par en prendre son parti. Comme quoi, son idée de la maison n'était pas si bête. Moi, en revanche, c'est comme ça que je suis devenue amie avec Sophia.

Juliette termina son sirop et les regarda tour à tour. Les visages étaient silencieux, préoccupés. Mathias faisait bouger ses doigts de pied dans ses sandales.

— Dis-moi, Juliette, dit Vandoosler. Sais-tu si ton frère était ici ou en voyage le jeudi 3 juin ?

— Le 3 juin ? Le jour de la découverte du corps de Sophia ? Quel intérêt ?

— Aucun. Je voudrais juste savoir.

Juliette haussa les épaules et attrapa son sac. Elle en sortit un petit agenda.

— Je note tous ses voyages, dit-elle. Pour savoir quand il rentre, pour lui préparer son repas. Il est parti le 3 au matin et il est revenu le lendemain pour le déjeuner. Il était à Caen.

— Dans la nuit du 2 au 3, il était là ?

— Oui, dit-elle, et vous le savez comme moi. Je vous ai raconté toute l'histoire à présent. Vous n'allez pas en faire un drame, si ? C'est simplement une malheureuse histoire d'amour de jeune homme qui a duré un peu trop longtemps. Et il n'y a rien à en dire de plus. Et il n'est pour rien dans cette agression. Il n'était pas le seul homme dans la troupe, tout de même !

— Mais il a été le seul à se coller à elle des années après, dit Vandoosler. Et ça, je ne sais pas comment Leguennec va l'apprécier.

Juliette se leva brusquement.

— Il travaillait sous un pseudonyme ! dit-elle en criant. Si vous ne dites rien à Leguennec, il n'a aucun moyen de savoir que Georges était dans le coup cette année-là.

— Les flics trouvent toujours des moyens, dit Vandoosler. Leguennec piochera dans cette liste de figurants.

— Il ne peut pas le retrouver ! cria Juliette. Et Georges n'a rien fait !

— Est-ce qu'il est retourné sur scène après cette agression ? demanda Vandoosler.

Juliette se troubla.

— Je ne me souviens pas, dit-elle.

Vandoosler se leva à son tour. Très tendu, Marc regardait ses genoux et Mathias s'était collé dans une des fenêtres. Lucien avait disparu sans qu'on s'en aperçoive. Parti vers ses carnets de guerre.

— Tu t'en souviens, affirma Vandoosler. Tu sais qu'il n'y est pas retourné. Il est revenu à Paris et il a dû te raconter que cela l'avait trop secoué, n'est-ce pas ?

Juliette eut un regard affolé. Elle se souvenait.

Elle partit en courant et claqua la porte.

— Elle va s'écrouler, commenta Vandoosler.

Marc avait les mâchoires serrées. Georges était un assassin, il avait tué quatre personnes, et Vandoosler était une brute et un salaud.

— Tu vas en parler à Leguennec ? demanda-t-il tout bas entre ses dents.

— C'est indispensable. À ce soir.

Il empocha la photo et sortit.

Marc ne se sentait pas le courage de se retrouver ce

soir face au parrain. L'arrestation de Georges Gosselin sauvait Alexandra. Mais il crevait de honte. Merde, on ne casse pas les noix à mains nues.

Trois heures plus tard, Leguennec et deux de ses hommes se présentèrent chez Juliette pour emmener Gosselin en garde à vue. Mais l'homme avait fui et Juliette ne savait pas où.

33

Mathias dormit mal. À sept heures du matin, il enfila pull et pantalon et se glissa dehors sans bruit pour aller frapper chez Juliette. La porte était grande ouverte. Il la trouva affaissée sur une chaise au milieu de trois flics qui mettaient la maison sens dessus dessous dans l'espoir d'y découvrir Georges Gosselin planqué dans un abri. D'autres faisaient de même au *Tonneau*. Les caves, les cuisines, tout y passa. Mathias restait debout, les bras pendant le long du corps, évaluant du regard le bordel inimaginable que les flics avaient réussi à mettre en une heure de temps. Leguennec, arrivé vers huit heures, donna l'ordre d'aller perquisitionner dans la maison en Normandie.

— Tu veux qu'on t'aide à ranger ? demanda Mathias, une fois les flics partis.

Juliette secoua la tête.

— Non, dit-elle. Je ne veux plus voir les autres. Ils ont balancé Georges à Leguennec.

Mathias écrasait ses mains l'une contre l'autre.

— Tu as ta journée, on n'ouvrira pas le *Tonneau*, dit Juliette.

— Alors, je peux ranger ?

— Toi ? Oui, dit-elle. Aide-moi.

Tout en rangeant, Mathias essayait de parler à

Juliette, de lui expliquer les choses, de la préparer, de la calmer. Cela semblait un peu l'apaiser.

— Tiens, dit-elle. Regarde : Leguennec emmène Vandoosler. Qu'est-ce que le vieux va lui dire encore ?

— Ne t'inquiète pas. Il choisira, comme d'habitude.

De sa fenêtre, Marc vit Vandoosler partir avec Leguennec. Il s'était arrangé pour ne pas le croiser ce matin. Mathias était chez Juliette, il devait lui parler, choisir ses mots. Il monta voir Lucien. Très occupé à retranscrire les pages du carnet de guerre n° 1, septembre 1914 à février 1915, Lucien fit signe à Marc de ne pas faire de bruit. Il avait décidé de prendre une journée de congé supplémentaire, estimant qu'une grippe de deux jours n'était pas crédible. En regardant Lucien travailler dans sa magistrale indifférence au monde extérieur, Marc se dit qu'au fond, c'était peut-être ce qu'il avait de mieux à faire, lui aussi. La guerre était finie. Alors, se réatteler à la charrue de son Moyen Âge, bien que nul ne lui ait rien demandé. Travailler pour personne et pour rien, retrouver ses seigneurs et ses paysans. Marc redescendit et ouvrit ses dossiers sans conviction. Gosselin serait rattrapé un jour ou l'autre. Il y aurait procès et voilà tout. Alexandra n'aurait plus rien à craindre et continuerait à le saluer d'un signe de la main dans la rue. Oui, mieux valait le XIe siècle que d'attendre cela.

Leguennec attendit d'être dans son bureau, portes fermées, pour s'emporter.

— Alors ? gueula-t-il. Tu es fier de ton boulot ?

— Assez, dit Vandoosler. Tu tiens ton coupable, non ?

— Je le tiendrais si tu ne lui avais pas permis de filer ! Tu es corrompu, Vandoosler, pourri !

— Disons que je lui ai laissé trois heures pour se

retourner. C'est le moins qu'on puisse donner à un homme.

Leguennec frappa du plat des mains sur son bureau.

— Mais, bon sang, pourquoi ? cria-t-il. Il ne t'est rien, ce gars ! Pourquoi as-tu fait ça ?

— Pour voir, dit Vandoosler avec nonchalance. Il ne faut pas bloquer les événements. Ça a toujours été ton tort.

— Tu sais ce que ça peut te coûter, ta petite combine ?

— Je le sais. Mais tu ne feras rien contre moi.

— Tu crois ça ?

— Je le crois. Parce que tu commettrais une grosse erreur, c'est moi qui te le dis.

— Tu es mal placé pour parler d'erreur, tu ne trouves pas ?

— Et toi ? Sans Marc, tu n'aurais jamais fait le rapport entre la mort de Sophia et celle de Christophe Dompierre. Et sans Lucien, tu n'aurais jamais couplé l'affaire à l'assassinat des deux critiques et tu n'aurais jamais identifié le figurant Georges Gosselin.

— Et sans toi, il serait dans ce bureau à cette heure !

— Exactement. Si on jouait aux cartes en attendant ? proposa Vandoosler.

Un jeune inspecteur adjoint ouvrit la porte en coup de vent.

— Tu pourrais frapper, gueula Leguennec.

— Pas eu le temps, s'excusa le jeune homme. Il y a là un type qui veut vous voir d'urgence. Pour l'affaire Siméonidis-Dompierre.

— Elle est bouclée, l'affaire ! Fous-le-moi dehors !

— Demande d'abord qui est le type, suggéra Vandoosler.

— Qui est le type ?

— Un gars qui logeait à l'Hôtel du Danube en même temps que Christophe Dompierre. Celui qui était parti le matin avec sa voiture sans même voir le corps à côté.

— Fais-le entrer, dit Vandoosler entre ses dents.

Leguennec fit un signe et le jeune inspecteur appela dans le couloir.

— On fera cette partie plus tard, dit Leguennec.

L'homme entra et s'assit avant que Leguennec ne l'y invite. Il était survolté.

— À quel sujet ? demanda Leguennec. Faites vite. J'ai un gars en fuite. Votre nom, profession ?

— Éric Masson, chef de service à la SODECO Grenoble.

— On s'en fout, dit Leguennec. C'est pour quoi ?

— J'étais à l'Hôtel du Danube, dit Masson. L'établissement ne paie pas de mine mais j'y ai mes habitudes. C'est tout près de la SODECO Paris.

— On s'en fout, répéta Leguennec.

Vandoosler lui fit signe d'y aller un peu plus mou, et Leguennec s'assit, proposa une cigarette à Masson et s'en alluma une.

— Je vous écoute, dit-il, un ton plus bas.

— J'y étais la nuit où M. Dompierre s'est fait assassiner. Le pire, c'est que j'ai pris ma voiture le matin sans me douter de rien, alors que le corps était juste à côté, à ce qu'on m'a expliqué plus tard.

— Oui, et alors ?

— C'était donc mercredi matin. J'ai été directement à la SODECO et j'ai garé ma voiture dans le parking souterrain.

— On s'en fout aussi, dit Leguennec.

— Mais non, on ne s'en fout pas ! s'emporta brusquement Masson. Si je vous donne ces détails, c'est qu'ils ont une extrême importance !

— Pardon, dit Leguennec, je suis excédé. Alors ?

— Le lendemain, jeudi, j'ai fait pareil. C'était un stage de trois jours de formation. Garé ma voiture dans le parking souterrain et revenu à la nuit à l'hôtel après avoir dîné avec les stagiaires. Ma voiture est noire, je le précise. C'est une Renault 19, à la caisse très surbaissée.

Vandoosler fit un nouveau signe à Leguennec avant qu'il ne dise qu'il s'en foutait.

— Le stage s'est terminé hier soir. Ce matin, je n'avais donc plus qu'à régler ma note et repartir sans me presser pour Grenoble. J'ai sorti la voiture et je me suis arrêté au plus proche garage pour faire le plein. C'est un garage où les pompes à essence sont dehors.

— Calme-toi, bon Dieu, murmura Vandoosler à Leguennec.

— Alors, continua Masson, pour la première fois depuis mercredi matin, j'ai fait le tour de ma voiture en plein jour pour aller ouvrir le réservoir à essence. Le réservoir est placé du côté droit, comme sur toutes les voitures. C'est là que je l'ai vue.

— Quoi ? demanda Leguennec, soudain attentif.

— L'inscription. Dans la poussière de l'aile avant droite, tout en bas, il y avait une inscription faite au doigt. J'ai d'abord pensé qu'un gosse avait fait ça. Mais d'ordinaire, les gosses le font sur le pare-brise et ils écrivent « Sale ». Alors je me suis accroupi et j'ai lu. Ma voiture est noire, elle prend la crasse et la poussière, et l'inscription était très nette, comme sur un tableau. Et là, j'ai compris. C'était lui, ce Dompierre, qui avait écrit sur ma voiture avant de mourir. Il n'est pas mort sur le coup, n'est-ce pas ?

Penché en avant, Leguennec retenait réellement son souffle.

— Non, dit-il, il est mort quelques minutes après.

— Alors, étendu par terre, il a eu le temps, la force, de tendre un bras et d'écrire. D'écrire sur ma voiture le nom de son assassin. Coup de chance, il n'a pas plu depuis.

Deux minutes plus tard, Leguennec appelait le photographe du commissariat et se ruait dans la rue où Masson avait garé sa Renault noire et sale.

— Un peu plus, criait Masson en courant derrière lui, je la passais au Lavomatic. C'est incroyable la vie, non ?

— Vous êtes dingue d'avoir laissé une pièce à conviction pareille dans la rue ? N'importe qui pourrait l'effacer par mégarde !

— Figurez-vous qu'on ne m'a pas laissé garer dans la cour de votre commissariat. Consignes, ils ont dit.

Les trois hommes s'étaient agenouillés devant l'aile droite. Le photographe leur demanda de reculer pour qu'il puisse faire son travail.

— Un cliché, dit Vandoosler à Leguennec. J'en veux un cliché, dès que possible.

— En quel honneur ? dit Leguennec.

— Tu n'es pas seul sur cette affaire et tu le sais très bien.

— Je ne le sais que trop. Tu auras ton cliché. Repasse dans une heure.

Vers deux heures, Vandoosler se faisait déposer en taxi à la baraque. C'était coûteux mais les minutes comptaient aussi. Il entra en hâte dans le réfectoire vide et attrapa le manche du balai, qui n'avait toujours pas été capitonné. Il frappa sept coups sonores au plafond. Sept coups voulaient dire « Descente de tous les évangélistes ». Un coup valait pour appeler Saint Matthieu, deux coups pour Saint Marc, trois pour Saint Luc et quatre pour lui-même. Sept pour l'ensemble. C'était Vandoosler qui avait mis au point ce système parce que tout le monde en avait marre de descendre et de monter les escaliers pour rien.

Mathias, qui était rentré après avoir déjeuné calmement chez Juliette, entendit les sept coups et les répercuta pour Marc avant de descendre. Marc répercuta pour Lucien qui s'arracha à sa lecture en marmonnant « Appel en première ligne. Exécution de la mission ».

Une minute plus tard, ils étaient tous dans le réfectoire. Ce système du balai était réellement efficace, à ceci près qu'il abîmait les plafonds et qu'il ne permettait pas de communiquer avec l'extérieur comme le téléphone.

— Ça y est ? demanda Marc. On a rattrapé Gosselin ou il s'est flingué avant ?

Vandoosler avala un grand verre de flotte avant de parler.

— Prenez un type qui vient d'être frappé de coups de couteau, qui sait qu'il va mourir. S'il a encore la force et les moyens de laisser un message, il écrit quoi ?

— Le nom de l'assassin, dit Lucien.

— Tous d'accord ? demanda Vandoosler.

— C'est une évidence, dit Marc.

Mathias hocha la tête.

— Bien, dit Vandoosler. Je pense comme vous. Et j'en ai vu plusieurs cas dans ma carrière. La victime, si elle le peut, et si elle le connaît, écrit toujours le nom de son assassin. Toujours.

Vandoosler, le visage soucieux, tira de sa veste l'enveloppe qui contenait le cliché de la voiture noire.

— Christophe Dompierre, reprit-il, a écrit un nom dans la poussière d'une carrosserie de voiture avant de mourir. Ce nom s'est promené dans Paris pendant trois jours. Le propriétaire de la bagnole vient seulement de découvrir l'inscription.

— « Georges Gosselin », dit Lucien.

— Non, dit Vandoosler. Dompierre a écrit « Sophia Siméonidis ».

Vandoosler lança le cliché sur la table et se laissa tomber sur une chaise.

— La morte-vivante, murmura-t-il.

Muets, les trois hommes se rapprochèrent du cliché pour le regarder. Aucun d'eux n'osait le toucher, comme s'ils avaient peur. L'écriture au doigt laissée par Dompierre était faible, irrégulière, d'autant qu'il avait dû lever le bras pour atteindre le bas de la portière. Mais il n'y avait aucun doute possible. Il avait écrit, en plusieurs temps, comme reprenant ses dernières forces, « Sofia Siméonidis ». Le « a » de Sofia avait un peu dérapé, et l'orthographe aussi. Il avait écrit « Sofia » au lieu de « Sophia ». Marc se rappela que Dompierre disait « Mme Siméonidis ». Son prénom ne lui était pas familier.

Atterré, chacun s'assit en silence, assez loin du cliché où s'étalait, en noir et blanc, la terrible accusation. Sophia Siméonidis vivante. Sophia assassinant Dompierre. Mathias eut un frisson. Pour la première fois, le malaise et la peur tombèrent dans le réfectoire, ce vendredi, en plein début d'un après-midi. Le soleil entrait par les fenêtres mais Marc se sentait les doigts froids, des fourmis dans les jambes. Sophia vivante, manigançant sa fausse mort, faisant brûler une autre à sa place, laissant son caillou de basalte en témoin, Sophia la belle rôdant, la nuit, dans Paris, dans la rue Chasle. Tout près d'eux. La morte-vivante.

— Et Gosselin, alors ? demanda Marc à voix basse.

— Ce n'était pas lui, dit Vandoosler sur le même ton. Je le savais déjà hier, de toute façon.

— Tu le savais ?

— Tu te souviens des deux cheveux de Sophia que Leguennec a retrouvés le vendredi 4 dans le coffre de la voiture de Lex ?

— Évidemment, dit Marc.

— Ces cheveux, ils n'y étaient pas la veille. Quand

on a appris le jeudi l'incendie de Maisons-Alfort, j'ai attendu la nuit pour aller aspirer le coffre de sa voiture de fond en comble. J'ai conservé de mes années de service un petit nécessaire assez pratique. Dont un aspirateur sur batterie et des sachets bien propres. Il n'y avait rien dans le coffre, pas un cheveu, pas un bout d'ongle, pas un fragment d'habit. Que du sable et de la poussière.

Stupéfaits, les trois hommes dévisageaient Vandoosler. Marc se souvenait. C'était la nuit où, assis sur la septième marche, il avait fait de la tectonique des plaques. Le parrain qui descendait pisser dehors avec un sac en plastique.

— C'est vrai, dit Marc. J'ai cru que tu allais pisser.

— J'ai pissé aussi, dit Vandoosler.

— Ah bon, dit Marc.

— Ce qui fait, continua Vandoosler, que lorsque le lendemain matin Leguennec a fait saisir la voiture et qu'il y a trouvé deux cheveux, ça m'a fait bien rigoler. J'avais la preuve qu'Alexandra n'était pour rien dans ce meurtre. Et la preuve que quelqu'un, après moi, était venu déposer ces pièces à conviction dans la nuit, pour enfoncer la petite. Et ça ne pouvait pas être Gosselin, puisque Juliette affirme qu'il n'est revenu de Caen que le vendredi pour déjeuner. Ce qui est vrai, j'ai fait vérifier.

— Mais pourquoi n'as-tu rien dit, bon sang ?

— Parce que j'avais agi hors légalité et qu'il me fallait garder la confiance de Leguennec. Aussi parce que je préférais laisser croire à l'assassin, quel qu'il fût, que ses plans fonctionnaient. Lui laisser la bride sur le cou, laisser filer la ligne, voir où l'animal, en liberté et sûr de lui, allait réapparaître.

— Pourquoi Leguennec n'a-t-il pas saisi la voiture dès jeudi ?

— Il a perdu du temps. Mais souviens-toi. On n'a

été convaincus qu'il s'agissait du corps de Sophia qu'assez tard dans la journée. Les premiers soupçons se dirigeaient contre Relivaux. On ne peut pas tout saisir, tout geler, tout surveiller le premier jour d'une enquête. Mais Leguennec sentait qu'il n'avait pas été assez rapide. Ce n'est pas un imbécile. C'est pourquoi il n'a pas inculpé Alexandra. Il n'était pas sûr de ces cheveux.

— Mais Gosselin ? demanda Lucien. Pourquoi avoir demandé à Leguennec de le mettre en garde à vue si vous étiez sûrs de son innocence ?

— Même chose. Laisser l'action se dérouler, les événements se succéder, se précipiter. Et voir comment l'assassin allait en tirer parti. Il faut laisser les mains libres aux assassins pour qu'ils puissent commettre une erreur. Tu noteras que j'ai, par l'intermédiaire de Juliette, laissé filer Gosselin. Je n'avais pas envie qu'on l'emmerde pour cette vieille histoire d'agression.

— C'était lui, l'agression ?

— Sûrement. Ça se voyait dans les yeux de Juliette. Mais les meurtres, non. Au fait, Saint Matthieu, tu peux aller dire à Juliette qu'elle prévienne son frère.

— Vous croyez qu'elle sait où il est ?

— Évidemment qu'elle le sait. Sur la Côte, sans doute. Nice, Toulon, Marseille ou dans les parages. Prêt à partir au premier signe avec de faux papiers pour l'autre rive de la Méditerranée. Tu peux lui dire aussi pour Sophia Siméonidis. Mais que tout le monde prenne garde. Elle est toujours vivante, quelque part. Et où ? Je n'en ai pas la moindre idée.

Mathias détacha son regard du cliché noir posé sur la table au bois brillant et partit sans bruit.

Abruti, Marc se sentait faible. Sophia morte. Sophia vivante.

— « Debout les morts ! » murmura Lucien.

— Alors, dit Marc avec lenteur, c'est Sophia qui a

tué les deux critiques ? Parce qu'ils s'acharnaient contre elle, parce qu'ils risquaient de démolir sa carrière ? Mais c'est impossible, des choses comme ça !

— Chez les cantatrices, c'est très possible, dit Lucien.

— Elle les aurait tués, tous les deux... Et puis plus tard, quelqu'un l'aurait compris... et elle aurait préféré disparaître que d'être traînée en justice ?

— Pas forcément quelqu'un, dit Vandoosler. Ça peut être cet arbre. Elle était tueuse mais en même temps superstitieuse, anxieuse, vivant peut-être dans la hantise que son acte ne soit un jour découvert. Cet arbre arrivant mystérieusement dans son jardin a pu suffire à l'affoler. Elle y aura vu une menace, le début d'un chantage. Elle vous a fait creuser dessous. Mais l'arbre ne cachait rien ni personne. Il n'était là que pour lui signifier quelque chose. A-t-elle reçu une lettre ? On n'en saura rien. Il reste qu'elle a choisi de disparaître.

— Elle n'avait qu'à rester disparue ! Elle n'avait pas besoin de brûler quelqu'un d'autre à sa place !

— C'est bien ce qu'elle comptait faire. Se faire passer pour envolée avec Stelyos. Mais, toute à son projet de fuite, elle a oublié l'arrivée d'Alexandra. Elle s'en est souvenue trop tard et elle a compris que sa nièce nierait qu'elle ait pu disparaître sans au moins l'attendre, et qu'une enquête serait ouverte. Il lui a fallu fournir un cadavre pour avoir la paix.

— Et Dompierre ? Comment aurait-elle appris que Dompierre enquêtait sur elle ?

— Elle devait être planquée dans sa maison de Dourdan, à ce moment. C'est à Dourdan qu'elle a vu Dompierre aller chez son père. Elle l'a suivi, elle l'a tué. Mais lui, il a écrit son nom.

Soudain, Marc cria. Il avait peur, il avait chaud, il tremblait.

— Non ! cria Marc. Non ! Pas Sophia ! Pas elle ! Elle était belle ! Horrible, c'est horrible !

— « L'historien ne doit rien refuser d'entendre », dit Lucien.

Mais Marc était parti en criant à Lucien d'aller se faire foutre avec son Histoire et il courait dans la rue, les mains plaquées sur les oreilles.

— C'est un sensible, dit Vandoosler.

Lucien remonta dans sa chambre. Oublier. Travailler.

Vandoosler resta seul avec la photo. Il avait mal dans le front. Leguennec devait être en train de faire ratisser les secteurs où se rassemblaient les clochards. Pour chercher une femme disparue depuis le 2 juin. Quand il l'avait quitté, une piste se précisait déjà sous le pont d'Austerlitz : la Louise, une vieille habituée, une sédentaire, qu'aucune sorte de menace ne parvenait à déloger de son arche aménagée à renfort de vieux cartons, bien connue pour ses éclats verbaux dans la gare de Lyon, semblait manquer au poste depuis plus d'une semaine. Probable que Sophia la belle l'avait emmenée avec elle et l'avait fait brûler.

Oui, il avait mal dans le front.

34

Marc courut longtemps, jusqu'à ce qu'il n'en puisse plus, jusqu'à ce que ses poumons lui brûlent. Hors d'haleine, le dos de sa chemise trempé, il s'assit sur la première borne en pierre qu'il trouva. Des chiens avaient pissé dessus. Il s'en foutait. La tête bourdonnante, serrée dans ses mains, il réfléchissait. Écœuré, affolé, il tentait de retrouver du calme pour pouvoir penser. Ne pas trépigner comme pour la balle mousse. Ne pas faire la tectonique des plaques. Il n'arriverait pas à réfléchir assis sur cette borne pisseuse. Il devait marcher, marcher lentement. Mais il fallait d'abord reprendre son souffle. Il regarda où il était arrivé. Sur l'avenue d'Italie. Il avait couru tant que ça ? Il se leva avec précaution, essuya son front et se rapprocha de la station de métro. « Maison-Blanche ». Blanche. Ça lui rappelait un truc. Ah oui, la baleine blanche. Moby Dick. La pièce de cinq francs clouée. C'était bien le parrain, ça, de vouloir jouer alors que tout finissait par sombrer dans l'horrible. Remonter l'avenue d'Italie. Marcher à pas mesurés. S'habituer à l'idée. Pourquoi ne voulait-il pas que Sophia ait fait tout cela ? Parce qu'il l'avait rencontrée, un matin, devant la grille ? Et pourtant, l'accusation de Christophe Dompierre était là, aveuglante. Christophe. Marc se figea. Reprit sa marche. S'arrêta. But un café. Reprit sa marche.

Ce n'est que vers neuf heures du soir, le ventre creux, la tête lourde, qu'il regagna la baraque. Il entra dans le réfectoire se tailler un morceau de pain. Leguennec parlait avec le parrain. Ils avaient chacun un paquet de cartes à jouer dans la main.

— Raymond d'Austerlitz, disait Leguennec, un vieux clochard, un copain de la Louise, affirme qu'une belle femme est venue la trouver il y a au moins une semaine de ça, un mercredi en tout cas. Mercredi, il en est sûr, Raymond. La femme était bien habillée et quand elle parlait, elle posait la main sur sa gorge. Je passe en pique.

— Elle a proposé une affaire à la Louise ? demanda Vandoosler en abattant trois cartes, dont une à l'envers.

— C'est ça. Raymond ne sait pas quoi, mais la Louise avait rencard et elle était « drôlement jouasse ». Tu parles d'une affaire... Aller se faire cramer dans une vieille voiture à Maisons-Alfort... Pauvre Louise. À toi de dire.

— Sans trèfle. Je laisse filer. Le médecin légiste, il en dit quoi ?

— Ça lui va mieux, à cause des dents. Il pensait qu'elles auraient mieux résisté que ça. Mais tu comprends, la Louise n'en avait plus que trois dans la bouche. Alors, ça s'explique mieux. C'est peut-être pour ça que Sophia l'a choisie. Je prends tes cœurs, je harponne sur valet de carreau.

Marc empocha le pain et mit deux pommes dans son autre poche. Il se demanda à quel jeu étrange les deux flics étaient en train de jouer. Il s'en foutait. Il fallait qu'il marche. Il n'avait pas terminé de marcher. Ni de s'habituer à l'idée. Il ressortit et s'en alla par l'autre côté de la rue Chasle, passant devant le front Ouest. La nuit tomberait bientôt.

Il marcha encore deux bonnes heures. Il laissa un

trognon de pomme sur le rebord de la fontaine Saint-Michel et l'autre sur le socle du Lion de Belfort. Il eut beaucoup de mal à atteindre ce lion et à se hisser sur son socle. Il y a une sorte de petit poème qui assure que la nuit, le lion de Belfort va se balader tranquillement dans Paris. Ça au moins, on est certain que c'est des foutaises. Quand Marc sauta à terre, ça allait bien mieux. Il revint rue Chasle, la tête encore douloureuse mais reposée. Il avait accepté l'idée. Il avait compris. Tout était dans l'ordre. Il savait où était Sophia. Il y avait mis le temps.

Il entra d'un pas tranquille dans le réfectoire sombre. Onze heures et demie, tout le monde dormait. Il alluma, remplit la bouilloire. L'horrible photo n'était plus sur la table en bois. Il y avait juste un petit papier. C'était un mot de Mathias : « Juliette pense avoir trouvé où elle se planque. Je l'accompagne à Dourdan. J'ai peur qu'elle n'essaie de l'aider à filer. J'appelle chez Alexandra s'il y a du neuf. Salutations primitives. Mathias. »

Marc lâcha la bouilloire brusquement.

— Quel con ! murmura-t-il. Mais quel con !

Quatre à quatre, il grimpa jusqu'au troisième.

— Habille-toi, Lucien ! cria-t-il en le secouant.

Lucien ouvrit les yeux, prêt à la réplique.

— Non, pas de question, pas de commentaire. J'ai besoin de toi. Grouille !

Marc monta aussi vite au quatrième où il secoua Vandoosler.

— Elle va filer ! dit Marc, essoufflé. Vite, Juliette, Mathias, ils sont partis ! Cet imbécile de Mathias ne réalise pas le danger. Je pars avec Lucien. Va tirer Leguennec du lit. Amène-toi avec ses hommes à Dourdan, 12, allée des Grands-Ifs.

Marc sortit en trombe. Il avait les jambes dures d'avoir tant couru aujourd'hui. Lucien descendait, abruti de sommeil, en enfilant ses chaussures, une cravate à la main.

— Rejoins-moi devant chez Relivaux ! lui cria Marc au passage.

Il dévala les escaliers, traversa le jardin en courant et alla hurler devant chez Relivaux.

Relivaux se montra à la fenêtre, méfiant. Il n'était revenu que depuis peu et la découverte de l'inscription sur la voiture noire l'avait démoli, disait-on.

— Balancez-moi les clefs de votre voiture ! hurla Marc. Question de vie ou de mort !

Relivaux ne songea à rien. Quelques secondes plus tard, Marc attrapait les clefs au vol par-delà la grille.

On pouvait penser tout ce qu'on voulait de Relivaux, mais c'est un sacré lanceur.

— Merci ! hurla Marc.

Il mit le contact, démarra et ouvrit la portière pour ramasser Lucien au passage. Lucien noua sa cravate, déposa une petite bouteille plate sur ses cuisses, pencha son siège en arrière et s'installa confortablement.

— C'est quoi cette bouteille ? demanda Marc.

— Du rhum à gâteaux. Au cas où.

— D'où tu sors ça ?

— C'est à moi. C'était pour faire de la pâtisserie.

Marc haussa les épaules. C'était tout Lucien, ça.

Marc conduisait vite, les dents serrées. Paris, minuit, très vite. C'était un vendredi soir, la circulation n'était pas facile et Marc ruisselait d'énervement, doublait, brûlait les feux. Ce n'est qu'en sortant de Paris, abordant la nationale vide, qu'il se sentit capable de parler.

— Mais pour qui il se prend, Mathias ? cria-t-il. Il se croit de taille à lutter avec une femme qui a déjà bousillé des tonnes de personnes ? Il ne se rend pas compte ! C'est pire qu'un aurochs, ça !

Comme Lucien ne répondait pas, Marc lui jeta un

rapide coup d'œil. Cet imbécile dormait, et profond encore.

— Lucien ! cria Marc. Debout !

Rien à faire. Quand ce type avait décidé de dormir, on ne pouvait pas le sortir de là sans son consentement. Comme pour 14-18. Marc força encore l'allure.

Il freina devant le 12, allée des Grands-Ifs, à une heure du matin. La grande porte en bois de la maison de Sophia était fermée. Marc tira Lucien hors de la voiture et le maintint sur ses pieds.

— Debout ! répéta Marc.

— Ne crie pas, dit Lucien. Je suis réveillé. Je suis toujours réveillé quand je sais que je deviens indispensable.

— Dépêche-toi, dit Marc. Fais-moi la courte échelle, comme l'autre fois.

— Retire ta godasse, dit Lucien.

— Ça ne va pas, non ? On est peut-être déjà arrivés trop tard ! Alors croise tes mains, chaussure ou pas chaussure !

Marc appuya son pied sur les mains de Lucien et se hissa jusqu'au haut du mur. Il dut faire un effort pour parvenir à l'enjamber.

— À toi maintenant, dit Marc en tendant son bras. Approche la petite poubelle, grimpe dessus et attrape ma main.

Lucien se retrouva à cheval sur le mur à côté de Marc. Le ciel était nuageux, l'obscurité complète.

Lucien sauta, et Marc derrière lui.

Une fois au sol, Marc chercha à s'orienter dans l'obscurité. Il pensait au puits. Ça faisait même un bon moment qu'il y pensait. Le puits. La flotte. Mathias. Le puits, haut lieu de la criminalité rurale médiévale. Où il était, ce foutu puits ? Là-bas, la masse claire. Marc s'y dirigea en courant, Lucien derrière lui. Il n'entendait rien, pas un bruit, sauf sa course et celle de

Lucien. L'affolement le gagnait. Il dégagea en hâte les lourdes planches qui couvraient l'orifice. Merde, il n'avait pas pris de lampe de poche. De toute façon, il n'avait plus de lampe de poche depuis longtemps. Deux ans. Disons deux ans. Il se pencha par-dessus la margelle et appela Mathias.

Pas un son. Pourquoi s'acharnait-il sur ce puits, bon Dieu ? Pourquoi pas sur la maison, ou sur le petit bois ? Non, le puits, il en était certain. C'est facile, c'est net, c'est médiéval, ça ne laisse pas de trace. Il souleva le pesant seau de zinc et le fit descendre tout doucement. Quand il le sentit toucher la surface de l'eau, profondément, il coinça la chaîne et enjamba la margelle.

— Vérifie que la chaîne reste bloquée, dit-il à Lucien. Ne quitte pas ce sale puits. Et surtout, prends garde à toi. Ne fais pas un bruit, ne l'alerte pas. Quatre, cinq ou six cadavres, ça ne compte plus pour elle. Ta flasque de rhum, passe-la-moi.

Marc amorça sa descente. Il avait la trouille. Le puits était étroit, noir, gluant et gelé comme n'importe quel puits, mais la chaîne tenait bon. Il eut l'impression d'avoir descendu six à sept mètres quand il toucha le seau et que l'eau lui glaça les chevilles. Il se laissa glisser jusqu'aux cuisses, avec l'impression que le froid lui faisait éclater la peau. Il sentit contre ses jambes la masse d'un corps et il eut envie de hurler.

Il l'appela mais Mathias ne répondait pas. Les yeux de Marc s'étaient faits à l'obscurité. Il s'enfonça encore dans l'eau jusqu'à la taille. D'une main, il tâta les contours du corps du chasseur-cueilleur qui s'était fait basculer comme un crétin dans le fond de ce puits. La tête et les genoux émergeaient. Mathias avait réussi à coincer ses grandes jambes contre la paroi cylindrique. Coup de chance qu'il ait été balancé dans un puits si étroit. Il avait réussi à se caler. Mais depuis combien de temps baignait-il dans ce froid ? Depuis combien de temps glissait-il, centimètre par centimètre, avalant cette eau sombre ?

Il ne pouvait pas remonter Mathias inerte. Il fallait que le chasseur retrouve au moins l'énergie de s'accrocher.

Marc enroula la chaîne autour de son bras droit, cala ses jambes contre le seau, affermit sa prise et commença à tirer Mathias. Il était si grand, si lourd. Marc s'épuisait. Peu à peu, Mathias sortait de l'eau et après un quart d'heure d'efforts, son buste reposait sur le seau. Marc le soutint sur sa jambe appuyée contre la paroi et réussit de sa main gauche à attraper le rhum qu'il avait fourré dans sa veste. Si Mathias vivait encore assez, il allait détester ce truc à gâteaux. Il en versa tant bien que mal dans sa bouche. Ça coulait partout, mais Mathias réagissait. Pas une seconde Marc n'avait laissé entrer dans sa tête l'idée que Mathias aurait pu mourir. Pas le chasseur-cueilleur. Marc lui colla quelques gifles malhabiles et reversa du rhum. Mathias grondait. Il émergeait des eaux.

— Tu m'entends ? C'est Marc.

— Où on est ? demanda Mathias d'une voix très sourde. J'ai froid. Je vais crever.

— On est dans le puits. Où veux-tu qu'on soit ?

— Elle m'a balancé, balbutia Mathias. Assommé, balancé, je ne l'ai pas vue venir.

— Je sais, dit Marc. Lucien va nous remonter. Il est là-haut.

— Il va se faire étriper, ânonna Mathias.

— Ne t'inquiète pas pour lui. Il est excellent sur les premières lignes. Allez, bois.

— C'est quoi cette merde ?

Mathias avait parlé de façon presque inaudible.

— C'est du rhum à gâteaux, c'est à Lucien. Ça te réchauffe ?

— Prends-en aussi. L'eau paralyse.

Marc avala quelques gorgées. La chaîne enroulée autour de son bras le mordait, le brûlait.

Mathias avait à nouveau fermé les yeux. Il respirait, c'est tout ce qu'on pouvait en dire. Marc siffla et la tête de Lucien se détacha dans le petit cercle d'ombre plus claire, là-haut.

— La chaîne ! dit Marc. Remonte-la doucement, mais ne la laisse surtout pas redescendre ! Ne fais pas d'à-coups ou je le lâche !

Sa voix résonnait, l'assourdissant lui-même. À moins qu'il n'ait les oreilles également engourdies.

Il entendit des bruits métalliques. Lucien défaisait le nœud tout en maintenant la tension pour que Marc ne tombe pas plus bas. Il était bon, Lucien, très bon. Et la chaîne remonta, avec lenteur.

— Vas-y maille à maille ! cria Marc. Il est lourd comme un aurochs !

— Il est noyé ? cria Lucien.

— Non ! Enroule, soldat !

— Tu parles d'une merde ! cria Lucien.

Marc agrippa Mathias par son pantalon. Mathias bouclait son pantalon avec une grosse cordelette et c'était pratique à saisir. Ce fut la seule qualité que Marc accorda en cet instant à cette ficelle de corde rustique dans laquelle se ceinturait Mathias. La tête du chasseur-cueilleur cognait un peu contre les parois du puits mais Marc voyait se rapprocher le cercle de la margelle. Lucien tira Mathias et le coucha au sol. Marc enjamba la margelle et se laissa tomber dans l'herbe. Il déroula la chaîne de son bras en grimaçant. Ça saignait.

— Serre ça dans ma veste, dit Lucien.

— Tu n'as rien entendu ?

— Personne. Ton oncle arrive.

— Il y a mis le temps. File des gifles à Mathias et frictionne-le. Je crois qu'il est reparti dans le cirage.

Leguennec arriva le premier au pas de course et s'agenouilla près de Mathias. Il avait une lampe torche, lui.

Marc se leva, tenant son bras qui lui semblait minéral et vint à la rencontre des six policiers.

— Je suis sûr qu'elle est barrée dans le petit bois, dit-il.

On retrouva Juliette dix minutes plus tard. Deux hommes la ramenèrent en la tenant par les bras. Elle paraissait épuisée, couverte de griffures et de coups.

— Elle a... haleta Juliette, je me suis enfuie...

Marc se rua sur elle et l'agrippa par une épaule.

— Ta gueule, hurla-t-il en la secouant, ta gueule !

— On intervient ? demanda Leguennec à Vandoosler.

— Non, murmura Vandoosler. Aucun risque, laisse-le faire. C'est son truc, sa découverte. Je soupçonnais quelque chose comme ça, mais...

— Fallait me le dire, Vandoosler.

— Je n'étais pas encore sûr. Les médiévistes ont des trucs à eux, faut croire. Quand Marc commence à mettre ses idées en ligne, ça file droit au but... Il amasse, du meilleur et du pire, et tout d'un coup, il vise.

Leguennec regarda Marc, qui, raidi, le visage blanc dans la nuit, les cheveux trempés, serrait toujours Juliette tout près du cou, d'une seule main, brillante de bagues, une large main refermée sur elle et qui semblait très dangereuse.

— Et s'il déconne ?

— Il ne déconnera pas.

Leguennec fit malgré tout signe à ses hommes de se placer en cercle autour de Marc et Juliette.

— Je retourne m'occuper de Mathias, dit-il. Il est passé à deux doigts.

Vandoosler se rappela que quand Leguennec était pêcheur, il était aussi secouriste en mer. De l'eau, c'est toujours de l'eau.

Marc avait lâché Juliette et la dévisageait. Elle était moche, elle était belle. Il avait mal au ventre. Le rhum, peut-être ? Elle n'esquissait pas un geste à présent. Marc, lui, tremblait. Ses habits trempés collaient et lui gelaient le corps. Lentement, il chercha Leguennec du regard parmi ces hommes serrés dans l'ombre. Il l'aperçut plus loin, près de Mathias.

— Inspecteur, souffla-t-il, donnez des ordres pour faire fouiller sous l'arbre. Elle est là-dessous, je crois.

— Sous l'arbre ? dit Leguennec. On a déjà creusé sous l'arbre.

— Justement, dit Marc. L'endroit qu'on a déjà fouillé, l'endroit qu'on n'ouvrira plus jamais... C'est là qu'est Sophia.

Maintenant, Marc grelottait vraiment. Il trouva la petite bouteille de rhum et en vida le dernier quart. Il sentit sa tête lui tourner, il avait envie que Mathias lui fasse du feu mais Mathias était par terre, il avait envie de s'allonger comme lui, de hurler un bon coup peut-être. Il s'essuya le front de sa manche trempée, de son bras gauche qui fonctionnait encore. L'autre pendait et du sang coulait sur sa main.

Il releva les yeux. Elle le fixait toujours. De toute son œuvre effondrée, il ne restait que ce corps rigide et l'âpre résistance d'un regard.

Étourdi, Marc s'assit dans l'herbe. Non, il ne voulait plus la regarder. Il regrettait même d'en avoir tant vu.

Leguennec redressait Mathias. Il l'asseyait.

— Marc... dit Mathias.

Cette voix assourdie secoua Marc. Si Mathias avait eu plus de force, il aurait dit « Parle, Marc ». Sûrement il aurait dit ça, le chasseur-cueilleur. Marc claquait des dents et ses mots sortirent en fragments hachés.

— Dompierre, dit-il. Il s'appelait Christophe.

Tête baissée, jambes croisées, il arracha l'herbe autour de lui par touffes entières. Comme il avait fait près du hêtre. Il arrachait et il en projetait les brins tout autour de lui.

— Il a écrit Sofia avec un *f*, sans *p* ni *h*, continua-t-il par saccades. Mais un mec qui s'appelle Christophe, Christophe, *o*, *p*, *h*, *e*, ne se trompe pas sur l'orthographe de Sophia, non, parce que ce sont les mêmes syllabes, les mêmes voyelles, les mêmes consonnes, et même quand t'es en train de crever, tu sais encore, quand tu t'appelles Christophe, qu'on n'écrit pas Sophia avec un *f*, tu le sais encore, et là-dessus, il n'aurait pas pu se gourer, pas plus qu'il n'aurait écrit son prénom avec un *f*, non, il n'avait pas écrit *Sofia*, il n'avait pas écrit *Sofia*...

Marc frissonna. Il sentit que le parrain lui ôtait sa veste, puis sa chemise trempée. Il n'avait pas la force de l'aider. Il arrachait l'herbe de sa main gauche. On l'enroulait maintenant dans une couverture rêche, à même la peau, une couverture du camion des flics. Mathias avait la même. C'était grattant. Mais chaud. Il se détendit un peu, se serra dedans, et sa mâchoire trembla moins fort. Il gardait les yeux rivés vers l'herbe, par instinct, pour ne pas risquer de l'apercevoir.

— Continue, reprit la voix sourde de Mathias.

Maintenant, ça revenait. Il pouvait mieux parler, plus doucement, et réfléchir en même temps, reconstruire les choses. Il pouvait parler mais il ne pouvait plus prononcer ce prénom.

— J'ai pigé ça, reprit-il à voix basse en s'adressant à l'herbe, que Christophe n'avait pas pu écrire *Sofia Siméonidis*... Alors quoi, bon Dieu, quoi ? Le *a* de Sofia était mal fait, la boucle du *f* n'était pas fermée, elle ressemblait à un grand *S*, et il avait écrit *Sosie Siméo-*

nidis, sosie, double, doublure... oui, c'est ça qu'il avait fait, il avait désigné la doublure de Sophia Siméonidis... Son père, dans son article, il avait écrit un truc curieux... quelque chose comme « Sophia dut être remplacée durant trois jours par sa doublure, Nathalie Domesco, dont l'imitation exécrable a fini d'achever *Elektra*... » et « l'imitation »... c'était un drôle de mot, une drôle d'expression, comme si la doublure ne faisait pas que remplacer mais qu'elle imitait, qu'elle singeait Sophia, les cheveux teints en noir, coupés court, les lèvres rouges et le foulard au cou, oui c'est comme ça qu'elle faisait... et le « sosie », c'était le surnom que Dompierre et Frémonville donnaient à la doublure, par dérision, sûrement, parce qu'elle en faisait trop... et Christophe, il savait ça, il connaissait ce surnom et il a pigé, mais vraiment trop tard, et moi j'ai pigé, et presque trop tard...

Marc tourna le regard vers Mathias, assis par terre entre Leguennec et un autre inspecteur. Et il vit aussi Lucien, qui s'était placé debout derrière le chasseur-cueilleur, tout contre, comme pour lui offrir un dossier, Lucien, avec sa cravate en loques, sa chemise dégueulassée par la margelle du puits, sa gueule d'enfant, ses lèvres ouvertes, ses sourcils froncés. Un groupe tassé de quatre hommes muets, qui se découpait net dans la nuit sous la lampe de Leguennec. Mathias paraissait abruti mais Mathias écoutait. Il fallait qu'il parle.

— Ça ira ? demanda-t-il.

— Ça ira, dit Leguennec. Il commence à remuer les pieds dans ses sandales.

— Alors oui, ça ira. Mathias, tu as été la voir ce matin, chez elle ?

— Oui, dit Mathias.

— Tu lui as parlé ? dit Marc.

— Oui, j'avais senti le chaud, dans la rue, quand on

a ramené Lucien bourré. J'étais nu et je n'avais pas froid, j'avais de la tiédeur dans les reins. J'y ai pensé plus tard. Le moteur d'une voiture... J'avais senti la chaleur du moteur de sa voiture, devant chez elle. J'ai compris ça quand Gosselin a été accusé, et j'ai cru qu'il avait pris la voiture de sa sœur, la nuit du meurtre.

— Alors tu étais foutu. Car tôt ou tard, à présent que Gosselin était hors de cause, il t'aurait fallu trouver à ton « chaud », une autre explication. Et il n'y en avait qu'une seule autre... Mais quand je suis rentré à la baraque ce soir, je savais tout d'elle, je savais pourquoi, je savais tout.

Marc éparpillait tout autour de lui les brins d'herbe arrachés. Il dévastait son petit coin de terre.

— Christophe Dompierre avait écrit *Sosie*.... Georges avait attaqué Sophia dans sa loge et quelqu'un en bénéficiait... Qui ? La doublure bien sûr, le « sosie », qui allait la remplacer sur scène... Je me suis rappelé... les cours de musique... c'était elle, elle la doublure, pendant des années... sous le nom de Nathalie Domesco. Son frère seul était au courant, ses parents croyaient qu'elle faisait des ménages... une mésentente avec eux, une rupture peut-être... Je me suis rappelé... Mathias, oui, Mathias qui n'avait pas eu froid pendant la nuit du meurtre de Dompierre, Mathias qui était devant sa grille, devant sa voiture... je me suis rappelé... les flics en train de reboucher la tranchée... on les scrutait depuis ma fenêtre et le sol ne leur arrivait qu'à mi-cuisses... ils n'avaient donc pas fouillé plus profond que nous... quelqu'un d'autre avait creusé après eux, plus loin, jusque dans la strate noire et grasse... alors... alors oui, j'en savais assez pour retrouver son histoire, comme Achab pour sa baleine tueuse... et comme lui, je connaissais sa route... et par où elle allait passer...

Juliette regarda les hommes qui étaient postés autour d'elle en demi-cercle. Elle jeta la tête en arrière et cracha sur Marc. Marc baissa la tête. La brave Juliette aux épaules lisses et blanches, au corps et au sourire accueillants. Tout ce corps clair dans la nuit, mou, rond, lourd, crachant. Juliette qu'il embrassait sur le front, la baleine blanche, la baleine tueuse.

Juliette cracha encore sur les deux flics qui l'encadraient puis elle ne fit plus entendre qu'une respiration forte, sifflante. Puis un bref ricanement et à nouveau, la respiration. Marc imaginait le regard droit planté sur lui. Il pensa au *Tonneau*. Ils étaient bien dans ce tonneau... la fumée, les bières au comptoir, les bruits des tasses. Les émincés. Sophia qui avait chanté pour eux seuls, le premier soir.

Arracher de l'herbe. Il en faisait à présent un petit tas sur sa gauche.

— Elle a planté le hêtre, continua-t-il. Elle savait que cet arbre inquiéterait Sophia, qu'elle en parlerait... Qui ne se serait inquiété ? Elle a posté la carte de « Stelyos », elle a intercepté Sophia le mercredi soir sur le chemin de la gare et elle l'a ramenée dans ce foutu tonneau de merde sous je ne sais quel prétexte... Je m'en fous, je ne veux pas le savoir, je ne veux pas l'entendre ! Elle a pu dire qu'elle avait du neuf sur Stelyos... elle l'a ramenée, elle l'a tuée dans la cave, elle l'a ficelée comme une viande, elle l'a transportée pendant la nuit en Normandie, elle l'a fourrée là-bas dans le vieux congélateur du cellier, j'en suis sûr...

Mathias écrasa ses deux mains l'une contre l'autre. Bon Dieu, il avait tellement désiré cette femme, dans la promiscuité du *Tonneau*, à la nuit tombée, quand le dernier client partait, ce matin même encore pendant qu'il l'effleurait en l'aidant à ranger. Cent fois il avait voulu faire l'amour avec elle. Dans la cave, dans la cuisine, dans la rue. Arracher ses habits de serveur trop serrés. Il se demandait ce soir quelle obscure prudence l'avait fait constamment reculer. Il se demandait pourquoi Juliette n'avait jamais paru sensible à aucun homme.

Un bruit rauque le fit sursauter.

— Qu'elle se taise ! hurla Marc sans quitter l'herbe des yeux.

Puis il reprit son souffle. Il n'y avait plus beaucoup d'herbe à portée de sa main gauche. Il changea de position. Faire un autre tas.

— Une fois Sophia disparue, continua-t-il d'une voix pas très normale, on a commencé à s'affoler, elle la première, comme une loyale amie. Il était inévitable que les flics aillent fouiller sous l'arbre, et ils l'ont fait, et ils n'ont rien trouvé, et ils ont rebouché... Et tout le monde finissait par admettre que Sophia était partie avec son Stelyos. Alors... alors la place était prête... À présent, elle pouvait enterrer Sophia là où personne, même pas les flics, n'irait plus jamais la chercher, puisque c'était déjà fait ! *Sous l'arbre*... Et plus personne, de toute façon, n'irait chercher Sophia, on la croyait barrée sur une île. Son cadavre, scellé par un hêtre intouchable, ne réapparaîtrait jamais... Mais il fallait qu'elle puisse l'enterrer tranquillement, sans gêneurs, sans voisins, sans nous...

Marc s'arrêta encore. C'était si long à dire. Il lui semblait qu'il avait du mal à poser les choses dans l'ordre, dans le bon sens. Ça serait pour plus tard, le bon sens.

— Elle nous a tous emmenés en Normandie. Dans la nuit, elle a pris sa voiture, son paquet congelé, et elle est revenue rue Chasle. Relivaux n'était pas là, et nous, on était comme des cons en train de dormir chez elle, contents, à cent kilomètres de là ! Elle a fait son boulot dégueulasse, elle l'a enterrée sous le hêtre. Elle est forte. Au petit matin, elle est revenue, en silence, en silence...

Bon. Il avait passé le moment le plus dur. Le moment où Sophia était enterrée sous l'arbre. Ce n'était plus la peine d'arracher de l'herbe partout maintenant. Ça allait passer. C'était de l'herbe à Sophia en plus.

Il se leva et marcha à pas mesurés, serrant du bras gauche sa couverture. Lucien lui trouva l'air d'un Indien d'Amérique du Sud, comme ça, avec ses cheveux raides et noirs, collés par l'eau, et sa couverture enroulée. Il marchait sans se rapprocher d'elle, prenant ses tournants sans la regarder.

— Ça n'a pas dû lui plaire après ça de voir débarquer la nièce avec le petit, elle n'avait pas prévu ce coup. Alexandra avait rendez-vous et elle n'admettait pas la disparition de sa tante. Alexandra était butée comme une teigne, l'enquête s'ouvrait, on cherchait à nouveau Sophia. Impossible et bien trop risqué de retoucher au cadavre sous l'arbre. Il a fallu produire un corps pour boucler la recherche avant que les flics ne fouinent dans tout le voisinage. C'est elle qui a été chercher la pauvre Louise à Austerlitz, c'est elle qui l'a traînée à Maisons-Alfort et c'est elle qui l'a incendiée !

Marc avait encore crié. Il se força à respirer lentement, par le ventre, et il recommença.

— Bien sûr, elle possédait le petit bagage emporté par Sophia. Elle a mis les bagues en or aux doigts de la Louise, elle a déposé le sac à côté et elle a foutu le feu... Un grand feu ! Aucune trace de l'identité de Louise ne devait subsister ni aucun indice du jour de sa mort... Un brasier... la fournaise, l'enfer... Mais elle savait que le basalte y résisterait. Et ce basalte, il nommerait Sophia à coup sûr... le basalte, il parlerait...

Soudain, Juliette se mit à gueuler. Marc s'immobilisa et se boucha les oreilles, la gauche avec sa main, la droite avec le haut de son épaule. Il n'en entendait que des bribes... basalte, Sophia, ordure, crever, Elektra, crever, chanter, personne, Elektra...

— Faites-la taire ! cria Marc. Faites-la taire, emportez-la, je ne peux plus l'entendre !

Il y eut du bruit, encore des crachats et les pas des flics qui sur un geste de Leguennec s'éloignaient avec elle. Quand Marc comprit que Juliette n'était plus là, il laissa retomber ses bras. Il pouvait à présent regarder tout ce qu'il voulait, libérer ses yeux. Elle n'était plus là.

— Oui elle chantait, dit-il, mais en coulisse, en cinquième roue, et elle ne pouvait pas l'encaisser, il lui fallait sa chance ! Jalouse de Sophia à en crever... Alors elle a forcé la chance, elle a demandé à son pauvre imbécile de frère de tabasser Sophia pour qu'elle puisse la remplacer au pied levé... l'idée simple...

— Les sévices sexuels ? demanda Leguennec.

— Hein ? Les sévices sexuels ? Mais... sur la commande de sa sœur aussi, pour que l'agression soit crédible... les sévices sexuels, c'était du flan...

Marc se tut, alla vers Mathias, l'examina, hocha la tête et reprit sa déambulation, à grands pas étranges, le bras pendant. Il se demanda si Mathias trouvait aussi que la couverture des flics était grattante. Sûrement non. Mathias n'était pas le genre à souffrir d'un tissu grattant. Il se demanda comment il pouvait parler comme ça, alors qu'il avait si mal à la tête, si mal au cœur, comment il pouvait savoir tout ça et le dire... Comment ? Il n'avait pas pu encaisser que Sophia ait tué, non, ça, c'était un résultat faux, il en était sûr, un résultat impossible... il fallait relire les sources, tout reprendre... ce ne pouvait pas être Sophia... il y avait quelqu'un d'autre... une autre histoire... L'histoire, il se l'était racontée, par bouts, tout à l'heure, bout par bout... puis bout après bout... l'itinéraire de la baleine, ses instincts... ses désirs... à la fontaine Saint-Michel... ses routes... ses lieux de prédation... au Lion de Denfert-Rochereau, qui descend de son socle la nuit... qui se balade la nuit, qui va faire ses trucs de lion sans que personne ne le sache, le lion de bronze... comme elle, et qui revient s'allonger sur son piédestal le matin, qui revient faire la statue, très immobile, rassurant, insoupçonnable... le matin sur son socle, le matin au tonneau, au comptoir, fidèle à elle-même... aimable... mais n'aimant personne, pas de sursaut dans le ventre, jamais, même pas pour Mathias, rien... oui mais la nuit, c'est une autre histoire, oui mais la nuit... il savait sa route, il pouvait la raconter... il se l'était toute racontée déjà, et maintenant il était dessus, agrippé, comme Achab sur le dos de son sale cachalot qui lui avait bouffé la jambe...

— Je voudrais voir ce bras, souffla Leguennec.

— Laisse-le, bon sang, dit Vandoosler.

— Elle a chanté trois soirs, dit Marc, après que son frère eut envoyé Sophia à l'hôpital... mais les critiques l'ont ignorée, pire, deux d'entre eux l'ont démolie, de manière définitive, radicale, Dompierre et Frémonville... Et Sophia a changé de doublure... Pour Nathalie Domesco, c'était terminé... Elle a dû quitter les planches, laisser le chant, et la démence et l'orgueil et je ne sais quelles autres saletés sont restés. Et elle a vécu pour écraser ceux qui l'avaient foutue en l'air... intelligente, musicienne, dingue, belle, démoniaque... belle sur son socle... comme une statue... impénétrable...

— Montrez-moi ce bras, dit Leguennec.

Marc secoua la tête.

— Elle a attendu une année, pour qu'on ne pense plus à *Elektra*, et elle a descendu les deux critiques qui l'avaient cassée, des mois après, froidement... Et pour Sophia, elle a encore attendu quatorze ans. Il fallait que beaucoup de temps passe, que l'assassinat des critiques tombe dans l'oubli, qu'aucun lien ne puisse être établi... elle a attendu, dans le plaisir peut-être... je n'en sais rien... Mais elle l'a suivie, observée, depuis cette maison qu'elle avait achetée tout près d'elle quelques années plus tard... bien possible qu'elle ait trouvé le moyen de pousser le propriétaire à la lui vendre, oui, bien possible... elle ne comptait pas sur le hasard. Elle avait repris sa couleur de cheveux naturelle, claire, changé de coiffure, les années avaient passé et Sophia ne l'a pas reconnue, pas plus qu'elle n'a reconnu Georges... C'était sans risque, c'est à peine si les cantatrices connaissent leurs doublures... Quant aux figurants...

Leguennec s'était emparé sans demander du bras de Marc et lui tamponnait du désinfectant ou on ne sait quoi qui puait. Marc lui laissait son bras, il ne le sentait même pas, ce bras.

Vandoosler le regardait. Il aurait voulu interrompre, poser des questions, mais il savait qu'il ne fallait surtout pas interrompre Marc en ce moment. On ne réveille pas un somnambule parce qu'il paraît qu'il se casse la gueule. Vrai ou faux, il n'en savait rien, mais pour Marc, oui. Il ne fallait pas réveiller Marc pendant qu'il était chercheur. Sinon il tombait. Il savait que depuis qu'il était parti de la baraque tout à l'heure, Marc s'était propulsé comme une flèche vers sa cible, c'était sûr, comme quand il était gosse et qu'il n'admettait pas quelque chose et qu'il partait en courant. À partir de là, il savait aussi que Marc pouvait aller très vite, se tendre à en claquer jusqu'à ce qu'il trouve. Tout à l'heure, il était passé à la baraque et il avait pris des pommes, s'il se souvenait bien. Sans dire un mot. Mais son intensité, ses yeux absents, sa violence muette, oui, il y avait tout ça... Et s'il n'avait pas été pris dans cette partie de cartes, il aurait dû voir que Marc était en train de chercher, de trouver, de se ruer vers sa cible... qu'il était en train de démonter la logique de Juliette et qu'il était en train de savoir... Et maintenant il racontait... Leguennec pensait sûrement que Marc racontait avec un impossible sang-froid, mais Vandoosler savait que cette diction continue, tantôt hachée, tantôt fluide, mais lancée sur son erre comme un vaisseau poussé vent arrière avec rafales, n'avait rien à voir chez Marc avec du sang-froid. Il était certain qu'en cet instant, son neveu avait les cuisses si dures et douloureuses qu'il aurait fallu peut-être les enrouler de serviettes chaudes pour qu'elles remarchent, comme il avait dû le faire souvent quand il était gosse. Tout le monde devait en ce moment croire que Marc marchait normalement mais lui voyait bien dans la nuit que tout était en pierre depuis les hanches jusqu'aux chevilles. S'il l'interrompait, ça resterait en pierre et c'est pour ça qu'il fallait le laisser finir, achever, rentrer au port après cet infernal voyage de la pensée. C'est seulement comme ça que ses cuisses reprendraient leur souplesse.

— Elle a dit à Georges de fermer sa gueule, il était dans le bain lui aussi, disait Marc. De toute façon, Georges obéissait. C'est peut-être le seul type qu'elle ait un peu aimé, j'imagine, mais je n'en suis même pas sûr. Georges la croyait... Elle lui a peut-être raconté qu'elle voulait retenter sa chance auprès de Sophia. C'est un gros, confiant, sans imagination, il n'a jamais pensé qu'elle voulait la tuer, ni qu'elle avait flingué les deux critiques... Pauvre Georges... il n'a jamais été amoureux de Sophia. Mensonges... Mensonges immondes partout... Mensonges la petite vie chaleureuse au *Tonneau*. Elle guettait Sophia ; tout savoir d'elle et devenir son intime aux yeux de tous, et la tuer.

Sûr. Ça serait facile d'avoir des preuves maintenant, des témoins. Il regarda ce que faisait Leguennec. Il lui enroulait le bras dans une bandelette. Ce n'était pas beau à voir. Il avait terriblement mal aux deux jambes, bien plus qu'au bras. Il se forçait à les faire marcher comme une mécanique. Mais il était habitué à ça, il connaissait, c'était inévitable.

— Et quinze ans après *Elektra*, elle a tendu son piège. Tué Sophia, tué Louise, déposé deux cheveux de Sophia dans le coffre de la voiture d'Alexandra, tué Dompierre. Elle a fait mine de protéger Alexandra pour cette nuit du meurtre... En réalité, elle avait entendu Lucien gueuler comme un dingue sur sa poubelle à deux heures du matin... Parce qu'elle revenait juste de l'Hôtel du Danube après avoir poignardé ce pauvre mec. Elle était assurée que sa « protection » pour Alexandra ne tiendrait pas, que je découvrirais nécessairement son mensonge... Elle pouvait donc « avouer » qu'Alexandra était sortie sans avoir l'air de la dénoncer... Dégueulasse, pire que dégueulasse...

Marc se rappelait cette conversation au comptoir. « Tu es gentille, Juliette »... Pas une seconde l'idée ne l'avait effleuré que Juliette le manœuvrait pour faire tomber Alexandra. Oui, pire que dégueulasse.

— Mais on a soupçonné son frère. Ça se rapprochait trop. Elle l'a fait fuir pour qu'il ne parle pas, qu'il ne gaffe pas. Et par une chance invraisemblable pour elle, on a trouvé ce message du mort sur la voiture. Elle était sauvée... Dompierre accusait Sophia, la morte-vivante ! Tout était parfait... Mais moi, je n'ai pas pu me faire à cette idée. Pas Sophia, non, pas Sophia... Et ça n'expliquait pas l'arbre... Non, je n'ai pas pu m'y faire...

— Triste guerre, dit Lucien.

Quand ils revinrent à la baraque, vers quatre heures du matin, le hêtre avait été déterré, le cadavre de Sophia Siméonidis exhumé et déjà emporté. Le hêtre, cette fois, on ne l'avait pas replanté.

Les évangélistes, sonnés, ne se sentaient pas capables d'aller se coucher. Marc et Mathias, qui gardaient leur couverture sur leur dos nu, étaient assis sur le petit muret. Lucien s'était juché en face sur la grande poubelle. Il y avait pris goût. Vandoosler fumait en marchant lentement de long en large. Il faisait doux. Enfin, c'est ce que Marc pensait, par rapport au puits. La chaîne lui laisserait sur le bras une cicatrice en torsade comme un serpent enroulé.

— Ça ira bien avec tes bagues, dit Lucien.

— Ce n'est pas sur le même bras.

Alexandra vint leur dire bonsoir. Elle n'avait pas pu se rendormir depuis la fouille sous le hêtre. Et Leguennec était passé. Lui donner le basalte. Mathias lui dit qu'en regagnant tout à l'heure le camion des flics, ça lui était revenu d'un coup, la suite, après hache de bois, il lui dirait ça un jour, c'était sans importance. Évidemment.

Alexandra sourit. Marc la regardait. Il aurait bien aimé qu'elle l'aime. Comme ça, d'un coup, pour voir.

— Dis donc, demanda-t-il à Mathias, qu'est-ce que tu lui disais à l'oreille quand tu voulais qu'elle parle ?

— Rien... Je disais « Parle, Juliette ».

Marc soupira.

— Je me doutais qu'il n'y avait pas de truc. Ça aurait été trop beau.

Alexandra les embrassa et s'en alla. Elle ne voulait pas laisser le petit tout seul. Vandoosler suivit des yeux sa longue silhouette qui s'éloignait. Trois petits points. Les jumeaux, la femme. Merde. Il baissa la tête, écrasa sa cigarette.

— Tu devrais aller dormir, lui dit Marc.

Vandoosler s'éloigna vers la baraque.

— Ton parrain t'obéit ? dit Lucien.

— Mais non, dit Marc. Tiens, il revient.

Vandoosler fit sauter en l'air la pièce de cinq francs trouée et la rattrapa dans sa main.

— On la fout en l'air, dit-il. De toute façon, on ne va pas la couper en douze.

— On n'est pas douze, dit Marc. On est quatre.

— Ça, ça serait trop simple, dit Vandoosler.

Il projeta son bras et la pièce alla tinter quelque part, assez loin. Lucien s'était mis debout sur sa poubelle, pour suivre la trajectoire.

— Adieu, la solde ! cria-t-il.

Dans la même collection